아르제스 전기
ARZES

마그놀리아 판타지 장편 소설

아르제스 전기 3

마그놀리아 판타지 장편 소설

초판 1쇄 찍은 날 § 2006년 10월 20일
초판 1쇄 펴낸 날 § 2006년 10월 30일

지은이 § 마그놀리아
펴낸이 § 서경석

편집장 § 문혜영
편집책임 § 문정흠
편집 § 최하나

펴낸곳 § 도서출판 청어람
등록번호 § 제1081-1-89호
등록일자 § 1999. 5. 31
어람번호 § 제1-0755호

주소 § 경기도 부천시 원미구 심곡1동 350-1 남성B/D 3F (우) 420-011
전화 § 032-656-4452 팩스 § 032-656-4453
http://www.chungeoram.com
E-mail § eoram99@chollian.net

ⓒ 마그놀리아, 2006

ISBN 89-251-0303-6 04810
ISBN 89-251-0300-1 (세트)

FANTASY FRONTIER SPIRIT

THE BIOGRAPHY

3
에레닌드

마그놀리아 판타지 장편 소설

아르제스 전기

ARSES

도서출판 청어람

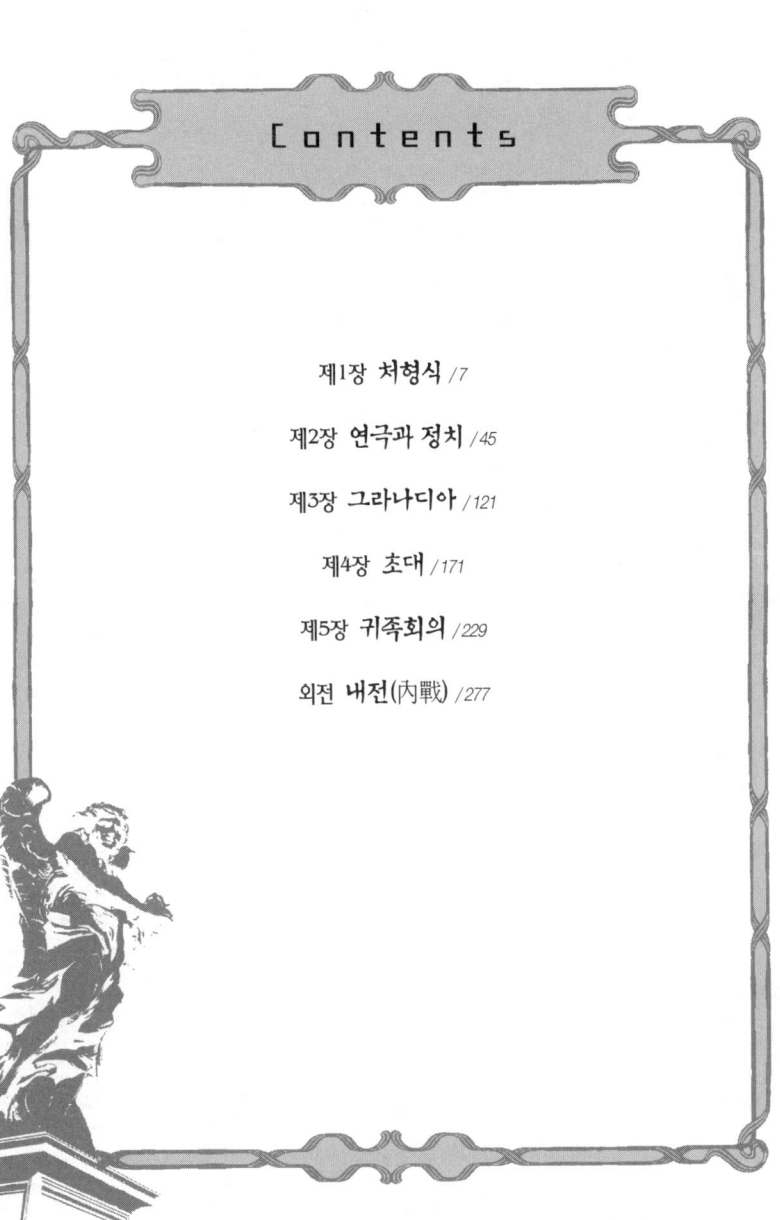

Contents

제1장

처형식

아르제스 전기

　티투스가 황제의 위에 오른 지 4년째 되던 해는 토르카 지방의 문제로 라인 제국이 본격적인 골머리를 앓기 시작한 시기였다. 다행히 중앙해의 패권을 놓고 다투던 동방의 최대 라이벌인 론 제국이 황위 계승권을 놓고 벌어진 내분으로 혼란스러운 상황이어서 라인 제국은 국력의 대부분을 토르카 지방을 안정시키는 데 투자할 수 있었다. 하지만 여력이 있어서 그랬다고 하기보다는, 그래야만 했기 때문이다.

　라인 제국 영토 확장의 역사를 보면 헤르마니아를 평정했을 때를 제외하고는 끊임없이 토르카 인들과 부딪쳐 왔다. 그들과의 충돌은 중앙해 북부에 세력을 둔 라인 제국에게는 필연과 같은 일이었지만, 문제는 수비해야 할 방어선이 너무 길어져 버렸다는 점이었다. 라인 제국의 영토는 남쪽의 헤르마니아를 제외하고는 동쪽에서부터 그라나디아 속주, 동라인, 서라인, 남토르카 속주, 에레냐드 속주로 이루어져 있고, 이 모든 영토가 토르카 지방과 경계를 마주하고 있었다. 길이만 해도 대략 6천 킬로미터나 되는 것이다.

라인 제국이 영토를 확장한 이유와 방식은 다양했다. 때로는 경제적 필요에 의해서, 때로는 군사적 이유로 영토를 넓혀 갔다. 무력으로 정벌된 경우도 있었고, 오랜 연합 관계를 유지하다 자연스럽게 통합된 경우도 있었다. 하지만 이렇게 영토를 확장할 수 있었던 것은 라인에 맞설 수 있는 거대 세력을 형성하지 못한 토르카 인 스스로의 책임이 컸다. 그들은 싸움에 있어서는 호전적이고 용맹하지만, 오히려 그 호전성 때문에 단일 세력을 이루지 못한 것이다. 그러던 것이 최근에 와서는 점점 사정이 변하고 있었다.

문제의 근원은 아누이 왕국이었다. 토르카 지방 북부의 스칼디스 호수 일대를 중심으로 일어난 이 신흥 왕국은 무섭게 세력을 불리고 있었다. 사실 아누이 왕국이 라인 제국의 직접적인 위협이 되는 것은 아니었다. 아누이는 가장 가까운 라인 영토에서 따져도 700킬로미터는 넘는 거리를 두고 있었다. 하지만 문제는 아누이 왕국이 무차별적으로 세력을 키우는 바람에 다른 부족들이 세력에 밀려 계속 남하하고 있다는 것이었다. 이미 한 부족이 점유하고 있는 영토에 다른 부족이 들어오니 분쟁이 발생하지 않을 수 없었다. 지키는 자나 쫓겨 온 자나 절박하기는 마찬가지였다. 라인 제국으로서는 국경 일대가 혼란스러워지는 것만은 절대 방관할 수 없었다.

그해 라인 제국은 평시의 상비군을 6개 군단에서 10개 군 단으로 대폭 늘리는 법을 통과시켰다. 사실 6개 군단만으로 모든 영토를 지키기 힘들어졌던 것은 오래전부터의 일이었 고, 그동안은 크고 작은 전쟁이 끊이지 않은 탓에 항상 10개 군단 이상의 병력이 소집되어 있었다. 따라서 이번 조치는 현 실에 맞게 법을 개정한 조치라고 보아야 했다.

하지만 라인 제국의 사정과는 상관없이 이케니아는 연맹 의 성립 후 가장 평화로운 나날을 보내고 있었다.

*　　　　*　　　　*

열여덟이란 나이에 2번이나 군사 최고직인 사령관을 역임 하고 현직 최연소 행정관이기도 한 아르제스였지만 일상은 그다지 다를 것도 없었다.

그의 아침은 새벽이 조금 지난 시간에 잠에서 깨는 것으로 시작한다. 군 생활 덕에 몸에 밴 새벽 일찍 기상하는 버릇도 제대하기가 무섭게 사라졌기에 아르제스의 아침잠을 깨우는 것은 여전히 엘레나의 몫이었다.

잠에서 깨면 제일 먼저 손과 얼굴을 씻는데, 이때는 적당히 데워진 세숫물이 담긴 세면대를 노예가 침실로 직접 가져온다. 보통 아르제스의 신변에 관련된 일들은 마르쿠서스가 직접 담당했으므로 세숫물을 대령하는 것도 그의 몫이었다.

아침 식사는 저녁 식사와는 다르게 반드시 모든 가족이 모여서 함께하는 것은 아니었다. 그저 편한 장소에서 가볍게 먹는 것이 보통인데, 메뉴는 갓 구워낸 빵과 약간의 과일, 그리고 물 한 잔이 전부였다. 빵은 이른 아침마다 시장에 가서 구입해 왔다. 보통의 귀족 집안에서는 그날 먹을 빵을 아침 일찍 배달시키는 것이 일반적이었지만 그러기에는 가이우스 별장이 시내에서 너무 떨어진 곳에 있었다.

식사를 마치면 본격적인 일과가 시작된다. 집안의 하인들은 집사의 지시에 따라 청소나 허드렛일을 시작한다. 30여 명이나 되는 하인들이 있지만 웬만한 저택만큼이나 넓은 별장이었기에 그들의 손은 항상 바쁘기만 했다.

하인들과는 달리 포도밭에서 일하는 백여 명의 일꾼들은 노예의 신분이 아니었다. 봄부터 초가을까지만 필요한 인력을 모두 노예로 사들인다는 것은 큰 낭비였기 때문이다. 이들은 노잡이를 하기에는 너무 늙어버린 가난한 시민들이나, 몰락해 버린 자영농 계층의 사람들이 대부분이었다. 이들이 받는 임금은 하루에 5세르(1/2데르) 정도였는데, 이것은 노잡이보다도 조금 낮은 수준이었다. 다만 수확철이 되면 일꾼들에게 포도와 포도주를 나눠 주는 가이우스가의 전통 덕분에 일꾼들이 임금 문제로 불만을 표시한 적은 단 한 번도 없었다. 포도주는 가난한 평민이 접하기에는 상당한 사치품에 속했고, 가이우스가의 포도주는 시장에서도 비싼 값에 팔 수 있기 때문이었다. 그래서 가이우스 포도 농장에서 일하는 일꾼들은 적어도 5년 이상씩 일한 노련한 농사꾼이 대부분이었다.

아르제스가 느끼는 행정관으로서의 유일한 불만은 고위 공직자는 반드시 토가를 입어야만 한다는 규칙이었다. 그나마 다행인 점이라면 토가를 입혀주는 사람이 마르쿠서스가 아닌 엘레나라는 점이었다. 가끔은 늙은 아낙네처럼 구는 탓에 잔소리도 잦아졌지만 두 사람이 이때만큼 다정하게 이야기를 주고받을 수 있는 시간도 드물었다. 오히려 말수가 많아진 그녀를 보며 아르제스는 흐뭇한 미소를 지을 수 있어 좋았다.

토가를 차려입고 나면 코넬리아의 침실로 가서 아직도 침상에 누워 있는 그녀에게 가볍게 입맞춤을 하고는 행정관 관사로 나선다. 여느 날의 아침처럼 말이다.

*   *   *

이케니아 남부의 여름은 상당히 더운 편이지만 그렇다고

불쾌하지는 않다. 햇살은 무척이나 따가운 편이지만 선선한 바람과 적당히 건조한 공기가 기분을 상쾌하게 해주기 때문이다. 이제 막 8월에 접어든 터이니 아직 여름은 한 달 이상 남은 셈이었다. 하지만 도시는 이미 9월부터 시작되는 가을 축제 준비로 들떠 있었다.

행정관 집무실에 출근한 아르제스에게 아침부터 서찰 한 통이 날아들었다. 직책상 많은 서찰을 접해 이상할 것은 없었지만 그날의 그 서찰은 조금 특별했다.

낙인이 찍힌 초로 봉인된 손바닥 2장만 한 크기의 서신이었는데, 간단한 내용일 것임에 분명한 그 서신을 아르제스는 몇 번이고 읽고 또 있었다.

"흐음⋯⋯."

아르제스는 미간을 찌푸리며 수염도 없는 턱을 엄지손가락으로 어루만졌다. 생각이 깊어졌을 때마다 나오는 습관과도 같은 행동이었다.

"무슨 서찰인데 그러십니까?"

내일 있을 행정 소원 준비에 한창이던 융은 호기심이 들어 넌지시 아르제스에게 물었다. 간단한 서찰 한 통 따위에 고민하는 것은 그에게 어울리지 않은 까닭이었다.

"아, 바렌가에서 보내온 서찰이군."

서신에서 시선을 떼지 않은 채 대답하는 아르제스였다.

"바렌가에서 무슨 일로 서찰까지 보냈습니까? 빌려준 돈

때문입니까?"

전쟁도 끝난 상황에서 그 일 말고는 딱히 바렌 가문과 아르제스 사이에 서신이 오갈 일이 없었다. 하지만 아르제스의 대답은 융의 예상과는 달랐다.

"아니, 전혀 관계없는 일이군. 게다가 개인적 서찰이 아니라 공무에 관련된 서찰이야. 보다시피 버젓이 크라티누스님의 관인까지 찍혀 있으니까. 읽어보겠어?"

아르제스가 내미는 서찰을 받아 든 융은 빠르게 서찰을 읽어나갔다. 서찰에는 이번 가을 축제 기간에 카말라스의 검투처형식을 네모에서 치르는 것이 어떠하겠느냐는 제안이 담겨 있었다.

"아! 그러고 보니 카말라스가 남아 있었군요. 그렇다고는 해도 그게 그렇게 행정관님이 고민하실 만한 일입니까?"

융은 가볍게 웃으며 서찰을 다시 아르제스에게 건네주며 말했다.

"수락하는 것 자체는 문제가 아니지. 진짜 문제는 멋진 검투 시합마저 지루한 연설처럼 만들어 버리는 고리타분한 노인네들과 온종일 함께해야 한다는 거야. 그건 정말 싫단 말이다."

"하핫!"

아르제스의 퉁명스런 말에 융은 웃음을 참지 못했다.

명성에 비해 아르제스의 대인 관계, 특히 정치적 인간 관계는 무척이나 제한되어 있었다. 정치적 재능의 부족함이 이유라기보다는, 정치적 인간 관계를 쉽게 받아들이기에는 아직 아르제스의 연륜이 부족하다고 보는 편이 옳았다. 하긴, 고위 관직의 상징인 '토가' 차림마저 귀찮아하는 아르제스가 점잔 빼는 노귀족들과 어울리는 광경은 융으로서도 좀처럼 상상되지 않았다.

"그런데 왜 네모까지 와서 카말라스를 처형하려고 하는 걸까요? 그 녀석은 엄연한 우티카의 포로가 아닙니까?!"

옆에서 듣고 있던 마르쿠서스가 궁금함을 참지 못하고 물었다.

"뭐, 가장 큰 이유는 처형식을 성대하게 치르고 싶긴 하지만 여건이 안 된다는 거겠지?"

"여건이라니요?"

마르쿠서스는 여전히 이해하지 못한 표정이었다.

"쿵."

마르쿠서스의 멍청한 얼굴에 아르제스는 콧바람을 내뿜고 말았다. 그리고는 답답하다는 표정으로 한마디 쏘아붙였다.

"내가 왜 멍청한 몸종에게 일일이 이유를 설명해야 하는지 모르겠구나."

"뭐, 제가 똑똑했다면 이렇게 성질 나쁜 주인 밑에서 몸종이나 하고 있겠습니까?"

"쯧, 건방진 놈. 말버릇하고는⋯⋯."

몸종의 능청스런 대답에 아르제스는 풀 씹은 표정을 지었다. 가끔은 자신의 몸종이 정말 멍청한지, 아니면 멍청한 척하면서 주인을 놀려먹는 것인지 구별이 안 될 때가 많았다.

"하하, 내가 말해주마, 마르."

화기애애한 주종 간의 모습을 지켜보던 융이 아르제스를 대신해 입을 열었다.

"마르, 너도 알다시피 해적들의 총두령이었던 카말라스는 우티카 감옥에 감금된 상태였다. 원래대로라면 내년 신년 축제 때 대광장에서 대대적으로 처형할 작정이었겠지. 하지만 전격적으로 이루어져 버린 해적 토벌 탓에 신년 축제까지 기다리지 못하게 되어버렸어. 해적들이 소탕된 마당에 그 총두령이 살아 있다는 건 말이 안 되니까."

"그래서요?"

"그래서 차라리 네모의 검투대회에서 카말라스를 처형시키기로 한 것이지. 어차피 대대적으로 카말라스를 처형한다는 것이 중요하니까 굳이 우티카에서 처형해야 할 필요는 없었겠지. 사실 네모의 축제 기간보다 사람들이 많이 모이는 때도 찾기 힘드니까. 게다가 우티카는 네모와는 달리 신년 축제를 가장 성대하게 치르는 곳이야. 가을 축제와는 거리가 먼 국가니까⋯ 우티카는."

"그렇군요."

마르쿠서스는 그제야 이해가 간다는 듯 고개를 끄덕였다.

"그건 그렇고, 어떻게 하실 작정입니까, 전직 사령관님?"

융은 시큰둥한 표정으로 앉아 있는 아르제스에게 농담처럼 말을 건넸다. 그러자 아르제스는 어깨를 으쓱하며 한쪽 입꼬리를 말아 올렸다.

"별수없지 않은가? 받아들여야겠지. 거절한다면 멋진 구경거리를 시민에게서 뺏는 결과가 되어버리니까."

*　　　*　　　*

인간이 만들어낸 가장 흥미롭고도 잔인한 유희인 검투대회는 오늘날에 이르러서는 그 잔인성이 많이 희석된 상태였다. 물론 '이케니아에서는' 이라는 단서를 붙여야 하지만 말이다.

원래는 노예 출신의 검투사들이 목숨을 걸고 싸우던 것이 검투대회였지만, 지금은 검투 처형식을 제외하고는 상대방의 목숨을 뺏는 것이 엄격히 금지되어 있었다. 덕분에 지금의 검투사는 노예에 국한되지도 않았고, 일종의 직업처럼 여겨지고 있었다. 물론 여전히 위험하고 힘든 직업이긴 했지만 확실히 벌이는 좋은 편에 속했다. 이긴다면 말이다.

검투 처형식은 '십자가형' 이나 '10분의 1형' 이 없는 이케니아에서는 가장 잔인한 처형 방식이었다. 죄인에게 처형 1주일 전부터 좋은 음식으로 배불리 먹인다. 처형식 날이 되면 술과 함께 마약을 섞어 먹이는데, 이 약을 먹은 자는 고통을 느끼지 않게 된다. 그 상태에서 죄인에게 채찍질을 한다. 물론 약에 취해 있기 때문에 이성은 멀쩡해도 고통은 거의 느끼지 못한다. 이후 죄인은 무기를 지급받은 채 수많은 구경꾼들이 모여 있는 검투장 한가운데 세워지고, 그런 죄인을 향해 갖은 무기를 꼬나 쥔 검투사들이 한 명씩 덤벼들게 된다. 검투사들은 죄인을 한번에 죽이지 않고 조금씩 상처만 입힌다. 고통을 느끼지 못하는 죄인은 난폭하게 날뛰며 저항하는 것이 보통이고, 이 과정에서 되레 검투사가 당하는 일도 생기곤 한다. 이때쯤 되면 관중들은 환호와 야유를 동시에 퍼부으며 이 광경에 흠뻑 빠져든다.

하지만 죄인의 저항이 20분을 넘기는 경우는 드물었다. 그 때쯤이면 마약의 기운이 떨어져 채찍질과 검투 중에 생긴 상처에서 한꺼번에 고통이 몰려오기 때문이다. 죄인이 더 이상 싸울 수 없는 상태가 되면 검투사들은 그제야 죄인을 죽이고 그 목을 잘라 긴 창대 끝에 꿰어 투기장 입구에 세워놓는다. 그리고 시체는 지정된 장소에 버려 까마귀의 먹이가 되도록 방치한다. 구경거리가 된 후 죽임을 당하고, 시체마저 보존하지 못하는 잔인한 형벌인 것이다. 하지만 이러한 운명에 처할 카말라스의 처지를 동정하는 사람은 아무도 없었다.

검투대회에 관련된 아르제스의 사전 역할은 해적 토벌을 책임졌던 전직 사령관의 자격으로 검투 처형식의 거행을 요청하는 것뿐이었다. 그리고 그의 요청은 최고행정관에 의해 쉽게 승낙되었다. 왕이 존재하긴 하지만, 실질적으로는 과두정치의 형태를 띠는 연맹과는 달리 각 도시국가의 권력은 최고행정관을 필두로 하는 10인 위원회에 집중되어 있었다.

검투술 대회는 제례 의식과 함께 국가에서 직접 관여하는 얼마 되지 않는 행사 중 하나였다. 치안관이 주최하고 회계관이 후원하는 것이 일반적이었는데, 이렇게 국가가 관여하는 이유는 투기장이 국가 소유의 공공건물이었기 때문이다. 게다가 검투술 대회는 국가의 입장에서도 상당한 수입을 거둘 수 있는 행사였다.

대회에 참가하는 검투사들은 대부분 노예 상단 소속의 노예들이었다. 일부 퇴역병 출신의 시민들도 검투술 대회에 참가하긴 했지만, 규모가 큰 대회의 경우는 노예 상인들에 의해 거의 장악되다시피 한 것이 현실이었다. 관객들의 관람 비용은 좌석에 따라 5세르에서 200데르까지 그야말로 천차만별이었다. 결코 싸다고는 말할 수 없는 금액이었지만 자리가 비는 경우는 드물었다. 하지만 국가나 노예 상인들이 벌어들이는 소득은 입장료가 아닌 승부를 알아맞추는 내기 도박에서 발생하는 것이 대부분이었다.

네모 시 서쪽의 성곽 밖에 위치한 투기장은 3천 명 정도의 관객을 수용할 수 있는 크기로써 평상시에는 체육관과 비슷한 교육 시설로 쓰인다. 하지만 축제 때만 되면 네모에서도 가장 번잡한 장소가 되고 만다. 더구나 올해는 해적 두목으로 악명 높았던 카말라스의 검투 처형식까지 벌어지는지라 투기장 외곽은 시합이 시작되기 전부터 상인과 구경꾼들로 문전성시를 이루었다.

시합이 시작되기 전, 투기장은 원형극장의 역할도 한다. 우스꽝스런 차림의 광대들이 나와 재주를 부리기도 하고, 세계 각지에서 모인 신기한 동물들이 선보여지기도 한다. 일종의 식전 행사 같은 여흥인 셈이었다. 관객들이 객석 위에서 웃고 떠들고 있을 때 관람석 밑에서는 전혀 다른 세계가 펼쳐지고 있었다. 목조 계단의 틈 사이로 비집고 들어온 몇 줄기의 빛만이 어둠을 밝혀주고 있는 그곳은 짙은 땀 냄새와 함께 긴장감이 감돌고 있는 검투사들의 대기장이었다.

스윽! 스윽!

거친 가죽으로 칼날을 손질하는 소리가 가끔 들릴 뿐, 그곳에 모인 검투사들은 침묵을 지키고 있었다. 수천이나 되는 관객 앞에서 목숨을 걸고 싸우려면 냉정함을 유지하는 것은 필수적인 사항이다. 그들이 다름 아닌 카말라스의 검투 처형식을 담당한 검투사 노예들이었기 때문이다.

한동안 소란스럽던 객석의 소음이 멎고 나팔 소리가 울려 퍼졌다.

빠바! 빠바바밤!

군용 나팔과는 다르게 제법 리듬을 만들어내는 나팔 소리가 들리자 검투사들의 옆에 서 있던 치안대 병사들이 소리쳤다.

"자! 준비해라! 이제 곧 식이 시작된다!"

병사의 말에 무장한 검투사들이 몸을 일으켜 통로로 이동했다. 검투사들이 싸우는 투기장의 바닥은 흙을 돋아 평지보다 높게 만들었기 때문에 대기장에서 투기장으로 향하는 통로는 비스듬한 오르막길이었다. 통로 밑에 선 검투사들에게 보이는 것은 눈을 따갑게 하는 빛과 요란한 나팔 소리뿐이었다.

나팔 소리가 멈추자 투기장은 엄숙한 분위기가 되었다. 이어서 화려한 복장을 차려입은 목청 좋은 사회자가 나와 최고행정관의 입장을 알렸다.

"정숙하라! 최고행정관님이 입장하신다!"

두두두두!

빠른 리듬의 작은북 소리와 함께 최고행정관을 비롯한 귀빈들이 관람석 높은 곳에 마련된 귀빈석에 모습을 드러내었다. 시민들은 기립 박수로 그들의 입장을 환영했고, 최고행정관은 가볍게 손을 들어 감사를 표시했다. 귀빈들이 모두 착석하자 박수도 멈추었고 객석은 다시금 흥분과 기대로 소란스러워졌다.

그런 소란을 뚫고 사회자의 낭랑한 목소리가 투기장에 울려 퍼졌다.

"시민 여러분! 신들의 축복 속에 올해도 풍성함으로 가득한 가을 축제가 돌아왔습니다. 그리고 오늘 이곳에서 이케니아의 공적이자, 악랄한 해적의 수괴인 카말라스의 처형식이 거행됨을 알리게 된 것을 본 사회자는 영광으로 생각합니다."

"와아아! 빨리 시작해라!"

"쓸데없는 연설은 집어치워라!!"

사회자의 말이 다 끝나지도 않았지만 투기장의 관중들은 이미 잔뜩 흥분한 상태였다. 비대한 몸집을 가진 사회자는 연신 손수건으로 땀을 훔치며 말을 이어보려고 했지만 관중의 함성 속에 그의 음성은 묻혀 버렸다.

"검투 처형식을 시작합니다!!"

사회자도 결국은 연설을 포기하고 힘껏 목청을 높여 식의 시작을 알리고 말았다.

뿌우우우!!

긴 나팔 소리가 울리며 투기장의 동문이 요란한 쇠사슬 소리를 내면서 열렸다. 격자 철문이 들어올려진 짐승의 아가리 같은 어두운 통로에서 중무장한 병사들이 먼저 모습을 드러내었다. 통로에서 나와 양쪽으로 길게 도열한 군병들 사이로

23

쇠사슬에 양손이 묶인 장발의 사내가 두 명의 병사에 의해 투기장 가운데로 끌려 나왔다.

"우우우!!"

관중들은 끌려 나오는 카말라스를 향해 야유를 퍼부었고, 간간이 썩은 과일을 던지는 관객도 있었다. 덕분에 애꿏은 병사들만 곤욕을 치렀다.

카말라스의 손에 채워졌던 쇠사슬이 풀어지고, 그의 발 앞에는 한 자루의 칼과 방패가 던져졌다. 그리고 병사들은 그들이 나왔던 입구를 중심으로 투기장 격벽에 등을 댄 채 좌우로 도열했다.

"크으윽."

어두운 감옥에 오랫동안 갇혀 있었던 그는 따가운 햇살에 적응하기 위해 한참 동안이나 눈살을 찌푸려야 했다. 하지만 이내 칼과 방패를 집어 들었다. 자신이 처하게 될 비극적인 운명을 모르는바 아니었지만, 동이케니아 해적의 정점에 군림했던 인물로서 그냥 순순히 죽어줄 생각은 없었다. 게다가 마약의 기운이 더해진 지금의 카말라스는 말 그대로 한 마리의 상처 입은 맹수였다.

칼의 손잡이를 고쳐 잡은 카말라스는 맞은편에서 열리고 있는 문을 응시했다. 그 사이로 빛나는 갑주와 무기로 무장한 검투사들이 관중의 환호를 받으며 서서히 걸어나오고 있다.

"우와!!"

"멋진 구경거리를 보여주라고!!"

시민들의 환호성을 받으며 등장한 검투사는 모두 3명이었다. 그들은 모두 은으로 장식된 흉갑과 손목 보호대를 차고 있었는데, 그 정도면 웬만한 장군들보다 더 화려한 복장이었다. 이것은 어디까지나 관객의 즐거움을 위한 장치였다.

3인의 검투사 중 가장 먼저 나선 인물은 챙이 넓은 북이케니아식 투구를 쓴 자였다. 그는 3미터는 넘을 법한 쇠사슬의 가운데를 꼬나 쥐고 천천히 철퇴를 회전시키며 먹이를 노리는 맹수처럼 카말라스의 주위를 천천히 돌기 시작했다.

"크윽!"

채찍에 맞은 상처의 고통은 느껴지지 않았지만 오랜 수감 생활로 인해 카말라스는 근력이 많이 떨어져 있는 상태였다. 평상시 같으면 가볍게 휘둘렀을 칼과 방패도 지금은 상당히 무겁게 느껴졌다. 그런 카말라스의 상태를 눈치 챈 검투사는 괴성을 지르며 철퇴를 휘둘렀다.

"으업!"

쾅!

카말라스가 급히 방패를 들어 철퇴를 막았지만 그 힘을 이기지 못하고 뒤로 넘어지고 말았다. 그러자 검투사는 철퇴가 달려 있지 않은 반대쪽의 쇠사슬로 채찍을 내려치듯 공격해 갔다. 검투 처형식은 사형식임과 동시에 시민들의 좋은 구경거리이기도 했기에 초반부터 함부로 죽일 수는 없는 노릇이었다.

하지만 쇠사슬을 방패로 막아낸 카말라스는 칼을 버리고 바람과 같은 속도로 쇠사슬을 움켜쥐었다. 그리고는 쇠사슬을 마주 당기며 몸을 일으켜 광기 어린 미소와 함께 검투사를 향해 가래침을 뱉었다.

"퉤!"

"윽!"

자신의 무기가 붙잡히게 된 상태에서 모욕까지 당하자 흥분한 검투사 사내는 쇠사슬 반대쪽에 달린 철퇴를 휘둘러 카말라스의 머리를 노려갔다.

하지만 몸을 숙여 철퇴를 가볍게 피한 카말라스는 왼손에 든 방패를 휘둘러 모서리로 검투사의 왼쪽 정강이를 내려쳤다.

빠각!

"끄아아악!"

처절한 비명과 더불어 대번에 뼈 부러지는 소리가 나더니 검투사의 왼쪽 다리가 꺾여 버렸다. 군인들과는 달리 검투사들은 정강이 보호대를 착용하지 않는다. 거기에다 방패의 가장자리는 쇠 테두리를 덧대어 날카롭게 갈아두는 게 보통이기에 웬만한 도끼만큼이나 날카로웠다.

"크크큭!"

괴소를 흘리며 자신의 칼을 집어 든 카말라스는 피를 흘리며 쓰러져 있는 검투사를 향해 천천히 걸음을 옮겼다. 그리고는 검투사의 목을 향해 주저없이 칼날을 박아 넣었다.

푹!

짧고 단단한 칼날이 목젖을 통과해 경추(頸椎)를 뚫고 튀어나왔다. 목을 찔린 검투사는 비명도 지르지 못한 채 한참이나 사지를 떨다가 죽어버렸다. 다른 검투사들은 그 모습을 그냥 지켜만 보고 있었다. 의외에 결과에 관객들도 환호를 멈추고 침묵했다.

하지만 곧이어 침묵 전보다 더 큰 함성이 관람석에서 터져 나왔다.

"우, 우와아!"

"오오오!! 멋지구나! 카말라스!"

"어차피 죽을 목숨, 화끈하게 싸워봐라!"

피 튀기는 검투에 잔뜩 흥분한 관객들은 오히려 카말라스를 응원하기 시작했다. 생사를 건 검투가 금지된 이케니아에서 검투 처형식은 살인이 허용된 유일한 검투 경기나 마찬가지였기 때문이다. 그들에게 이 검투 처형식은 좀처럼 보기 힘든 좋은 유흥거리였다. 투기장은 순식간에 광란의 색으로 물들었다.

곧이어 두 번째 검투사가 검과 방패를 든 채 카말라스에게 다가갔다. 3미터 정도까지 거리를 좁힌 두 사람은 곧바로 방패를 턱밑까지 끌어올리며 서로를 노려보았다. 상체는 약간 앞으로 기울이고 무릎은 가볍게 구부린 자세를 유지하되, 절대 한꺼번에 두 발을 땅에서 떼지 않은 채 칼은 전면에서 보았을 때 방패에 가려지도록 몸에 바짝 붙였다. 전형적인 군인의 검술이었다.

선공은 검투사로부터 시작되었다.

"후웁!"

짧게 숨을 들이쉬며 순간적으로 거리를 좁힌 검투사는 검을 방패 위로 들어올려 날카롭게 카말라스의 얼굴을 찔러갔다. 그러자 카말라스는 축이 되는 왼발을 축으로 오른발을 옆으로 이동해 가볍게 검의 동선에서 비켜선 다음, 검투사의 오른쪽 옆구리를 찔러갔다. 하지만 검투사도 방패를 내려서 카말라스의 검을 힘들이지 않고 막아내었다.

챙!

텅!

검과 검, 검과 방패가 부딪치면서 일정한 리듬을 만들어내었다.

검투사가 방패를 수평으로 들어 찍듯이 카말라스의 목을 노렸다. 카말라스는 고개를 숙이며 방패를 들어 막았고, 상대의 방패가 거두어지자마자 다시 한 번 칼을 머리 위로 들어 상대의 머리를 찔러갔다. 검투사도 상대의 공격을 쉽게 막았지만, 카말라스의 공격은 거기서 끝나지 않았다. 그는 상대의 방패가 들려진 틈을 타 강하게 돌진하며 방패로 상대를 밀어쳤다.

텅!

방패끼리 부딪치며 둔탁한 소리를 만들어내었다.

갑작스런 밀치기 공격에 균형을 잃어버린 검투사는 거리를 벌기 위해 본능적으로 검을 내밀었다. 하지만 검투사가 방패에 가려 시야를 잃어버린 틈을 타 카말라스는 재빨리 몸을 돌려 검투사의 왼쪽 측면을 점해 버린 상태였다.

"으얍!"

카말라스는 괴성과 함께 칼을 휘둘렀다.

터—엉!

글라디우스가 결코 무거운 칼은 아닐진데 카말라스의 검을 막아낸 방패에서는 가죽 북 터지는 소리가 났다.

검투사도 방패를 든 왼쪽 측면을 공격받았기에 몸을 돌리지 않고도 겨우 막아낼 수 있었지만 자세가 흐트러지는 것은 어쩔 수 없었다. 카말라스는 그 틈을 놓치지 않고 오른발을 들어 검투사의 왼쪽 무릎을 힘껏 밟아버렸다

"윽!"

순간적으로 검투사의 무릎이 뒤틀리면서 자세가 낮아졌다. 카말라스는 자신의 눈 아래 무방비로 노출된 검투사의 어깨로 주저없이 칼날을 박아 넣었다.

"크아아!"

비명 소리와 함께 갑주로 가려지지 않은 어깨와 목 사이의 틈으로 카말라스의 검이 꽂혀 버렸다. 동맥이 잘렸는지 피가 분수처럼 터져 나왔고, 그 피는 고스란히 카말라스의 얼굴로 튀어 올랐다. 하지만 그는 피를 뒤집어쓰는 것을 즐기기라도 하듯 조금도 고개를 돌리지 않았고, 오히려 반쯤 박힌 칼에 힘을 주어 조금씩 더 칼날을 쑤셔 넣어버렸다.

"오오오!!"

카말라스의 분전에 극도로 흥분한 관객들은 투기장이 떠나갈 듯한 함성을 질렀다. 귀빈석에 앉은 몇몇 귀족들이 눈쌀을 찌푸리긴 했지만 그들도 이것이 검투 처형식의 일부라는 것을 모르는바 아니었다.

하지만 상황이 이렇게 되자 처형을 담당한 검투 노예들은 독이 바짝 올랐다. 몇 명의 검투 노예들이 무기를 들고 황급히 뛰쳐나와 카말라스를 노려보았다. 하지만 카말라스에게 덤비는 것은 어디까지나 한 명의 검투사이다. 싸우는 순간만은 일 대 일의 대결을 벌이는 것, 그것이 검투 처형식의 법칙이었다.

3번째 상대는 삼지창을 든 검투 노예였다. 이미 두 명의 동료가 당한 상태여서 소극적이 된 그는 일단 거리를 두고 창으로 빈틈을 노렸다.

하지만 카말라스는 시간을 끌 생각이 없었다.

"덤벼라! 나를 죽이기 위해서 나온 것이 아니더냐!"

이렇게 외친 그는 방패를 내린 채 성큼성큼 검투 노예에게 다가갔다.

"싸워라! 빌어먹을 겁쟁이 노예 녀석아!"

관객들까지 야유를 퍼붓자 참지 못한 검투 노예는 달려나가며 힘껏 창을 내질렀다.

"으라압!"

기합 소리와 함께 자신의 몸통을 노리고 날아오는 창을 칼로 내려쳐 막은 카말라스는 오른쪽으로 몸을 회전시키며 방패의 모서리를 휘둘렀다.

휘—웅!

날카롭게 공기를 가른 방패 끝은 아슬아슬하게 검투 노예의 옷깃을 스치고 지나갔다. 하지만 카말라스는 거기에 그치지 않고 다시 오른발을 내디디며 검을 휘둘러 상대의 목을 노렸다. 그야말로 순식간에 거리를 좁히며 다가온 것이다.

"윽!"

순간 당황한 검투 노예였지만 이미 창은 갈무리된 상태였다. 그는 약간 몸을 비틀며 창으로 카말라스의 가슴을 노렸다.

서걱!

살을 가르는 섬뜩한 소리와 함께 양측 모두에게서 피가 튀었다.

카말라스의 검은 검투 노예의 목에 가벼운 자상을 남겼고, 검투 노예의 창은 상대의 왼쪽 어깨의 살점을 한 움큼 물어 뜯어버린 상태였다. 상처는 카말라스가 훨씬 심했지만 고통 스러운 쪽은 검투 노예였다. 이미 약에 취한 카말라스는 피를 흘리면서도 거의 고통을 느끼지 못했고, 여전히 맹수와 같은 기세로 상대에게 달려들었다. 그리고서는 상대가 비틀거리 는 틈을 타 방패의 넓은 면으로 얼굴을 가격했다.

퍼억!

당장에 검투 노예의 코뼈가 부러졌고, 왼손으로 얼굴을 감 싸 쥔 채 고통에 비틀거리며 뒷걸음질쳤다.

그런 검투 노예를 향해 카말라스가 거친 숨을 몰아쉬며 다 가갔다. 극심한 고통 속에서도 검투 노예는 창을 들어 상대를 저지하려고 했다. 하지만 오른손으로 겨우 잡고 늘어뜨리고 있던 창을 카말라스가 왼발로 힘껏 밟아 떨어뜨렸다. 곧 절망 에 빠진 검투 노예의 복부로 카말라스의 검이 파고들었다.

"쿨럭!"

피를 토하며 앞으로 쓰러지는 검투 노예를 카말라스는 연 인을 포옹하듯이 받아 안았다. 방패를 쥔 손을 상대의 뒷목으 로 둘러 끌어당겼고, 오른손에 쥐어진 검은 아랫배에서부터 시작해 갈비뼈와 만날 때까지 칼날에 닿는 모든 살과 내장을 갈라갔다. 그렇게 한참이 지난 후 카말라스가 둘렀던 왼손을 풀고 검을 뽑아내자 검투 노예의 몸은 무너지듯 앞으로 쓰러져 버렸다.

절정의 순간 잠깐의 정적이 흘렀던 관람석에서는 어김없이 환호가 터져 나왔다. 하지만 귀빈석에 앉아 있는 귀족들의 얼굴엔 못마땅한 표정이 역력해 보였다.

상황이 이렇게 되어버리자 처형식을 담당한 장교의 인상이 구겨졌다. 검투 처형식이 아무리 유흥의 성격이 강한 사형식이라고 해도 이케니아의 공적인 카말라스가 마치 영웅처럼 취급되는 것은 모양새가 좋지 않았다.

"제길, 이게 어떻게 된 일이냐?! 설마 돈을 아낄 생각에 실력없는 녀석들을 내보낸 건 아니겠지, 사피누스?"

"아, 아닙니다, 치안 부관 나리! 신에게 맹세코 실력있는 놈들로 골라온 노예들입니다."

이번 검투 처형식에 쓸 검투 노예를 담당한 노예 상인 사피누스는 분노한 치안 부관을 진정시키느라 바빴다. 하지만 정작 속이 타는 것은 치안 부관보다는 시피누스 본인이었다.

'이거 미치겠군. 벌써부터 3명이나 죽어나가다니!'

검투 노예는 일반적인 남자 노예보다 몇 배는 비싼 값에 거래된다. 더구나 사피누스가 데려온 노예들은 적어도 경력이 2년은 넘는 베테랑들이었다. 사고로 죽거나 상처를 입어 불구가 되는 경우도 흔한 것이 검투판이다. 그런 험한 환경에서 2년 넘게 발을 붙이고 있다는 것은 이미 상당히 실력을 검증받았다는 이야기이다. 그런 베테랑 검투 노예들은 못해도 3천 데르는 넘어가는 가치를 지닌다.

"빌어먹을!"

이미 죽어나간 노예들은 어쩔 수 없지만 더 이상 노예들이 상하면 이번 검투 처형식에서 본전도 못 뽑는 수가 생긴다. 그는 소유하고 있는 검투 노예들 중 가장 실력이 좋은 놈을 내보내기로 마음먹었다.

"우르시우스, 이 게으른 돼지 같은 녀석! 냉큼 이리로 오지 못해!"

검투사 대기장으로 뛰어온 사피누스는 검투사 대기장 구석에 앉아 있는 덩치 큰 사내를 불렀다.

"어어."

날 때부터 언청이인 우르시우스는 어눌한 말투로 대답하며 큰 덩치를 일으켜 걸어왔다. 흙을 다져 만든 대기장의 바닥은 그가 발길을 옮길 때마다 먼지를 피워 올렸다. 이케니아 성인 남성의 평균적인 신장은 160센티미터를 조금 넘는다. 따라서 180센티미터는 훨씬 넘어 보이는 우르시우스의 체격은 검투사임을 감안할지라도 무척이나 큰 편이었다.

"나가서 밥값은 하고 와라! 눈먼 칼에 다치기라도 하면 저녁밥은 없는 줄 알아! 다만, 잘만 처리하고 오면 오늘 밤에는 엉덩이 큰 창녀도 붙여주마."

사피누스는 우르시우스의 손바닥으로 허리 어림을 두드리며 말했다. 원래는 어깨를 두드려 주어야 맞지만 작은 키에

속하는 사피누스의 손은 기껏해야 그의 허리에 닿는 정도였
다.

"흐으."

우르시우스는 창녀를 붙여준다는 말에 바보 같은 웃음을
지었다. 그리고 투구의 안면 가리개를 내리고서는 철퇴와 도
끼를 양손에 나눠 쥐고 통로를 향해 걸어갔다. 순박한 얼굴을
가진 우르시우스이지만 근엄한 전사의 얼굴을 본뜬 투구 가
리개를 쓰고 나면 전쟁의 신을 연상시킬 정도의 위압감을 풍
겼다. 그가 등장하자 그를 알아본 많은 관중들이 환호를 보냈
다. 우르시우스는 네모에서도 꽤나 유명한 검투사였다.

"으어어어!!"

관중들의 성원에 보답하듯 큰 소리로 포효한 우르시우스
는 어깨를 가볍게 풀면서 천천히 카말라스를 향해 걸어갔다.
그러다 발걸음의 속도를 높여 가볍게 달려가듯 돌진해 들어
갔다.

"크윽!"

마약의 기운이 떨어져 가면서 눈앞이 흐려질 정도의 고통
이 밀려왔지만 아랫입술을 피가 날 정도로 깨물며 정신을 다
잡는 카말라스였다.

거리를 좁힌 우르시우스의 철퇴가 공간을 갈랐다. 카말라
스는 방패를 들어 철퇴가 날아오는 방향으로 비스듬히 기울
였다.

퍼—억!

철퇴가 방패의 측면을 스치듯 지나갔고, 동시에 나뭇조각이 튀어 올랐다. 방패에 씌워졌던 소가죽이 터지듯 찢어지면서 방패의 옆구리가 상어에 물린 것마냥 뜯겨 나간 것이다.

"으윽!!"

카말라스는 손아귀가 찢어지는 듯한 고통을 느끼면서 신음을 토하고 말았다. 일부러 방패를 비틀어 공격을 흘리려 시도한 것이었지만 상대의 힘은 자신의 상상을 훨씬 넘어서고 있었다. 그리고 우르시우스의 공격은 거기에서 그치지 않았다. 철퇴와 도끼가 번갈아 날아들어 카말라스의 방패를 후려쳤고, 목재에 질긴 소가죽을 덧대어 만든 튼튼한 방패도 종이가 찢겨 나가듯 갈가리 찢어져 나갔다. 카말라스는 반격할 틈조차 찾지 못하고 방패로 막으며 뒷걸음질칠 뿐이었다.

이대로 뒷걸음질쳐 봐야 미래가 없다는 것을 카말라스도 잘 알고 있었다. 어차피 죽을 목숨이었지만 지금의 머릿속에는 이대로 죽을 수 없다는 생각만으로 가득 차 있었다. 마지막 힘을 쥐어짜 낸 카말라스는 방패로 몸을 가리며 몸을 낮추어 검으로 우르시우스의 종아리 안쪽을 노렸다. 다리를 노려 상대방의 무력화시킨 후 순식간에 승부를 결정짓는 방법은 카말라스의 특기와도 같은 것이었다.

짜—앙!

하지만 날카로운 금속성과 함께 카말라스의 마지막 공격

마저도 무산되고 말았다. 떨쳐 내듯 휘둘러진 우르시우스의 도끼가 카말라스의 검을 가볍게 쳐 날려 버렸기 때문이다. 그리고 그것으로 승부는 결정되어 버렸다.

근엄한 가면 뒤로 우르시우스는 바보 같은 웃음을 지었다. 그리고 무릎을 꿇은 채 고통스러워하고 있는 카말라스를 향해 가볍게 도끼를 돌리며 다가갔다.

십여 년간 동이케니아 해의 대해적으로 군림하던 카말라스는 그렇게 죽었다.

카말라스의 목이 효수되는 것을 끝으로 검투 처형식은 막을 내렸다. 뜨거운 열기와 환호로 가득 찼던 투기장도 관중들이 빠져나가면서 서서히 적막에 잠겨들었다.

"살아오면서 적지 않은 검투 시합을 보아왔지만 오늘만큼 멋진 시합은 처음이었습니다. 아르제스님은 어떠셨습니까?"

우티카의 대표로 참석한 크라티누스는 옆에 앉은 아르제스에게 시합을 감상한 소감을 물어왔다.

"어차피 이것은 처형식, 그 이상도 이하도 아닙니다. 하지만 멋진 검투는 시민들을 즐겁게 했고, 자신은 환호성 속에서 죽을 수 있었으니 카말라스나 저희나 별로 손해 보는 장사는 아니었던 듯싶습니다."

"허허허, 혈기 넘치는 나이에 어울리지 않게 늙은이 같은 대답이시군요."

격렬했던 검투에 대한 감상치고는 시큰둥하게 들리는 대답이었지만 오히려 이런 모습이 아르제스다운 것임을 크라티누스는 잘 알고 있었다.

*　　　　*　　　　*

카말라스의 검투 처형식 이후로 검투 시합은 5일간이나 이어졌다. 하지만 아르제스는 더 이상 투기장을 찾지 않았다.

하지만 발가르나 융은 검투 경기에 푹 빠져 투기장에서 살다시피 하였다. 이에 아르제스는 아예 마르쿠서스까지 한꺼번에 묶어서 휴가를 줘버렸다. 어차피 축제 기간 동안에는 행정관의 업무도 개점 휴업 상태나 다름없었고, 따로 휴가비를 챙겨주지 않아도 지난번 해적 토벌전의 전리품으로 꽤나 주머니가 두둑할 터였다.

축제를 즐기는 대신 아르제스가 선택한 것은 관사에 눌러앉아 오랜만에 게으름을 피우는 일이었다. 그리고 그 게으름에 동참해 준 친구가 있었는데, 그는 바로 '공공교육 기관 설립에 관한 루시우스 법'의 입안자인 법무관 루시우스였다. 사실 법안의 실질적인 입안자는 아르제스라고 보는 편이 옳았다. 하지만 루시우스가 뛰어난 식견과 지식을 갖추지 못한 인물이었다면, 불과 두 달 만에 세부 사항이 완비된 법률을 준비하여 비준까지 받아내지는 못했을 것이다.

아르제스가 머무는 행정 관사는 보통의 관사와는 달리 운치도 있고 주위도 조용한 편이었다. 아무래도 부자 동네에 위치하다 보니 그 영향을 받지 않을 수가 없었던 탓이다.

작은 연못이 딸린 정원이 한눈에 들어오는 관사의 2층 발코니에는 작은 서탁을 가운데 두고 두 사람이 마주하고 있었다. 서탁 위에는 '샤(Schach)'라는 게임에 쓰이는 장기판이 놓여져 있었는데, 장기판을 바라보는 두 사람의 표정은 무척이나 상반되었다.

'샤' 혹은 '샤스'라고 불리는 이 게임은 멀리 동방에서 유래되었는데 론 제국을 거쳐 중앙해 전 지역으로 퍼져 나간 놀이였다. 흑백이 번갈아 교차되는 격자 무늬 판 위에서 군대의 병종(兵種)을 본뜬 말을 움직여 두 사람이 대결을 벌이는데, 상대편의 왕을 먼저 잡는 쪽이 승리하는 게임이었다.

"흠!"

미간을 찡그리며 턱을 쓰다듬는 아르제스의 표정은 상당히 난감하다는 빛이 역력하였다. 하지만 얼마 지나지 않아 자신의 패배를 시인할 수밖에 없었다.

"또 졌군요."

아르제스는 자신의 왕을 가볍게 손가락으로 밀어서 쓰러뜨렸다. 단단한 물푸레나무를 깎아 만든 장기 말은 쓰러지면서 경쾌한 소리를 내었다.

"후후후, 실제 전쟁에서는 상승불패로 이름 높은 아르제스님이지만 장기판 위에서는 평범한 글쟁이에게도 연전연패하시는군요."

루시우스는 기분 좋게 웃으며 흩어진 장기 말들을 정리했다.

"실제 전투와 샤는 전혀 다르니까요."

"그럼 아르제스님이 생각하는 전투에서의 승리 조건은 무엇입니까?"

자세를 고쳐 앉은 루시우스는 흥미로운 표정을 지으며 물었다. 전략전술의 천재로 이름 높은 아르제스가 전투에 관하여 어떤 지론을 가지고 있는지 루시우스는 무척이나 궁금하였다.

"글쎄요. 물어보신다고 해도 그다지 쉽게 대답할 만한 성질의 것은 못 됩니다만······."

"그게 무슨 말씀이십니까?"

내심 '엄하게 훈련된 잘 무장된 병사', '안정된 보급' 같은 대답을 기대하고 있었던 루시우스는 의외라는 표정을 지으며 되물었다.

"많은 사람들은 전투에 절대적인 승리 공식이 존재한다고 생각합니다. 사실 안정된 보급을 바탕으로 압도적인 병력과 사기를 유지할 수 있다면 전투에서 지는 일은 좀처럼 없겠지요. 하지만 그런 조건들은 승리의 필요조건일 뿐 충분조건은 되지 못합니다. 게다가 이런 조건들이 완벽하게 갖추어졌던 경우는 기나긴 전쟁의 역사 속에서도 좀처럼 예를 찾아보기 힘드니까요."

"그럼 그 충분조건은 무엇이라고 생각하십니까?"

"흠, 상상력이나 통찰력, 결단력, 부지런함, 신뢰… 뭐, 이런 종류가 아닐까요?"

"그러한 미덕들은 밑으로는 도축업자, 예술가에서부터 위로는 카라카스의 왕궁에 앉아 있는 귀족 의원들에게까지 모두 적용되는 것들이 아닙니까?! 딱히 지휘관만의 미덕이라고 할 만한 것은 아니군요."

"하하하, 그렇습니다. 그래서 처음부터 말씀드렸지 않습니까. 쉽게 대답할 만한 성질은 아니라고."

잠시 즐거운 표정으로 웃은 아르제스는 말을 이어갔다.

"하지만 누구나 알고 있는 사실이라고 해서 누구나 행할 수 있는 것은 아닙니다. 훌륭한 지휘관은 여러 가지의 미덕을 동시에 지니고 있어야 합니다. 그리고 그 미덕들을 자유롭게 전장이라는 공간 속에서 발휘할 수 있어야 합니다."

"그래도 하나만 꼽으라면 어떤 미덕을 꼽으시겠습니까?"

"전쟁에 있어 최고의 미덕은 통찰력이라 말할 것이고, 전투에 있어 최고의 미덕은 결단력이라고 말할 것입니다."

"흠, 그럼 만약 통찰력과 결단력을 겸비했지만 약한 군대를 이끄는 장수와 미덕이라고는 찾아보기 힘들지만 강한 군대를 이끄는 장수가 맞부딪친다면 누구의 승리를 점치시겠습니까?"

"통찰력이 있는 장수라면 처음부터 약한 군대로 강한 군대에 맞설 생각은 하지 않을 것입니다."

"오호? 그럼 우티카에서 아쿠타의 대군에 대항해 승리했던 것은 어떤 미덕으로 설명해야 합니까?"

"하하하, 아마 유노 여신의 미덕인 '행운'이 아닐까 합니다. 패배에는 우연이 없지만 승리에는 우연이 있는 법이니까요."

"하하하."

너무나 솔직한, 그러면서도 역설적인 대답 덕분에 루시우스는 유쾌하게 웃을 수 있었다. 유노는 행운의 여신이 아닌 '질투'와 '변덕'을 상징하는 여신이다. 아르제스는 스스로의 승리가 신들의 변덕 덕분이라고 당당하게 말한 것이다.

'저 나이에는 좀처럼 가지기 힘든 미덕을 지녔군.'

루시우스는 진정으로 그리 느끼고 있었다. 젊은 나이에 가장 가지기 힘든 미덕이 '겸손'임을 그는 경험상 잘 알고 있었기 때문이다. 특히 아르제스처럼 일찍부터 성공 가도를 달려온 사람이라면 자존심은 한없이 강해지기 마련인데 말이다.

"그거 아십니까? 가끔 아르제스님이 세상을 달관한 노인처럼 보인다는 사실을요?"

"전쟁은 연륜 이상의 것을 강요하더군요."

아르제스는 가볍게 미소 지으며 말했다.

"한 판 더 두시겠습니까?"

"좋지요. 시간은 많고 할 일도 없으니 샤나 두어야지 뭘 하겠습니까?"

한 명의 장년인과 한 명의 애어른은 말없이 장기 말을 장기판 위에 올려놓기 시작했다. 그리고 둘은 다시 말없이 장기를 두기 시작했다.

"그러고 보니… 시대와 장소를 초월하는 미덕이 하나 있긴 하군요."

장기판을 뚫어져라 바라보던 아르제스가 침묵을 깨고 말했다.

"오호! 그런 미덕이 있습니까? 대체 무엇입니까?"

내심 대단한 말을 기대했던 루시우스에게 돌아온 대답은 상당히 엉뚱했다.

"유머입니다."

"……."

잠시 침묵이 흘렀다.

"음, 이것 자체도 일종의 유머입니까?"

"아닙니다. 꽤나 진지한 대답입니다만."

루시우스는 눈앞의 청년이 말하는 '유머' 라는 것을 도저히 이해할 수 없었다. 천재에게는 천재만의 유머 감각이 있는 것일까?

"흠흠, 그냥 샤나 두시지요."

이해할 수 없을 때는 무시해 버리면 그만이었다.

제2장

연극과 정치

화려했던 가을 축제가 끝났다. 하지만 막상 완연한 가을은 축제가 끝나고서야 찾아왔다. 날씨는 청명했고 하늘은 바다 만큼이나 푸르렀다. 오랜 전쟁에서 벗어난 이케니아의 시민들은 이 가을의 풍족함을 충분히 즐기고 있었다.

행정관으로서의 아르제스의 일상은 변함없었다. 그리고 그다지 불만도 없는 생활이었다. 물론 행정관으로서 대부분의 업무는 지루할 정도로 단조로웠다. 실무는 보좌관들의 업무였다. 행정구의 수장으로서 아르제스가 할 일은 문제를 조율하는 일이 대부분이다. 그리고 이 조율이라는 문제가 아르제스를 곤혹스럽게 만드는 경우는 드물었다.

이른 새벽, 부지런한 장사치들도 거리에 모습을 드러내지 않을 시간이었다. 낮게 깔린 옅은 안개 속은 시린 공기로 가득 차 있었다.

그때 새벽의 적막함을 뚫고 낮고 빠른 발걸음 소리가 울려 퍼졌다. 높은 담 사이로 난 좁은 길 사이로 3명의 사내가 움직이고 있었다. 하나같이 모자가 달린 외투를 깊숙이 눌러쓴 모습이었는데, 어딘가 모르게 불안하고 초조한 기색이었다. 그들은 끊임없이 좌우를 살피며 발걸음을 재촉하고 있었다. 조심스럽게 움직이던 그들이 걸음을 멈춘 곳은 토넬리노 행정 관사의 담벼락 밑이었다.

일반적인 거리의 골목은 5미터에 가까운 높은 담으로 둘러싸여 있다. 아니, 정확하게 말하면 담이 높은 것은 그 담이 실제로는 건물의 외벽이기 때문이다. 이케니아나 라인식의 일반적인 주거 건물은 외부에서 들어오는 입구를 제외하고는 전부 안으로 열린 구조의 건물이다. 주거지가 밀집된 도시 생활로 인한 외부의 소음과 중앙해 북서부 연안 특유의 따가운 여름 햇살을 막기 위해서이다. 따라서 담을 둘 필요가 없이 두터운 건물의 외벽 자체가 담장의 역할을 하는 것이다.

하지만 행정관의 관사는 행정 소원의 공간을 확보해야 한다는 특수성 때문에 건물 외부에 따로 담장이 있었고, 담과 건물 사이에는 행정 소원을 위한 꽤 넓은 공간이 있었다. 이케니아식 건물은 천장이 높기 때문에 당연히 외벽도 높다. 하지만 행정 관사를 둘러싸고 있는 담은 불과 2미터 정도에 불과했다.

사내들은 좌우를 살핀 뒤 서로를 도와가며 능숙하게 담을 넘었다. 세 사람이 거리에서 사라진 것은 순식간의 일이었다.

관례적이긴 해도 행정 소원이 있는 날은 항상 출근이 이른 아르제스였다. 그날도 마르쿠서스와 호위병, 그리고 융을 대동한 그는 이른 시각부터 행정 관사로 향하고 있었다. 행정 관사라고 해도 특별히 경비병이 상주하고 있는 것은 아니다. 일부 행정관들은 관사에서 거주하기도 했지만 아르제스는 출퇴근을 하는 쪽이었고, 텅 빈 관사에는 그다지 지킬 것도 없었기에 토넬리노의 행정 관사는 자물쇠를 채우는 것이 건물을 지키는 방편의 전부였다. 그렇다고 해서 두터운 문이 열리면서 일행이 문턱을 넘었을 때 갑자기 나타난 3인의 사내로 인해 놀라지 않을 이유는 없었다.

"누구냐!!"

아무도 없어야 할 행정 관사에 낯선 사람이 모습을 드러내자 마르쿠서스는 본능적으로 아르제스를 뒤로 밀쳐 내며 앞을 막아섰다. 호위병들도 한 손에 쥔 채 어깨에 걸쳐 놓았던 권표를 양손으로 고쳐 잡으며 불청객들에게 살기를 내뿜었다. 그렇지 않아도 며칠 전 토넬리노 행정구에서 살인 사건이 일어났다는 소식을 접한 터라 공관에 얼굴을 가리고 나타난 사내들에 대해서 경계하지 않을 수 없었던 것이다.

풀로가 치안대를 부르기 위해 입에 호각을 가져가려 할 때 불청객들 중 하나가 다급히 그의 행동을 만류했다.

"잠깐만 기다려 주게, 풀로."

"……?"

상대가 자신을 잘 알고 있다는 듯 말하자 풀로는 막 숨을 불어넣으려던 호루라기를 입술에서 떼었다. 수상하기는 하지만 최소한 적의는 없는 상대이다. 단순한 강도이든 정치적 이유의 암살이든 악의가 목적이었다면 벌써 공격을 하고도 남았어야 했다.

그때 아르제스가 마르쿠서스를 물러서게 한 후 한 발 앞으로 나서면서 굳은 목소리로 말했다.

"이렇게 몰래 나타났다면 분명 목적이 있을 터, 하지만 그전에 그대들의 정체부터 밝히는 게 어떤가?"

아르제스의 말에 그들은 눌러쓰고 있던 모자를 뒤로 걷었다. 그리고 나서 그들이 취한 행동은 일제히 아르제스를 향해 군례를 행하는 것이었다.

"아! 너는?"

아르제스는 모자를 벗은 3인의 사내 중 맨 앞의 사내에게 자연스럽게 눈길을 주었다. 그는 다름 아닌 세노아 전쟁에서 자신의 휘하에 있었던 백인대장 중 한 명이었기 때문이다. 사실 1개 군단에는 백인대장만 해도 60명이다. 총사령관이 일일이 백인대장의 이름을 기억하는 것은 거의 불가능하다. 그래도 얼굴을 못 알아볼 리는 없다. 특히 자신이 직접 지휘했던 1군단의 백인대장이라면 말이다.

"기억하실지 모르겠지만 저는 세노아 방위군 1군단 9대대의 백인대장이었던 쿠리오입니다. 그리고 이들은 당시에 저의 부하였던 자들입니다. 모두들 메디아 원정에서 사령관님 밑에서 싸웠던 병사들입니다."

쿠리오의 말에 고개를 끄덕이면서도 아르제스는 차가운 눈빛을 풀지 않았다. 아무리 전 부하였다고 하지만 비상식적인 시간에 비상식적인 방법으로 나타난 이상 쉽게 마음을 놓을 수는 없었다. 하지만 아르제스를 바라보는 쿠리오의 눈에는 약간의 초조함이 서려 있었다.

"저희가 이렇게 사령관님을 몰래 찾아온 것에는 피치 못할 사정이 있어서입니다. 부디 저희의 사정을 들어주십시오."

옛 부하가 이렇게까지 사정을 하는데 아르제스도 굳이 거부할 이유가 없었다. 게다가 사람들을 피하고 싶어 하는 기색이 역력한 이들을 대문이 열린 관사 앞마당에 마냥 세워둘 수도 없는 노릇이었다.

"좋다. 일단은 안으로 들어가자."

아르제스의 허락이 떨어지자 쿠리오 일행은 안심한 표정을 지으며 크게 한숨을 내쉬었다.

자리를 권하지 않았기에 쿠리오 일행은 관사에 들어와서도 여전히 서 있어야만 했다. 설사 아르제스가 자리를 권했더라도 편하게 자리에 앉을 만큼의 여유도 없는 것이 현실이었다. 자리에 앉지 않은 것은 아르제스도 마찬가지였다. 의자가 아닌 서탁에 걸터앉은 아르제스는 팔짱을 낀 채 고저가 없는 음성으로 말했다.

"자, 이제 자리가 마련되었다. 하고 싶은 말이 무엇이냐?"

아르제스의 허락에도 불구하고 쿠리오는 한참 동안이나 말문을 열지 못했다. 어떻게 말을 시작해야 될지 좀처럼 생각이 정리되지 않았기 때문이다. 그래도 아르제스는 인내심을 가지고 조금의 여유를 주었다. 그러자 쿠리오도 겨우 평정을 찾으며 입을 열기 시작했다.

"저희가 찾아온 것은 3일 전 토넬리노 언덕에서 있었던 아만테티스의 비극 때문입니다."

"응? 아만테티스의 비극이라니?"

아만테티스는 세노아 전쟁 당시 아르제스 직속의 1군단의 2대대의 선임 백인대장이었다. 그게 아니더라도 조금은 이국적인 플라베니아식 이름 때문에 아르제스의 기억에 선명하게 남아 있는 인물이기도 했다. 그리고 3일 전에 토넬리노 언덕에서 일어난 비극이라면 6명의 시민이 잔인하게 죽임을 당한 살인 사건밖에 없다.

"아만테티스가 죽기라도 했단 말이냐?!"

아르제스의 반문에 쿠리오는 고개를 가로저었다.

"아닙니다. 아만테티스와 저희가 그 쓰레기 같은 돼지 녀석을 처치한 것입니다."

"그럼 그 사건의 범인이 너희들이란 말이냐?"

범인이란 말에 쿠리오는 조금 곤란한 표정을 지으며 말했다.

"네. 그렇습니다, 사령관님."

그의 말에 아르제스의 얼굴이 조금은 일그러졌다. 그 사건에 자기의 전 부하가 관련되어 있다는 이야기를 지금에서야 남의 입을 통해서 들었기 때문이다. 이래서야 체면이 서지 않는다. 그는 고개를 돌려 힐난이 담긴 눈빛으로 융을 쏘아보았다.

"어떻게 된 것이냐, 융? 그 살인 사건에 아만테티스가 관련되어 있다는 사실을 왜 내게 알리지 않은 것이냐?"

물론 살인 사건과 같은 형사 문제는 치안관과 법무관의 소관이다. 절차나 관할을 따져 보아도 행정관인 아르제스는 몰라도 그만인 문제이다. 하지만 전 부하가 관련된 사건이면 이야기가 다르다. 그리고 실무에 관한 책임은 융의 몫이었다.

"죄송합니다."

융은 조금은 당혹스런 표정을 지었다. 어떻게 된 일인지는 모르지만 자신도 그 사건에 전직 군단병이 관련되었다는 이야긴 들어본 적이 없었다.

하지만 아르제스도 이 문제에 대해서 더 이상 따져 묻지 않았다. 지금은 쿠리오의 말을 더 들어보는 것이 먼저였다.

쿠리오가 말한 개략적인 사건의 개요는 이랬다.

아내의 급환으로 급전(急錢)이 필요하게 된 아만테티스는 금융업자에게 돈을 빌리게 된다. 말은 금융업자이지만 실제로는 고리대금업을 하는 대부업자라고 말하는 편이 옳다. 대부업자에게 빌린 돈은 월 5% 이상의 이자가 붙는 것이 보통이기 때문이다. 하지만 사내에겐 다른 방편이 없었다. 퇴역 후 직업도 변변치 않은 데다 전투에서 몸까지 다친 그가 만만치 않은 금액의 돈을 급하게 구할 곳은 대부업자를 통한 방법뿐이었기 때문이다.

어찌 되었든 돈을 빌려 아내를 병에서 구한 사내는 돈을 갚기 위해 피나는 노력을 하였다. 그도 돈을 갚지 못한 고객을 대하는 대부업자들의 태도가 얼마나 잔인한지 잘 알고 있었다. 대부분의 가산을 정리하고 친척들에게 조금씩 손을 내밀어 돈을 마련한 그는 3달 만에 원금과 이자를 마련할 수 있었다. 그러나 그 마련한 돈을 들고 찾아간 대부업자는 돈이 모자란다며 코웃음을 쳤다.

사내의 무지와 대부업자의 간교함이 빚어낸 결과였다. 대부업자는 계약서를 작성할 때 월 10% 이자를 받기로 하였다. 사내가 빌려준 돈은 150데르였고, 따라서 그가 가져온 돈은 3달치 이자를 합친 195데르였다. 하지만 대부업자는 더 많은 돈을 요구했다. 이자를 매기는 방식이 단리가 아닌 복리라는 이유였다. 돈을 빌린 사내는 당연히 화를 내었다. 그러나 계약서상으로는 문제가 없었다. 분명 이자를 복리로 매기겠다고 명시되어 있었기 때문이다. 하지만 평생을 몸으로 벌어먹고 살아온 사내가 단리와 복리라는 개념을 이해할 리 없었다. 사실 복리는 상인들 사이에서도 보편화된 개념은 아니었다.

이유야 어찌 되었든 돈을 빌렸던 아만테티스는 이러지도 저러지도 못하는 처지에 빠지고 말았다. 그러는 사이 대부업자는 수하들을 이끌고 들이닥쳐 돈을 갚으라고 협박하기에 이르렀다. 때마침 아만테티스는 외출 중이었고, 대부업자는 사내의 딸을 담보로 납치해 갔다. 처음부터 가산을 처분해서 마련했던 돈이니만큼 이미 집에는 돈이 될 만한 물건이 딸을 제외하고는 하나도 남아 있지 않은 까닭이었다.

집으로 돌아온 아만테티스는 아내의 오열과 딸의 납치 소식에 분노했다. 하지만 혼자서는 아무것도 할 수 없었다. 상대는 건장한 노예들을 대동하고 다니는 위험한 인물이었기 때문이다. 그래서 평소에도 친하게 지내던 쿠리오 등의 옛 동료들을 끌어 모았다. 이케니아에서 군인의 사회적, 경제적 지위는 그리 높지 못하다. 모두 그처럼 힘겹게 살아가고 있는 처지였기에 그들의 의견은 분노를 밑천 삼아 쉽게 통일되었다. 그들은 대부업자가 지나다니는 길에 진을 쳤다. 돈은 어떻게 해서라도 갚을 터이니 볼모로 잡아간 딸은 돌려달라고 요구하기 위해서였다. 하지만 산전수전 다 겪어본 대부업자가 순순히 협박에 넘어갈 리가 없었다. 두 패거리 사이에 사소한 실랑이가 벌어진 것은 두말할 나위도 없었다. 말싸움에서 시작된 다툼이 나중에는 칼부림으로 번졌다. 물론 아만테티스도, 쿠리오도 이렇게까지 일을 크게 벌일 생각은 없었다. 하지만 서로 감정이 격해진 상태에서 대부업자의 노예 중 한 명이 먼저 칼을 뽑아 든 것이다. 그리고 그것은 크나큰 실수였다.

한밤중에 벌어진 참극으로 대부업자와 그의 수하들은 모조리 살해당했다. 대부업은 험한 일이다. 대부업자 일행도 힘 좀 쓴다는 인물들이었지만 혹독한 훈련과 실전으로 단련된 아만테티스 일행의 전투력과는 비교할 바가 못 되었다. 군인의 싸움과 건달의 싸움을 비교한다는 것 자체가 무리였다.

한바탕 살육전을 마친 일행은 그 길로 대부업자의 집으로 쳐들어갔다. 사내는 딸을 구해내었지만 대부업자의 가족들까진 차마 죽이지 못했다. 사내가 놓지 않은 마지막 이성의 끈 덕분이었다. 하지만 가족들을 살려준 것은 증인을 살려둔 꼴이 되었다.

다음날, 사내는 스스로 치안관의 관사로 출두했다. 온몸에 핏자국이 선명한 살인 당시 그대로의 모습으로 말이다. 살인

죄로 그 자리에서 체포된 그는 3일 후 재판을 앞두고 있었다. 그리고 함께 살인에 가담했던 쿠리오 일행들에게도 수배령이 내려진 상태였다.

여기까지 말을 들은 아르제스는 미간을 찌푸렸다.

살인 사건에 자신의 예전 부하들이 연관된 사실은 지금에 서야 알았지만 살해당한 금융업자의 정체는 아르제스도 이미 알고 있었다. 그는 푸블루스라는 자로서 공교롭게도 넬로스의 친척 되는 인물이었다. 이렇게 되고 보니 가해자와 피해자가 전부 아르제스와 직간접적으로 관계된 인물이 아닌가?

"어떻게 된 일인지는 알겠다. 하지만 겨우 사건을 설명해 주려고 찾아온 것은 아니겠지?"

아르제스는 여전히 팔짱을 풀지 않은 채 쿠리오가 찾아온 진짜 목적을 물었다.

"이런 부탁을 드리는 것이 염치없음은 알고 있습니다. 하지만 저희는 아만테티스가 당한 굴욕을 그냥 보고 있을 수만은 없었습니다. 부디 아만테티스의 목숨을 구해주십시오. 그는 전장에서 수많은 병사들의 목숨을 구했던 사람입니다. 돈에 찌든 돼지 한 마리를 죽인 이유로 살인자라는 불명예를 쓰고 죽게 할 수는 없습니다."

"……."

하지만 아르제스는 쉽게 대답할 수 없었다. 전역한 군단병과는 달리 아르제스는 지금도 공인의 신분이다. 쿠리오가 느끼는 분노를 이해할 수 없는 것은 아니었지만 자신은 근본적으로 신분과 처지가 달랐다.

"정말로 염치없고 건방진 부탁이구나. 아직도 내가 너희들의 사령관이냐? 내가 이 자리에서 너희들을 제압하고 치안대에 넘기겠다면 어찌하겠느냐? 설마 그렇게 하지 못할 것 같으냐?"

"사, 사령관님?"

아르제스가 이토록 냉랭하게 말하자 쿠리오 일행은 흠칫 놀랐다. 하지만 말은 그렇게 했어도 아르제스는 여전히 팔짱을 풀지 않은 채 미동도 하지 않고 있었다. 정말로 이들을 치안대에 넘길 생각은 없었다. 일단은 자신을 믿고 찾아와 어려운 말을 꺼내지 않았는가? 다만 골치 아픈 사건을 안겨준 것에 대한 불평 같은 것이었다.

"아만테티스를 걱정하기 전에 네 녀석들의 처지나 걱정해라. 전시도 아닌 평시에 전직 군인이 민간인을 살해한 사건이다. 네가 말하는 군인의 명예나 명분보다는 법이 우선시되어야 하는 일이란 말이다. 알겠는가?"

그러나 쿠리오도 쉽사리 물러날 기세는 아니었다.

"저희는 못 배우고 무식한 사람들이라 그 잘난 법 같은 것은 모르겠습니다. 저희가 아는 것은 당연한 일을 행한 아만테티스가 불명예스럽게 죽을 위기에 처했다는 것이 다입니다. 이런 생각을 하는 것은 저희만이 아닙니다. 사령관님 밑에서 싸웠던 수많은 1군단의 전우들도 아만테티스의 비극에 분노하고 있습니다."

아르제스는 쿠리오의 눈에서 분노와 실망감, 그리고 안타까움을 읽었다. 단순히 전직 사령관인 자신에 대한 감정만은 아닐 것이다. 그 치열하고 위험했던 전장을 순전히 명예에만 의지해 이겨왔던 군단병들이다. 이케니아 연맹을 위해 목숨까지 바쳤던 자신들에 대한 국가의 대우가 겨우 이것이냐 하는 복잡한 감정일 것이다.

아르제스는 왠지 모를 책임감을 느꼈다. 비록 전투에서는 군단병들에게 승리를 안겨주었지만 전역 후의 그들의 생활에 대해서는 아무것도 보장해 주지 못했다는 것을 자각했기 때문이다. 남자에게 가족의 부양을 책임질 경제력은 곧 명예로 직결된다. 기본적인 경제력마저 상실한 가장은, 특히 그 사람이 국가를 지킨다는 사명감에 충실했던 전직 군인이라면 더욱 심한 배신감과 굴욕을 느끼게 된다.

물론 이런 문제가 아르제스의 책임이라고는 할 수 없다. 그 당시의 자신은 정치가가 아닌 군인이었을 뿐이다. 그나마 발휘한 정치적 영향력도 토르피우스라는 걸출한 유력자를 통한 것일 뿐이었다. 그리고 지금도 비록 행정관의 지위에 있다고는 하지만 본격적인 정치가로서의 활동을 시작했다고는 할 수 없었다.

그렇기에 그들의 처지를 동정하면서도 확답은 할 수 없었다. 일단은 분위기를 누그러뜨리는 것이 먼저였다.

"아만테티스는 그렇다치고, 너희들은 어쩔 작정이냐?

"저희들은 어차피 딸린 가족도 없는 몸입니다. 아만테티스의 문제만 해결된다면 네모를 빠져나가 조용히 몸을 숨기고 살 작정입니다."

그 말에 한참 동안 곰곰이 생각하던 아르제스는 팔짱을 풀며 기대었던 몸을 바로 세웠다.

"아무것도 약속할 수는 없다. 하지만 아만테티스에 대한 문제는 내가 직접 나서보겠다. 그때까지 너희들은 내가 알려주는 곳에서 몸을 숨기고 있거라."

조금은 억지스러운 부탁이란 것은 쿠리오 스스로도 알고 있었다. 아르제스가 직접 나서준다고 하자 그는 감격에 겨운 표정을 숨기지 못했다. 그에 비해 융의 표정은 불만으로 심하게 찡그려졌다. 하지만 기뻐하는 쿠리오 앞에서 차마 말로 드러낼 수는 없었다.

"감사합니다. 사령관님에게 축복이 있기를!"

이에 아르제스는 씁쓸한 표정을 지으며 퉁명스럽게 대꾸했다.

"후, 거창한 축복은 필요없고, 더 이상 사고나 치지 말거라. 그리고 난 이제 더 이상 네놈들의 사령관이 아니란 말이다."

한숨을 내쉰 아르제스는 즉석에서 한 통의 서찰을 작성했다. 카이트에게 보내는 것이었다. 사람을 숨기는 일에 카이트만큼 적격자도 없었다. 그리고 서찰을 풀로에게 주어 쿠리오 일행을 카이트의 거처로 안내하게 했다. 아르제스의 호위병과 동행하는 인물들을 수배자로 의심할 사람은 없을 것이었다. 범죄자를 숨겨주는 것은 아르제스로서도 위험한 일이었지만, 일단 나서기로 한 이상 감수해야만 할 몫이었다.

"아! 그리고……."

아르제스는 풀로와 함께 관사를 나서려던 쿠리오를 불러 세웠다.

"너는 아만테티스를 불명예스러운 죽음에서 구해달라고 했지만 그의 명예와 목숨을 함께 구할 수 있을지는 장담할 수 없다. 하지만 이번 일에 대한 책임을 내가 지기로 한 이상, 이번 일이 어떻게 결론지어지든 너희들은 무조건 따라야만 한다. 너뿐만 아니라 다른 퇴역병들 모두 말이다. 어떤가? 받아들이겠지?"

조금은 의미심장한 말이었지만 쿠리오는 조금도 망설이지 않고 군례로 답했다. 그리고는 다시 모자를 눌러쓰고 빠른 걸음으로 사라졌다.

불청객으로 인해 소란스러웠던 행정 관사는 평상시의 평온함을 되찾았다.

"어떻게 생각하느냐, 융?"

아르제스는 고개도 돌리지 않은 채 턱을 매만지며 의견을 물었다.

"이번 일에 개입하기로 하신 것은 실수인 것 같습니다만……."

"하하, 어째서 그렇게 생각하는가?"

융은 이 문제가 반드시 법과 원칙대로 처리되어야 한다고 생각하고 있었다.

"이것은 아르제스님의 정치적 생명에 관련된 문제이기 때문입니다. 이런 민감한 문제는 건드리지 않고 넘어가는 것이 상책입니다."

아르제스는 이제 막 공인의 대열, 즉 정치가로서의 첫발을 내디딘 사람이다. 비록 세노아 전쟁과 해적 토벌로 큰 명성을 쌓긴 했지만 정계에서는 아직 신인에 불과하다. 비슷한 정치 체계를 가진 라인 제국과는 달리 이케니아는 군사적 명성이 바로 정치적 명성으로 연결되는 것은 아니었다. 무엇보다 수백 년 동안 정치 체계의 개혁이 없었던 이케니아 정계는 무척 보수적이다. 물론 아르제스가 사령관이 될 기회를 잡은 것도 이런 보수적인 풍조가 한몫(아르제스는 3왕가의 하나인 가이우스가의 적통이기 때문에)했지만, 18세에 불과한 연령만은 어쩔 수 없다. 네모 시의 유력자들은 몰라도 보수적인 다른 도시국가의 유력자들이 신참자인 아르제스를 곱게만 생각할 리 없는 것이다.

더구나 아르제스는 가문에 비해 귀족 내에 지지 기반이 미약하다. 이럴 때는 몸가짐을 조심해야 하며 쓸데없는 꼬투리를 만들지 말아야 한다는 것이 융의 생각이었다. 만약 이 사건에 아르제스가 개입하게 되면 퇴역병을 개인 세력화하려 한다는 오해를 살 수도 있었다. 이것은 무엇보다도 위험한 일이다. 이케니아는 연맹이라는 특수한 체제를 가지고 있기 때문에 군사적 세력이 정치에 직접 개입하거나 영향력을 행사하는 것을 극도로 경계한다. 지역 사령관이 선거직이 아닌 임명직이며, 부임 정년을 보장해 주지 않는 것도 이런 이유였다.

아르제스도 융의 말이 의미하는 바를 정확하게 이해하고 있었다. 하지만 완전히 동의할 수는 없었다.

"너의 말에도 일리는 있다. 하지만 나의 생각은 조금 다르다."

무엇보다 이들 병사들이 정치적으로 자신의 확고부동한 지지자라는 이유 때문이었다.

아르제스의 명성은 높다. 하지만 명성이 높다고 지지층이 두터운 것은 아니었다. 아르제스의 나이는 이제 겨우 18세. 특례를 인정받아 행정관의 지위까지는 올랐지만 더 이상의 특례는 기대하기 힘들었다. 그러기에는 2번이나 역임한 사령관으로서의 경력이 너무나 무거웠다. 결과적으로 최소한 앞으로 10년 동안 더 이상의 출세는 힘들다고 보아야 했다. 역설적으로, 너무 이른 출세가 자신의 앞길을 가로막고 있었다.

이런 미묘한 상황에서 정치적 영향력을 유지하기 위해서는 기존 지지층의 유지가 필요하다. 또 다른 관점에서 이것은 정치 생명과 연관된 중대한 문제이다. 그런 의미에서 자신과 함께 싸웠던 병사들은 정치적 밑천이었다. 단순한 경제적 이권을 넘어서 목표를 공유하며 함께 피를 흘렸던 사람들이다. 사안의 옳고 그름을 떠나 자신의 말이라면 무조건적인 지지를 표명해 줄 사람들이다. 그런 병사들이 치졸한 대부업자의 흉계의 휘말려 자부심과 명예를 잃고, 자신이 목숨을 걸고 지켰던 이케니아의 법에 도리어 목숨을 내놓아야 할 형편인 것이다. 이런 류의 사건은 결속력이 강한 퇴역병 같은 집단에게는 상당히 민감한 문제이다.

게다가 굳이 따지지면 아르제스는 '파트로네스'이고 그와 싸웠던 병사들은 '클리엔테스'이다. 약속과 계약 관계를 중요시 여기는 이케니아 인의 특성상 자의든 타의든 이렇게 정립된 관계에는 책임과 의무가 따른다.

"이번 일은 길게 바라보아야 한다. 퇴역병을 중심으로 한 이케니아의 시민들은 나를 지지해 주는 중심 세력이다. 얻기는 힘들지만 사소한 것에도 무너지는 것이 인간 간의 신뢰이다. 나는 그들의 신뢰를 저버릴 수 없다."

"흠, 어차피 최종적인 판단은 아르제스님의 몫이니까요.

더 이상은 말씀드리지 않겠습니다."

융은 못 당하겠다는 표정으로 한숨을 쉬며 푸념했다. 직접적인 언급은 하지 않았지만 융은 아르제스의 내심을 어느 정도 눈치 챌 수 있었다. 자신의 상관은 장래의 정치적 지지 기반을 일반 시민에 두기로 작정한 것이 분명했다.

이케니아 사회를 구성하고 있는 계층은 크게 '노예—일반 시민—부유한 상인—귀족'의 수직적 구조를 가진다. 이들 중 시민권이 없는 노예 계층을 제외하면 시민, 상인, 귀족이 각각 다른 정치적 공감대를 형성하고 있다. 물론 수는 시민 계층이 가장 두텁다. 수가 많다는 말은 행사할 수 있는 투표권의 수가 많다는 말이다. 하지만 시민들의 표는 아무리 수가 많아도 한계가 있다. 연맹의 왕을 뽑는 선거는 시민들에 의한 직접선거가 아닌 귀족회의에 의한 간접선거이기 때문이다. 일반 시민들이 개입할 여지는 전혀 없다.

그런 이유로 이케니아의 실질적인 지배 계층은 상인과 귀족 계층이다. 게다가 이 두 계층은 상당히 단단하게 결합되어 있다. 정치를 하는 귀족은 돈이 필요하고, 돈이 많은 상인은 권력을 탐내기 때문이다.

이케니아 최고의 명문가에서 태어나 넬로스가와 혼담까지 오가는 아르제스이다. 마음만 먹으면 귀족과 상인 계층이라는 두 마리 토끼를 한번에 잡을 수도 있다. 그런데도 아르제스는 일반 시민 계층에 지지 기반을 두기로 한 것이다.

이런 종류의 생각은 어느 날 갑자기 떠오르는 것이 아니다. 아마도 오래전부터 아르제스의 머릿속에서 서서히 자라왔음이 분명하다. 그러던 것이 이번 사건을 계기로 표출된 것일 터였다.

"후후후, 그렇게도 불만이냐?"

아르제스는 가볍게 웃으며 심각한 생각에 잠겨 있는 융의 어깨를 다독였다.

"지금의 저는 아르제스님의 가신입니다. 불만이라 하기보다는 걱정이라는 편이 옳겠지요."

"하하, 너무 걱정하지 마라. 내가 언제 생각없이 일한 적이 있었더냐?"

"음, 그럼 무슨 명확한 복안이라도 있으신 겁니까?"

하지만 융의 기대에 찬 질문에 대한 대답은 냉정했다.

"글쎄, 아직은 아니야."

그래도 반쯤은 웃는 얼굴이었다. 생각을 숨기고 있는 것인지 타고난 낙천성 때문인지는 알 수 없지만.

행정 소원을 서둘러 끝낸 아르제스는 사건을 담당했던 치안 부관을 불러 '푸블루스 살인 사건'에 대한 정확한 정황을 들었다. 그리고 퇴근하기에는 조금 이른 시간에 행정 관사를 나섰다. 아만테티스의 일로 넬로스를 만나기 위해서였다. 넬로스를 찾아가는 아르제스는 평상복 차림이었다. 게다가 몸종인 마르쿠서스를 제외하고는 근위병마저도 대동하지 않은 채였다. 어찌 되었든 목숨을 잃은 쪽은 넬로스의 친척인 대부업자다. 아르제스로서는 법에 의거해서 요구하는 것이 아닌 개인의 자격으로 협상을 해야 했다.

그가 편치 않은 심정을 숨긴 채 저택의 문지기에게 자신의 방문을 알렸을 때, 제일 먼저 아르제스를 맞아준 것은 우연히 정원에 나와 있던 세리아였다.

"아르제스님!"

세리아는 그 큰 눈을 더욱 크게 뜨며 기쁨에 가득 찬 표정을 지었다. 아르제스가 넬로스 저택에 찾아온 것이 처음은 아니었지만 지금까지의 방문은 항상 토가를 차려입은 공인으로서의 그것이었다. 따라서 세리아는 약혼자가 찾아왔음에도 불구하고 넬로스와 아르제스 사이의 대화에 끼지 못했다. 그런 아르제스가 예고도 없이 평상복 차림으로 방문한 것이다. 세리아가 기뻐한 것도 이런 이유였다.

"하하. 세리아님, 건강하셨나요?"

날듯이 달려와 안긴 세리아를 가볍게 마주 안아주며 아르제스는 가벼운 웃음을 터뜨렸다.

"보름 만에 본 약혼녀에게 겨우 건강이나 묻다니요. 정말 조금도 로맨틱하지 않으세요."

세리아는 무뚝뚝해 보이는 약혼자의 태도에 작은 주먹으로 가슴을 두드리며 조금은 투정끼 섞인 불평을 늘어놓았다.

하지만 그런 약혼녀의 투정에 아르제스는 어색하게 어깨를
두드려 줄 뿐이었다.

"흥."

항상 이랬다. 아르제스의 애정 표현은 이 정도가 고작이었
다. 아직까지 '사랑한다'는 말조차 들어보지 못했다. 그때마
다 무척이나 서운했다. 하지만 세리아는 그런 속마음을 드러
낼 만큼 어리석지 않았다. 징징대며 어리광이나 부리는 여자
를 좋아할 남자는 없다. 그런 면에서 세리아는 현명한 여자였
다.

"제가 아니라 아버님을 만나러 오신 건가요?"

마지막으로 힘껏 한 번 안았다가 가볍게 아르제스를 밀어
낸 세리아는 웃는 얼굴로 물었다.

"그렇습니다. 죄송합니다, 세리아님."

아르제스 스스로도 알고 있었다, 세리아가 주는 마음에 자
신은 반도 보답하지 못하고 있다는 것을. 정략으로 맺어진 두
사람의 관계는 어쩌면 처음부터 잘못된 시작일지도 몰랐다.
하지만 이미 시작된 인연에 대해서는 책임을 지고 싶었고, 오
히려 그런 아르제스의 마음이 무의식중에 세리아를 멀리하도
록 만들고 있는지도 모른다.

그때 사람 좋은 미소를 띤 넬로스가 저택의 회랑에 모습을
드러내었다. 다른 관직과는 달리 재무관은 기능직이다. 따라
서 정시에 출근하고 퇴근할 의무는 없었다. 달리 말하면 일이

있을 때는 오후에도 일해야 된다는 말이기도 하지만. 어찌 되었든 오전에 찾아왔음에도 넬로스를 만날 수 있었던 것은 이런 이유였다.

"넬로스님."

아르제스는 가볍게 고개를 숙여 인사를 건넸다. 그런 모습을 넬로스는 이채롭게 쳐다보았다.

"하하하! 드디어 제가 아르제스님에게 장인 대접을 받아보는군요."

비꼬는 말투는 아니었다. 넬로스로서는 정말로 기쁜 듯하였다. 하지만 여전히 조심스런 말투였다. 그는 신중한 사람이었다.

"같이 산책이나 하시겠습니까?"

뜻밖의 제안이긴 했지만 거절할 이유가 없었다. 넬로스는 흔쾌히 승낙했다.

"허허, 좋습니다."

저택을 나선 그들이 향한 곳은 토넬리노 언덕 정상에 있는 공원이었다. 이 공원의 땅도 원래는 멋진 저택이 들어서 있던 넬로스의 땅이었다. 그러던 것을 그가 재무관 선거에 나서면서 공원을 지어 시민에게 기증한 것이었다. 이곳에 얽힌 사연이 어떠하든 멋진 공원이란 것만은 틀림없었다. 그리고 그 공원을 장식하고 있는 선조들의 흉상 사이로 한 명의 노인과 한 명의 청년이 아무 말도 없이 느린 걸음을 옮기고 있었다.

"넬로스님이 생각하는 부(副)의 의미는 무엇입니까?"

오랜 침묵을 깨고 아르제스가 말문을 열었다. 조금은 엉뚱한 질문이었지만 넬로스의 대답에는 망설임이 없었다.

"저는 맨손으로 자수성가한 인물은 아닙니다. 그리고 그리 많이 배운 사람도 아니지요. 그래서 딱히 처음부터 재물에 대한 거창한 철학 따위는 가지고 있지 않습니다. 다만 재물을 다루는 것은 미주(美酒)를 마시는 것과 같다는 것 정도는 알고 있습니다. 재물이란 것은 자기의 그릇에 맞게, 그리고 정도를 지키며 다룰 줄 알아야 합니다. 그렇지 못하면 사람이 재물을 다루는 것이 아니라 재물이 사람을 다루는 경우가 생기게 되지요."

넬로스다운 대답이었다. 아르제스는 고개를 끄덕였다.

"정말로 옳은 말씀이십니다. 하지만 넬로스님의 친척 분 중에 재물이 사람을 다루어 신세를 망친 분이 있더군요."

의외의 말에 넬로스는 걸음을 멈추고 무거운 표정을 지으며 물었다.

"돌려 말하는 것은 아르제스님답지 않으시군요. 단도직입적으로 말씀해 주시겠습니까?"

"푸블루스라는 인물을 아시는지요?"

그의 이름을 듣자 무거웠던 넬로스의 얼굴이 더욱 굳어졌다. 며칠 전 불한당에게 죽임을 당한 그의 먼 친척의 이름이었기 때문이다.

"왜 푸블루스의 죽음을 아르제스님이 언급하시는 겁니까?"

"그를 죽인 사내, 아만테티스가 저와 함께 종군했던 장교이기 때문입니다. 그리고 푸블루스와 그를 비극으로 몰아간 것이 다름 아닌 푸블루스 자신의 악덕이었기 때문입니다."

"말씀이 지나치시군요. 그렇다면 푸블루스가 누군가의 권위를 짓밟기라도 했다는 말씀이십니까?"

넬로스로서는 드물게 노성을 토했다. 아르제스의 말이 일족에 대한 모욕처럼 느껴졌기 때문이다. 하지만 넬로스의 노성에도 불구하고 아르제스의 표정에는 아무런 변화가 없었다.

"넬로스님도 모르시진 않겠지요, 그가 어떤 방식으로 부를 축적해 왔는지를. 그의 죽음이 온전히 가해자의 무분별한 증오와 두려움 때문이라고 단언하실 수 있으십니까?"

차갑도록 시린 눈동자였다. 백전노장인 넬로스도 가슴 한편이 서늘해질 정도였다. 하지만 겉으로는 여전히 당당한 태도였다.

"푸블루스가 어떤 방식으로 재산을 불려왔는지 모르는 바는 아닙니다. 분명 그의 방식에는 '도덕'적인 문제가 있지요. 하지만 단지 도적적인 문제일 뿐입니다. 그는 거래에 있어서 법을 어긴 인물은 아닙니다."

넬로스의 말은 틀리지 않았다. 이케니아에는 이른바 국가 차원에서의 '상법'이란 것이 없다. 거래나 금전 관계에 관한 모든 절차는 순전히 당사자들의 책임이다. 기본적인 원칙은 관습에 맡기고 국가는 간섭하지 않는 것이 원칙이다. 따라서 계약서에 함정을 판 것도, 빚 대신 가족을 인질로 잡은 것도 법의 적용에서 벗어나는 일이다. 하지만 원칙이 되는 관습이란 것은 어디까지나 주관적인 잣대이다.

"만약 제가 푸블루스에게 같은 조건으로 돈을 빌렸다면 과연 계약서에 그런 치졸한 장난을 쳤을까요? 그리고 기한 내에 갚지 못했을 때 과연 그가 제 어머니를 납치할 생각을 했을까요?"

"음……."

대답이 너무나도 뻔한 질문이었다. 누구나 아는 사실이라도 말하는 사람에 따라 의미는 크게 달라진다. 잠시 침묵하던 넬로스는 변명처럼 한마디를 내뱉었다.

"그렇다고 해서 사람을 죽였다는 사실이 달라지진 않습니다."

"좋습니다. 그가 법적으로는 온전한 피해자일 뿐임은 저도 인정합니다. 하지만 넬로스님도 인정하셨다시피 도덕적인 책임은 회피할 수 없음을 아셔야 합니다. 그래서 저는 한 가지 제안을 하고자 합니다."

제안이라는 말에 넬로스은 조금 의아한 표정을 지었다. 왜 이런 귀찮은 일에 아르제스가 직접 나서서 '제안'이란 것을 한단 말인가?

72

"말씀하십시오."

일단은 들어보고 결정하기로 한 넬로스였다.

"푸블루스의 가족들이 아만테티스와 그의 동료들에게 제기한 소송을 철회시켜 주십시오. 그리고 아만테티스가 미지불한 돈은 제가 대신 갚겠습니다. 대신 이후로 아만테티스의 가족들에게 어떠한 압력도 행사되어서는 안 됩니다. 이 정도면 그리 큰 문제가 될 것도 없지 않겠습니까? 인생의 대부분을 가족들만을 위해 우직하게 살아온 네모의 시민입니다. 그 정도의 명예는 누릴 자격이 있는 사내입니다. 더불어……."

"더불어?"

"넬로스님의 아량과 배포에 전직 군인들과 시민들도 크게 감동하겠지요."

"허허허!"

넬로스는 실소를 터뜨렸다. 물론 소송을 철회하더라도 아만테티스에 대한 살인죄가 없어지는 것은 아니다. 살인죄는 소송 여부에 상관없이 형이 집행되는 중죄이다. 따라서 소송을 철회한다는 것은 쿠리오 일행과 아만테티스의 가족에 관련된 사안일 뿐이다. 하지만 문제는 그리 간단하지 않았다.

"그렇다면 푸블루스의 명예는 어찌합니까? 그들의 가족들은 납득하지 못할 것입니다."

"그래서 제가 직접 찾아와 부탁드리는 것이 아니겠습니까? 이 문제는 일족의 수장이신 넬로스님만이 해결할 수 있는 일이니까요."

조금은 뻔뻔스런 아르제스의 말에 넬로스는 잠시 할 말을 잃어버렸다. 넬로스는 짐짓 질려 버렸다는 표정을 지으며 탄식하듯 말했다.

"아르제스님은 사령관일 때나 행정관일 때나 사위일 때나 항상 곤란한 요구만 하시는군요. 아무리 봐도 이번 일은 직접 나서실 만한 성격의 일은 아닌 듯한데 말입니다."

넬로스로서는 쉽게 이해하기 힘들었다. 이렇게 민감해질 수 있는 일에 아르제스가 직접 나서는 것은 좋지 않다. 아무리 예전 부하라고 해도 엄연히 살인자이다.

"훗, 섭섭한 말씀이시군요. 저는 한 번도 넬로스님 능력밖의 일이나 명성에 위해가 가는 일은 부탁한 적이 없습니다만."

단순한 능청인지 정말로 그렇게 생각하는 것인지는 알 수 없지만 넬로스의 눈에 비친 청년의 표정에는 일말의 흔들림도 보이지 않았다.

'매력적인, 하지만 위험한 인물.'

속을 알 수 없는 인물이야말로 진정으로 위험하다. 순간 넬로스는 미묘한 기분에 휩싸였다. 자신과 이 청년은 어떠한 관계인 것인가? 정략결혼이라는 것은 서로의 이해관계가 맞아떨어졌을 때 성사되는 계약이다. 즉, 주는 것이 있으면 받는 것이 있어야 한다. 하지만 가만히 생각해 보면 넬로스는 항상

주기만 했을 뿐 아직 실질적으로 얻은 것은 아무것도 없었다. 게다가 아직은 약혼한 상태일 뿐이지 결혼을 확정 지은 것도 아니다. 약혼은 그저 언약일 뿐이다. 아무런 법적 구속력도 없다. 약속을 중요시 여기는 이케니아에서도 파혼만은 그다지 흠이 되지 않았다. 냉철한 상인의 머리로 생각해 보면 끝없이 손해만 보고 있는 장사이다. 그런데도 필요하면 시도 때도 없이 나타나 자신에게 요구를 관철시키는 아르제스를 넬로스는 미워할 수 없었다.

이유가 무엇인가? 단순히 미래의 가치를 높이 평가해서일까? 넬로스로서도 수없이 고민해 본 문제였다. 그다지 공손하지도, 대하기에 마음 편하지도, 싹싹하지도 않은 데다가, 딸에게마저 그다지 살갑게 대해주지 않는다. 나이에 비해 지나치게 어른스러운 데다 어설픈 빈틈도 찾기 힘들고, 가끔 보이는 빈틈마저 귀족 특유의 뻔뻔스러움으로 매워 버린다. 아무리 생각해도 넬로스가 좋아할 만한 인물은 아니었다. 하지만 이 건방진 사위를 놓치고 싶은 생각은 조금도 없었다. 이케니아 최고 거상으로서의 직감이 그렇게 말하고 있었다.

하지만 순순히 아르제스의 제안을 받아들이는 것은 넬로스의 자존심이 허락하지 않았다. 아니, 자존심을 넘어서 실질적인 명분이 필요했다.

"좋습니다. 푸블루스 일가를 설득시키는 일에는 제가 나서 드리지요. 하지만 저의 조건을 들어주신다는 전제하에서입니다."

이때의 넬로스는 상인 특유의 냉철한 눈을 하고 있었다. 아르제스도 조금은 진지한 표정으로 답했다.

"그 조건이란 것을 말씀해 주십시오."

"아만테티스의 측에서 자신의 혐의를 전부 인정하고 변호사의 선임을 포기해야 합니다. 이것은 푸블루스의 가족들을 설득시킬 명분을 위한 최소한의 요구 조건입니다."

"그 말씀은……?"

"상식적인 수준에서 일을 마무리 짓자는 말씀입니다. 피고 측에서 변호사 선임을 포기한다는 조건이면 푸블루스의 가족들도 어느 정도 납득할 것입니다."

이케니아의 사법 체계의 양대 기둥은 배심원 제도와 항소 청구권이다. 보편적인 시민의 의견으로 사건을 판단해 소수에 의한 독단적인 결정을 막고, 재판의 과정에 있어 신중함과 공평성을 기하기 위한 제도인 것이다. 그런데 이 배심원의 구성은 투표권을 가진 시민들 중에서 무작위로 선출되게 되어 있었기 때문에 배심원의 출신에 따라 재판의 결과가 상식을 뒤엎는 경우가 생길 수 있었다. 특히나 정치적 문제와 연관되어 있을 경우에는 더욱더 그랬다.

하지만 원고 측에서 소송 자체를 철회해 버리고, 피고 측에서도 변호인을 선임하지 않는다면 정상적인 재판이 성립되지 않는다. 이럴 경우 문제는 순전히 법무관의 판단에 따라 상식적인 수준에서 결정되어진다. 즉 배심원들이나 시민들의 반응에 따라 비상식적인 결론이 나올 가능성은 없어진다는 것이다. 그리고 살인죄에 대한 상식적인 판결은 사형이었다. 이것은 확실히 푸블루스의 가족들을 설득시키고 동시에 넬로스의 체면을 지킬 만한 좋은 명분이었다.

"흠."

넬로스의 요구는 그다지 억지스럽지 않았다. 오히려 합당하다고 보는 편이 옳았다. 하지만 한 사람의 목숨이 걸린 문제이기에 당장은 답할 수 없었다. 아니, 일부러라도 신중한 태도를 보이는 편이 좋았다.

"대답은 며칠 내에 인편을 통해서 알려드리지요."

하지만 이렇게 말하는 와중에도 아르제스의 머릿속에서는 이번 사건이 흘러갈 몇 가지 경우의 수가 복잡하게 계산되고 있긴 했지만 말이다.

"그렇다면 저의 대답도 그때까지 유보해 두겠습니다."

넬로스도 느긋한 표정이었다.

다음날 저녁, 조금 이른 시간에 식사를 마친 아르제스는 왕궁으로 향했다. 다름 아닌 아만테티스를 만나보기 위해서였다. 그가 수감되어 있는 곳은 왕궁 서편에 위치한 지하 감옥이었다. 네모에는 2군데에 감옥이 있는데 상대적으로 가벼운 죄를 저지른 자들을 성문 밖에, 그리고 중죄인들은 아르제스가 향하는 감옥에 수감되는 것이 보통이었다.

중죄인들은 변호사를 제외하면 직계 가족의 면회조차 허용되지 않는 것이 원칙이었다. 하지만 아르제스는 사건이 발생한 행정구의 책임자이다. 만들자면 핑계거리야 얼마든지 만들 수 있었다. 게다가 그날의 감옥 경비의 책임자가 공교롭게도 게릭토스였기에 일이 쉬워졌다.

감옥으로 통하는 지상의 입구는 경비를 서고 있는 위병의 규모에 비해 무척이나 작고 왜소했다. 하지만 그것은 지상의 모습일 뿐이었다.

끼이익!

낡았지만 육중한 문이 기분 나쁜 불협화음을 내며 열렸다. 건물 안으로 들어가자 어스름한 불빛 아래로 지옥의 입구마냥 입을 벌리고 있는 지하 계단이 나타났다.

게릭토스의 안내를 받아 지하로 발을 내딛자 특유의 음습하고 퀴퀴한 냄새가 코를 찔렀다. 공기도 유난히 무겁게 느껴졌다. 비록 지하 감옥이라도 지상과 연결된 채광창 정도는 있지만 지금은 밤인지라 드문드문 걸린 횃불을 제외하고는 짙은 어둠만이 깔려 있었다. 그래도 횃불 근처의 감방은 한눈에 들어왔다. 감방의 크기는 가로세로 2미터에 불과했다. 그래도 독방이니 그리 좁은 공간은 아니었다.

오랜만의 방문자이어서일까? 환한 횃불과 함께 나타난 아르제스를 보는 죄수들의 반응은 무척이나 다양하였다. 낮은 흐느낌으로 살려달라는 자도 있었고, 음식을 구걸하는 자도 있었다. 약간의 호기심으로 바라보다 이내 고개를 돌려 버리는 자도 있었다. 이들을 바라보는 아르제스의 눈빛은 무심했다. 아니, 무심해야 했다. 아마 이들 중 상당수도 지독한 생활고에 못 이겨 범죄로 내몰렸을 것이다. 중앙해 최대의 부국인 이케니아라고 빈곤한 자가 없는 것은 아니었다. 하지만 일일이 연민을 가질 수는 없는 일이었다.

게릭토스의 말에 따르면 감방이 200개가 넘는다고 했다. 상당한 넓이인 데다 미로처럼 복잡하게 얽혀 있기까지 했다. 처음에 60여 개 남짓한 크기로 지은 감옥을 필요에 따라 점점 증축했기 때문이다. 안내를 받아 간 곳은 미로 같은 감옥에서도 가장 후미진 곳이었다. 어제 게릭토스에게 말해 아만테티스를 주위에 다른 수감자가 없는 한적한 곳으로 옮겨놓으라고 했기 때문이다.

"잠시 자리를 비워주게."

아만테티스가 수감되어 있는 감방 앞에 도착하자 아르제스는 게릭토스에게 독대를 요청했다. 게릭토스가 못 미더운 것은 아니었다. 다만 이런 종류의 일은 아는 사람이 적을수록 좋은 법이었다.

"알겠습니다, 아르제스님."

게릭토스도 섭섭한 표정 하나 없이 근처 횃불걸이에 횃불을 꽂아두고서는 순순히 물러갔다. 사람들이 감방 앞에 왔는

데도 아무런 반응을 보이지 않던 아만테티스는 아르제스란 말에 구석에서 몸을 일으켰다. 횃불에도 눈이 부신지 한참이나 눈을 깜빡이고서야 겨우 얼굴을 알아본 듯했다.

"사령관님? 설마 네모 가이우스님이십니까?"

그의 음성에는 놀라움과 반가움, 그리고 부끄러움이 어지럽게 뒤섞여 있었다. 아르제스는 아무 말 없이 창살 가까이로 다가갔다. 창살 너머에는 초췌해 보이는 한 사내의 얼굴이 마주 놓여 있었다.

"어리석은… 칼을 휘두를 때와 그러지 말아야 될 때도 구분하지 못하다니, 그러고도 그대가 자랑스러운 제1군단의 선임 백인대장이란 말인가!"

질책처럼 내뱉은 말이었지만 분노는 담겨 있지 않았다. 성질은 달랐지만 병사들에 대해 아르제스가 느끼는 책임감은 사령관 직에서 물러선 지금도 계속되고 있었다. 사령관의 의무가 병사들을 승리로 이끄는 것이라면 정치가가 된 지금의 의무는 성스러운 병역의 의무를 마치고 돌아온 퇴역병들에게 안정된 삶을 마련해 주는 것이었다.

"면목이 없습니다, 사령관님."

아만테티스는 차마 고개를 들지 못했다. 믿고 따랐던 옛 상관 앞에서 추한 꼴을 보인 것이다. 아르제스는 말없이 고개를 저었다. 그리고는 철창 사이로 손을 넣어 그의 왼쪽 어깨를 힘껏 쥐어주었다.

"너를 책망하는 것은 아니다. 아마 나라도 너의 입장이었으면 그렇게 행동했을지도 모르지."

"그나저나 여긴 어떻게 알고 찾아오신 것입니까?"

죽음을 각오하고 자수한 몸이다. 동료들의 정체는 물론이고 아르제스 휘하에서 싸운 백인대장의 경력마저 숨겼던 것이다. 그런 이유가 아니더라도 아르제스 정도 되는 인물이 자신을 직접 찾아온 것은 의외였다. 하지만 아르제스의 한마디에 그의 모든 의문이 풀렸다.

"쿠리오가 직접 나를 찾아왔더군."

그 말에 무척이나 놀라면서도 그들의 안부부터 묻는 그였다.

"아! 녀석들은 무사합니까?"

"그래, 그들은 내가 보살피고 있다."

"저의 가족들은 어찌 되었습니까?"

"그들도 아무 일 없다네. 당분간도 그럴 것이고."

"다행이군요. 정말 다행이군요."

아만테티스는 몇 번이나 다행이라고 말했다. 자신의 목숨이 경각에 달린 상황에서도 남의 안부를 걱정하고 있었다. 그런 모습에 아르제스는 속으로 쓸쓸하게 웃음 지었다. 자신이 전하러 온 소식이 과연 아만테티스에게 희소식일지 아닐지를 판가름할 수가 없었기 때문이다. 비록 쿠리오의 요청을 받아들여 나선 일이었지만, 직접 나선 이상 단순히 그 목적 하나만을 가지고 움직일 수는 없는 일이다. 설사 단순한 구명 운동의 차원에서 나섰다고 해도 타인들이 믿어주지 않겠지만 말이다.

어쨌든 아르제스가 넬로스를 방문하고, 이어서 아만테티스를 찾아온 것은 단순한 구명 운동 때문만은 아니었다. 정치적 계산이 깔린 일종의 정치적 포석이었다. 앞으로 나아가기 위해 반드시 필요한 일이었지만 청년인 아르제스로서는 조금은 탐탁치 않은 일이었다.

아르제스가 입을 다무는 바람에 어색한 침묵이 이어졌다. 하지만 결국은 말해야만 했다. 아르제스가 만든 침묵은 결국 아르제스에 의해 깨어졌다.

"짐작하겠지만 내가 여기까지 온 것은 자네를 구해달라는 쿠리오의 부탁을 받고 온 것이네. 아, 물론 탈옥을 시켜줄 것은 아니니까 너무 기대하진 말게나."

"하하."

아르제스의 실없는 농담에 아만테티스는 오랜만에 가볍게나마 웃을 수 있었다. 하지만 이어지는 아르제스의 말은 심각하기 이를 데 없는 것이었다.

"자네에게는 선택할 수 있는 2가지 길이 있네. 하지만 어느 쪽이든 자네의 처벌은 피할 수 없어. 다만 선택에 따라 동료들과 가족들의 대한 처우가 달라질 것이네. 그리고 나의 정치적 신념과도 관련된 일이지."

정치적 신념이란 말은 이해할 수 없었지만 동료들과 가족들이란 말에 아르제스가 말하는 선택이 어떤 것인지 무척이나 궁금해진 아만테티스였다.

"말씀해 주십시오."

"한 가지 방법은 이대로 정식 재판을 받는 것이네. 하지만 이 경우에는 나는 자네에게서 완전히 손을 뗄 것이네. 운이 좋아 우호적인 배심원단이 구성된다면 자네에게는 감형의 기회가 있을 것이네. 알아보니 푸블루스라는 자는 무척이나 평판이 좋지 않더군. 잘하면 추방형이나, 아니, 어쩌면 5년형 정도가 내려질지도 모르지. 하지만 이 경우에는 쿠리오 일행의 수배는 풀리지 않는다네. 그들은 최소한 네모를 떠나 숨어 살아야겠지. 그리고 자네가 죽인 푸블루스의 고용인들에 대한 변상도 전부 가족들에게 떠넘겨질 것일세. 다른 방법은 자네가 모든 혐의를 인정해 버리고, 항소도 포기하는 방법이 있다네. 이럴 경우 푸블루스의 가족 측은 이번 사건에 대한 고소를 취하하기로 했네. 쿠리오 일행에 대한 수배는 모두 풀리게 될 거란 말이지. 그리고 가족들의 생계도 보장될 것이네. 물론 일체의 경제적 배상도 할 필요가 없네. 하지만 자네에게는 아마 사형이 언도될 것일세. 이게 내가 말한 자네가 선택할 수 있는 2가지 길이지."

담담한 어투였지만 사실상 죽음을 강요하는 조건을 말한 아르제스의 심정은 좋지 못했다. 다만 조금은 일그러졌음이

분명할 자신의 표정이 어스름함 속에 감추어졌다는 것만이
위안이 되어주었다.

"하하하, 별로 선택의 여지가 없군요."

아만테티스는 뜻밖의 웃음으로 답했다. 처음부터 죽음 자
체가 두려운 것은 아니었다. 다만 한 가정의 가장으로서 남겨
진 가족들의 생계가 걱정이었고, 생사를 함께한 전우로서 자
신 때문에 말려든 동료들의 안위가 걱정이었다. 그런데 자신
의 '당연한' 죽음으로 그 모든 것을 보장해 주겠다고 하지 않
는가? 그로서는 거절할 수 없었다.

"나를 원망하진 않는가?"

"아닙니다. 오히려 감사드립니다."

그의 담담한 대답에 아르제스는 몇 번 어깨를 토닥여 주
고는 몸을 돌렸다. 협상은 성립되었다. 이제 한 사람의 목숨
을 걸고 이뤄낸 협상을 어떻게 활용하느냐만이 남아 있었
다.

10월 10일.

아르제스가 아만테티스를 방문한 지 닷새가 지난 날이었
다. 그리고 아만테티스의 처형식이 거행되는 날이기도 했다.
아르제스의 제안대로 그는 스스로의 혐의를 모두 인정하고
변호사 선임을 포기했다. 게다가 푸블루스의 유족들 또한 고
소를 취하해 버렸다. 따라서 이례적으로 재판일에는 정식 재

판이 아닌 약식 재판이 열렸다. 그리고 그에게는 살인죄가 적용되어 교수형이 언도되었다. 처형식은 관례대로 제2광장에서 치러질 예정이었다.

카말라스 같은 유명한 인물도 아니고, 검투 처형식 같은 화끈한 구경거리도 아니다. 공개 처형이라고는 해도 일반적인 경우라면 조용히 치러지고 마는 게 보통일 터였다. 하지만 아만테티스의 처형식이 거행될 제2광장에는 아침부터 많은 인파가 몰려들었다.

처형될 인물 자체에 대한 관심보다는 그에 얽힌 사람들이 문제였다. 살해당한 푸블루스라는 인물은 넬로스 가문의 일원이다. 부자이면서도 평판이 좋은 편인 넬로스에 비해 악명으로 더 이름이 높은 사람이었지만 오히려 그렇기에 사람들의 흥미를 끌기에는 전혀 문제가 없었다. 그리고 범인인 아만테티스는 아르제스와 함께 싸웠던 전직 군인의 신분이다. 아르제스가 직접 나와 처형식을 참관한다는 소문이 퍼지자 시민들이 좋은 구경거리라도 생긴 양 몰려나온 것이다.

아르제스가 직접 모습을 드러낸 것에는 몇 가지 이유가 있었다. 무엇보다 아만테티스를 명예롭게 보내기 위해서였다. 그를 죽음에서 구해주지는 못했지만 멋진 퍼포먼스로 그를 불명예에서 구해줄 작정이었던 것이다.

또 다른 이유는 전직 군단병들이 아만테티스를 구하기 위해 저지를지도 모르는 돌발적인 물리적인 행동을 막기 위해서였다. 쿠리오의 경우는 그럭저럭 설득이 되었지만 그가 다른 군단병들에게까지 아만테티스의 처벌을 이해시켰으리라 보기는 힘들었다. 생사를 함께했던 동료들, 특히 세노아 전쟁을 통해 제1군단의 이름으로 뭉쳤던 병사들의 전우애는 놀랍도록 진했다. 그런 퇴역 병사들을 존재감만으로 말릴 수 있는 사람은 발가르나 아르제스뿐이었다.

사형장인 제2광장으로 옮겨지는 죄수는 동이 트자마자 감옥에서 옮겨진다. 아만테티스도 마찬가지였다. 하지만 치안대의 감시하에 쇠사슬에 묶여 무거운 발걸음을 옮기는 아만테티스에게 돌이나 썩은 과일을 던지는 시민은 없었다. 그렇다고 눈앞을 지나가는 죄인이 누군지를 몰라서 그러는 것은 아니었다. 아니, 오히려 너무 잘 알고 있었다.

사실 보통의 경우라면 시민들이 죄수가 누구이며, 어떠한 사연이 있고, 어떠한 죄목으로 사형을 당하는 것인지 알 리가 없다. 하지만 이 경우엔 달랐다. 며칠 전부터 거리와 왕궁 곳곳에 낙서가 그려지고 대자보가 나붙었기 때문이다.

내용은 아만테티스의 억울함을 호소하는 것이었는데, 누가 한 짓인지는 도저히 알 수 없었다. 그래도 쉬우면서도 설득력있게 쓰여진 글이라 시민들의 관심을 끌기에는 충분했다. 대자보를 읽은 시민들의 반응은 대부분 아만테티스를 동정하는 쪽이었다. 물론 부유한 상인 계층이나 대다수 귀족들은 익명으로 쓰여진 대자보나 낙서를 '음습하고 떳떳하지 못한 공작 행위'라고 평하며 불쾌하게 여기기도 했지만, 사실 대자보나 낙서는 여론을 형성하는 데 있어서 중요한 역할을 하는 일종의 대중화된 매체였다.

아만테티스의 처형식은 단독으로 치러지게 되었다. 원래 여러 명을 한꺼번에 처형하는 게 일반적이지만 이전의 죄수들은 축제 기간 동안에 이미 다 처형되어 버렸고, 아만테티스와 비슷하게 잡혀온 죄수들은 아직도 재판 중이었기 때문이다. 그래도 정치범도 아닌데 단독으로 처형식이 진행되는 것은 드문 일이었다. 이 점도 시민들의 관심을 끈 것 중 하나였다.

처형에 쓰일 교수대 주변으로는 중무장한 치안대원들이 2중으로 둘러서서 경비를 서고 있었다. 몰려든 구경꾼들 중 상당수가 흉흉한 기세를 올리고 있는 퇴역 군단병들이었기 때문이다. 하지만 퇴역 군단병들도 적극적인 행동을 취할 수는 없었다. 흰색 토가에 붉은색 망토를 걸친 아르제스가 보란 듯이 버티고 서 있었기 때문이다.

처음에는 그들도 자리에 나타난 아르제스에게 아만테티스의 구명을 탄원했다. 하지만 아르제스에게서 돌아온 대답은 '그럴 수 없다'라는 단호한 거부였다. 오히려 아르제스는 무책임한 단체 행동에 대해 질책했다. '나라를 지키는 것이 군인의 본분이라면, 시민의 본분은 법을 존중하는 것이다'라는 것이 질책의 내용이었다. 하지만 한 가지는 약속했다. 아만테티스의 목숨을 구해주진 못할망정 그의 명예만은 드높여 주겠다고 말이다. 목숨을 걸고 따랐던 전직 사령관이 이렇게까지 말하는 데야 군단병들도 지켜볼 수밖에 없었다.

분위기는 이렇게 미묘했지만 처형식의 절차는 간단했다. 사형대 단상으로 사형수가 끌려 나온 상태에서 목청 좋은 관리 하나가 사형수의 죄목을 공표하는 것이 시작이었다.

"시민 여러분! 이제부터 디미트리 아만테티스에 대한 처벌을 시작하겠습니다. 죄목은 살인이며, 처형은 교수형으로 집행될 것입니다."

관리의 말은 제2광장에 모인 군중들의 소란과는 상관없이 꽤나 명확하게 전달되었다. 하지만 군중들의 반응은 야유도 아니었고 환호도 아니었다. 낮은 웅성거림이 섞인 미묘한 정적이 흘렀던 것이다. 벌써 15년째 사형식의 집행을 담당하고 있는 관리였지만 맹세코 이런 반응은 처음이었다. 하지만 관중들의 반응과는 상관없이 사형은 진행되어야만 했다.

"시작하시오."

관리는 집행을 담당한 치안대 장교에게 식의 시작을 권했다. 그러자 장교도 말없이 고개를 끄덕이며 휘하의 병사들을 향해 턱을 까딱였다. 장교의 명령을 받은 병사들은 아만테티스를 단상 위로 끌어올렸다. 그는 눈가리개를 한 채였다. 하지만 그것을 감안하더라도 심하게 비틀거리는 상태였다. 그래서 건장한 병사 두 사람이 부축하다시피 단상 위로 끌어올려야 했다.

아만테티스는 이미 약에 취해 있었다. 아르제스가 게릭토스를 통해 일종의 마약을 전달했기 때문이다. 아무리 각오했다고는 해도 예정된 죽음을 기다리는 것은 두려운 일이다. 약을 전해준 것은 그런 두려움을 덜어주기 위한 아르제스의 마지막 배려였다.

사형식은 한 사람의 생명을 끊는 것치고는 너무나도 단순하고 사무적으로 이루어졌다. 하지만 오히려 그랬기에 보는 사람들의 마음을 더욱 아프게 했다. 피와 살이 튀는 전쟁터에서와는 또 다른 느낌이 들게 만드는 죽음이었다.

목이 매달리고 잦아지는 몸부림과 함께 한 사람이 죽어가는 광경을 아르제스는 눈 한 번 깜빡이지 않고 바라보았다. 결코 편한 감정은 아니었다. 하지만 아만테티스의 죽음을 끝까지 지켜보는 것이 그에 대한 최소한의 예의라고 생각해서였다. 하지만 광장에 모여 있던 대부분의 퇴역병들은 차마 보지 못하고 대부분은 고개를 돌려 버렸다. 아르제스는 그들의 몫까지 대신하고 있는 것인지도 몰랐다.

미동도 하지 않던 아르제스는 아만테티스가 죽고 난 후에야 몸을 움직였다. 그는 천천히 사형대 단상으로 걸음을 옮겼다. 단상을 둘러싸고 있던 치안대원들도 아르제스의 걸음을 감히 제지하지 못했다. 그의 뒤로는 몸종인 마르쿠서스와 발가르가 따르고 있었다. 눈부신 흰색 토가에 선홍빛 망토를 걸친 아르제스이다. 이런 돌발적인 행동이 아니더라도 수많은 군중들 속에서도 단연 눈에 띄는 옷차림이었다. 단상으로 올라간 아르제스는 죽음을 맞이한 채 뉘어져 있는 아만테티스의 앞에서 걸음을 멈추었다. 그리고는 무릎을 꿇고서 망토를 벗어 그의 유해를 잘 감싸 안았다. 붉은색은 권위와 영광을 나타낸다. 게다가 3왕가의 종손인 아르제스가 직접 입혀주었으니 아만테티스는 가장 화려한 수의를 걸친 셈이었다.

광장에 모인 군중들은 말없이 신기하다는 눈빛으로 아르제스의 행동을 지켜보고 있었다. 망토를 덮어주고서 아르제스는 몸을 일으켰다. 그리고는 큰 소리로 외쳤다.

"그의 육체는 그의 죄와 함께 죽음으로 사라졌습니다. 하지만 죽음이 생전에 그가 가지고 있던 명예와 헌신마저 사라지게 만들지는 않았습니다. 그의 몸은 귀족 출신은 아니었지만 그의 정신은 고귀했습니다. 그의 죽음은 당연한 것이지만 그렇다고 슬픔을 느끼지 않을 수는 없습니다. 이런 심정을 저만이 느끼는 것은 아니리라 믿습니다. 그래서 저는 저의 이 깊은 슬픔을 달래기 위해 이 사내의 시신을 명예로운 절차에 따라 장례를 치르길 원합니다. 여러분도 저와 같은 심정이라면 저와 함께하시지 않겠습니까?"

아르제스의 말에 사형 집행을 책임지고 있는 관리는 소스라치게 놀라고 말았다. 사형당한 죄인은 목을 성문에 효수하고, 몸통은 들판에 버리도록 되어 있었다. 하지만 그는 차마 아르제스에게 이의를 제기하지 못했다. 자신은 평민 출신으로 20년째 보좌관 직에 머물러 있는 일개 관리일 뿐이었다. 퇴역병들이 잔뜩 몰려온 상황에서 전직 사령관인 아르제스를 상대로 불만을 제기할 엄두가 나지 않았다. 게다가 아르제스의 말에 시민들도 열렬하게 반응했다. 저마다 소리를 치며 아르제스를 따르겠다고 나서고 있었던 것이다.

"후우."

관리는 계절에 걸맞지 않게 흘러내리는 땀을 닦으며 인파에 휩쓸리지 않게 몸을 사려야 했다. 어차피 이 정도까지 커져 버린 일이다. 더 이상은 자신의 책임이 아니었다.

눈부신 토가만을 걸친 아르제스를 선두로 붉은 망토로 감싸진 아만테티스의 시신을 마르쿠서스가 들고 뒤따랐다. 그 뒤를 퇴역병들과 시민들이 꽤나 엄숙한 표정으로 따라갔다. 다만 철없는 어린아이들은 즐거운 웃음을 웃으며 신기한 듯 행렬을 따르고 있었다. 하지만 이러한 광경마저도 묘하게 어우러지고 있었다.

아르제스가 향하는 곳은 신전지구였다. 왕궁을 기준으로 남서쪽에 있는 그곳은 여러 신들의 신전이 모여 있는 곳으로, 화장식을 치르는 제단이 있는 곳이기도 했다. 제2광장에서는 걸어서 1킬로미터나 떨어진 곳이었다. 하지만 아르제스를 뒤따르는 행렬은 조금도 줄어들지 않았다. 그래도 왕궁에서 남문으로 이어진 대로를 중심으로 동쪽 편은 길도 좁고 집들도 밀집해 있는 데 비해 서쪽 편은 길이 넓은 편이었다. 때문에 수백에 이르는 행렬이 지나가기에도 무리가 없었다.

신전지구에 들어선 아르제스는 지체없이 화장터로 쓰이는 제단으로 향했다. 갑자기 방문한 인파에 제단을 담당하는 사제들은 때 아닌 소란에 적지 않게 당황하고 말았다. 화장의 업무는 오후부터 시작되는 것이 관례인 까닭이었다. 하지만 이 많은 불청객들을 관례를 이유로 돌려보낼 수도 없었다. 게다가 선두에는 아르제스가 서 있었다. 그는 종교계의 지도자인 대여사제 코넬리아의 아들이 아닌가? 결국 사제들은 오전부터 화장식을 치르기 위한 준비로 분주하게 움직일 수밖에 없었다. 하지만 놀라움은 그것뿐만이 아니었다. 화려한 붉은 망토에 싸인 시신을 뒤적여 본 사제 중 하나가 시신의 목에 밧줄 자국이 나 있음을 본 것이다.

"네모 가이우스님, 이 시신은 교수형을 당한 범죄자의 것이 아닙니까? 죄인의 시체는 신전 제단에서 화장시킬 수 없습니다."

오전부터 관례에 어긋나는 이른 방문을 한 것은 넘어갈 수 있었지만 이 일만은 고지식한 사제들에게 그냥 넘어갈 수 없는 문제였다. 하지만 아르제스의 태도는 단호했다.

"모든 것은 왕가의 적통이자 행정관인 내가 책임지겠다. 격식에 맞게 화장해라."

가문에다 직책까지 내세우며 책임지겠다고 말하자 고지식

한 사제들도 어쩔 수 없었다. 도대체 어떻게 돌아가는 영문인지는 전혀 알 수가 없었지만 말이다.

1미터 높이의 정방형 석조 제단 위에 질 좋은 나무들이 시신을 감싸며 격자 모양으로 쌓아지고 기름이 부어졌다. 제례에 쓰는 긴 천을 머리에서부터 늘어뜨려 쓴 아르제스는 직접이 기묘한 장례식을 집전했다. 명색이 대여사제의 아들이다. 어렵지 않은 제례 의식 정도는 이미 몸에 익어 있었다.

타오르는 불길 앞에서 아르제스는 엄숙한 표정으로 서 있었다. 입으로는 끊임없이 고인의 명복을 비는 말이 반복되고 있었다. 그의 태도가 너무나도 진지했기에 따라온 시민들과 퇴역병들도 자연히 엄숙한 분위기에 빠져들었다.

특히 퇴역병들의 감정은 남달랐다. 이제야 아르제스의 '목숨을 살리지는 못해도 명예만은 결코 더럽히지 아니하겠다'는 말의 의미를 이해한 것이다. 개중에는 덩치에 어울리지 않게 눈물을 훔치는 퇴역병들도 있었다.

그런 시민들의 반응과는 달리 멀찌감치 떨어져 있는 사제들의 반응은 걱정과 우려로 얼룩져 있었다. 근처의 시민 하나를 붙잡고 이것이 어떻게 된 일인지 자초지종을 들었기 때문이다. 자신들이야 공인이긴 해도 관직에 있는 몸은 아니니 넘어간다고 치더라도 아르제스에게 이것은 일종의 정치적 스캔들거리가 될 수 있었다.

가장 큰 문제는 신성한 신전의 제단에서 범죄자의 몸을

태웠다는 것이었다. 이것은 해석하기에 따라 일종의 신성모독으로 받아들여질 수도 있었다. 게다가 아르제스가 대여사제인 코넬리아의 아들이란 점은 이 경우 더욱 악재로 작용한다. 코넬리아를 모시는 사제들이 우려하는 것도 당연했다.

아르제스가 사제들의 이런 우려를 모르는 바는 아니었다. 기도를 마친 아르제스는 몸을 돌려 제단 주위를 둘러싸고 있는 시민들을 바라보며 말했다.

"이제 죄인이었던 아만테티스의 몸은 사라졌고, 그는 영혼은 조국을 위해 목숨을 바쳤던 다른 영웅들과 함께 불멸의 신들의 품에 안겼습니다. 1년 전, 세노아 전쟁에서 죽은 영웅들의 넋은 그의 영혼을 따뜻하게 맞아들였을 것입니다. 시민 여러분, 영웅들을 위해 기도하는 것이 어떻겠습니까? 전쟁은 끝났고 시간은 지났지만, 우리들의 감사가 아직도 시간에 퇴색하지 않았음을 알게 합시다."

이 말로 아르제스는 아만테티스의 장례식을 1년 전 죽어간 이케니아의 병사들을 위한 추모식으로 바꾸어 버렸다. 아만테티스는 살인을 저지른 죄인이었지만 그전에 세노아 전쟁의 영웅이기도 했다. 물론 아르제스의 병사들을 추모하는 심정에는 일말의 거짓도 없었다. 누가 뭐래도 자신과 함께 싸웠던 병사가 아닌가. 하지만 어찌 되었든 아르제스의 이 말로 '신성모독'이 될 수도 있었던 화장식이 교묘하게 희석되어 버린 셈이었다.

시민들의 엄숙한 분위기 속에 이 전례 없이 기묘한 장례식은 무사하게 치러졌다. 그리고 아르제스의 이런 기행은 이 사건의 근본적인 원인과 함께 한동안 시민들의 식탁과 술자리에서 대화 주제로 오고 갈 터였다. 하지만 이 모든 것이 아르제스가 만들어낸 한 편의 거대한 연극이었음을 눈치 챈 사람은 아무도 없었다. 그런 면에서 아르제스가 각본을 짜고, 아만테티스가 주연을 맡았으며, 퇴역병들과 시민들이 조연을 맡은 이 연극은 성공적으로 공연된 셈이었다.

아르제스가 무리수를 둬가면서까지 '아만테티스의 비극'이란 연극을 짠 것은 단순히 자신을 돋보이게 만들거나 퇴역병들의 불만을 누그러뜨리기 위한 것이 아니었다. 그런 것들은 곁가지로 얻은 부수적인 효과에 불과했다.

아르제스가 진정으로 노린 것은 군인 및 퇴역병들의 처우 문제와 불공정한 금융 관행이 시민들의 입에 오르내리게 하기 위함이었다. 그리고 방법이 상당히 극적인만큼 효과도 좋았다. 오랜 관습처럼 이어져 온 탓에 시민들도 반쯤은 체념하면서 받아들이고 있던 일들을 일단은 수면 위로 끌어올리는 데 성공한 셈이었다. 하지만 이런 종류의 분위기는 그리 오래 가는 것이 아니다. 분위기가 가라앉기 전에 실질적인 행동을 취할 필요가 있었다.

아르제스의 목적은 법률 제정이었다. 이 임무를 맡은 사람은 융과 법무관 루시우스였다. 이 둘은 '공공교육 기관 설립에 관한 루시우스 법'의 초안 작성에서도 같이 호흡을 맞춰본 사이였다. 루시우스는 법무 이론에 뛰어난 사람이고, 융은 행정 실무에 뛰어난 사람이다. 그들은 최소한 자기 분야에 있어서는 일가를 이루었다.

사실 루시우스가 '아르제스파' 인물이 된 것은 우연이 아니었다. 평민 출신으로서 대학 과정도 경험하지 못한 루시우스는 실력은 있었지만 사회적 지위나 귀족들과의 친분이 부족했다. 비록 행정관 급 관직이 평민에게도 열려 있다고는 하나 대부분은 귀족들이 차지하는 게 보통이었고, 설사 루시우스처럼 평민이 선출되더라도 아무래도 귀족들은 의심스러운(여러 면에서) 눈으로 바라보기 마련이었다. 하지만 아르제스만은 달랐다. 세노아 전쟁의 영웅이자 귀족 중의 귀족인 왕가의 적통이면서도 아르제스는 루시우스의 실력을 있는 그대로 평가하며 진심으로 대해준 까닭이다. 비록 15살의 나이 차가 나는 두 사람이지만, 둘은 서로에 대해 진심으로 감탄하고 있었다. 그러니 루시우스가 아르제스파가 된 것도 당연한 일이었다.

아르제스가 제안하고 루시우스와 융이 마련한 법률 초안은 내용상 상당히 민감한 문제를 다루고 있었다. 그렇기에 그처럼 거창한 연극이 필요했던 것이다. 법률은 다름 아닌 군인들의 급료 문제와 퇴직금 문제, 그리고 대출 이자의 상한선에 관한 법률이었다. 그리고 이러한 문제가 연맹이 아닌 도시국가의 차원에서 법률로 제안되어진 것은 연맹의 설립 이후 처음 있는 일이라고 보아야 옳았다.

　법률의 주요 내용 중 군인의 처우 개선의 대한 내용은 크게 2가지로 '장기 복무 군인들의 퇴직금 문제', 그리고 '공직 출마에 있어서 군인 경력을 우대하는 문제'였다. 그리고 금융업 관행에 대한 문제는 '이자율의 상한선 제한'이 주요 내용이었다.

　먼저 군인들의 처우 문제는 사실 도시국가 차원에서 본격적으로 다루어질 수 있는 문제는 아니었다. 같은 군대라도 각 도시국가의 치안대는 일종의 직업인 데 비해 이 법의 대상이 되는 '군인'은 연맹 소속이며, 직업이 아닌 의무로 복무하는 사람들이기 때문이다. 따라서 근본적인 군인들에 대한 처우 문제는 연맹 차원에서 논의되는 게 옳았다. 실제로 지난번 아르테우스가 내세운 병사들의 인금 인상에 관한 공약도 연맹의 왕을 뽑는 선거였기 때문에 가능한 공약이었다.

　장기 복무 군인에 대한 퇴직금 문제는 사실 당장 적용할 수 있는 대상이 있는 것은 아니었다. 우티카나 세노아 같은 경우는 도시의 특성상 군대에서 장기 복무를 하는 경우가 드물지 않지만, 네모는 아니었다. 이케니아의 연맹 소속으로서 군에 복무하는 기간은 1년이다. 별일이 없는 이상 1년이 지나면 제대하게 되는 것이다. 이것은 경제 생활의 주체인 청, 장년층의 남성 시민들을 너무 오랫동안 군복무에 매어놓을 수 없었기 때문이다. 더욱이 경작할 땅이 부족한 이케니아로서는 노예를 근간으로 한 농업에 경제력을 의존할 만한 사정이 못 되었다. 다만 군 복무가 1회로 끝나는 것은 아니라 45세 이전까지는 필요에 따라 몇 번이고 징집 대상이 될 수 있었다.

하지만 이 법안이 의미가 없는 것은 아니었다. 아르제스가 당장 적용 대상도 없는 법안을 만들도록 한 것은 장기적 관점에서 생각했기 때문이다. 즉, 그는 이 법안으로 군인을 하나의 직업으로 만들 생각이었던 것이다. 급료가 인상되고 장기복무 시 퇴직금이 지급된다면 굳이 1년만 복무하고 제대할 필요가 없다. 남을 사람은 군대에 남게 되는 것이다. 이렇게 되면 군대의 질은 높아진다. 거기에다 가난한 시민들이나 실업자들에게는 안정된 일자리를 주고, 피치 못해 징집되는 인원은 줄어들게 된다. 그야말로 일석삼조의 효과를 노릴 수 있는 것이다. 그리고 무엇보다 아르제스가 정치적 기반으로 삼으려는 '일반 시민' 들의 사회적, 경제적 지위 향상에 도움이 되는 일이었다.

공직 출마에 있어서 군인 경력을 우대하는 법안도 이러한 맥락이었다. 네모의 관직은 최고행정관을 제외하면 귀족이 아니더라도 원칙적으로는 입후보가 가능하다. 하지만 나이

제한밖에 없는 귀족들에 비하면 평민들은 입후보 조건이 훨씬 까다로웠다. 경제력이나 전문직 경력(변호사, 교사, 사제 등등)을 인정받아야 했기 때문이다. 아르제스는 여기에 군인으로서의 복무 경력도 인정해 주도록 제안한 것이다. 이렇게 되면 평민의 정계 진출 가능성이 한층 넓어지게 될 터였다.

마지막으로 대출 이자 상한선에 대한 법률은 아르제스마저도 크게 통과를 기대하는 것은 아니었다. 가이우스 가문의 위세가 약해진 탓도 있지만, 네모는 이케니아의 도시국가들 중에서 유일하게 귀족의 세력보다 상인 집단의 세력이 더 큰 곳이었다. 그런 네모에서 상인 집단의 이익에 반하는 법률이 통과될 가능성은 극히 낮았다. 웬만큼 이름난 부유한 상인들은 무역뿐만 아니라 금융업(대부업)에 손을 대고 있는 것이 보통인 까닭이었다. 그래도 시민들과 일부 귀족들의 관심과 지지를 이끌어내기에는 부족함이 없는 법안이었다. 통과되지 않더라도 아르제스가 손해 볼 것은 없었다.

다만 융은 이 법안이 너무 급진적이지 않느냐며 우려를 표명했다. 법안이 상인 계층에 대한 견제를 너무나 노골적으로 드러내고 있다고 느꼈기 때문이다. 하지만 아르제스의 생각은 달랐다. 사실 이 법안은 상인 계층을 견제하기 위한 것이 아니었다. 다만 네모의 사회 구조를 건전하게 만들기 위한 방편일 뿐이었다. 아르제스가 생각한 네모의 가장 큰 문제는 심각해져만 가는 빈부 격차였다. 그리고 한번 부자의 손에 들어간 돈이 좀처럼 돌지 않는 것이 더욱 심각한 문제였다. 그래서 지나치게 올라가 있는 이자율을 제한해서 통화의 흐름을 원활하게 하려는 생각이었다. 물론 상인들이 그의 의도를 정확하게 이해할지는 미지수였다. 세상에는 사실을 말해주어도 믿음을 얻지 못하는 경우가 있는 까닭이다.

법률의 제안은 행정관 급 이상의 관리라면 누구나 가능했다. 제안된 법률의 초안은 법무관들에게로 넘겨져 점검을 받게 되는데, 내용을 검열하는 것이 아니라 적절한 격식을 갖추었는지, 논리적 오류는 없는지를 점검하는 것이었다. 그런 다음 법률안은 10인 위원회로 상정된다.

10인 위원회는 네모의 행정 및 입법에 있어 중심이 되는 기관이었다. 비록 10인 위원회라는 명칭으로 불리고 있었지만 사실 10명으로 구성된 것은 아니었다. 설립 초기에 10명으로 구성되어 있어 그렇게 불렸던 이름을 세월이 지난 후에도 계속 사용하고 있을 따름이었다. 이 10인 위원회의 구성은 최고 행정관을 정점으로 해서 모든 행정관 급 관료를 망라하고 있었다. 즉, 최고행정관, 행정관, 법무관, 치안관, 회계관이 전부 10인 위원회의 위원인 셈이었는데, 현재 네모 시의 10인 위원회는 18명으로 구성되어 있었다.

10인 위원회의 정기 의회는 매달 3일과 15일에 열리도록 되어 있었다. 한 국가의 행정을 논하는 회의치고는 그 개최 간격이 길다는 느낌이 들 수도 있지만, 사실상 외교와 군사라는 양대 축을 연맹에 일임하고 있는 상황에서는 한 달에 두 번 열리는 회의라도 의제를 논의하기에는 모자람이 없었다.

아르제스가 법안을 정식으로 상정한 것은 15일에 열린 정기 의회에서였다. 법무관 루시우스야 처음부터 법안의 초안 작성에 참여했으니 놀랄 것도 없었지만, 다른 위원들은 아르제스가 제안한 법안에 무척이나 의외라는 반응이 대부분이었다. 특히 노골적으로 드러내지는 않았지만 넬로스는 속으로 상당히 불쾌하게 생각하고 있었다. 법안의 내용은 둘째치고서라도 상인 계층을 대표하며, 세리아의 아버지이기도 한 자신과는 단 한 마디의 상의도 없이 이루어진 법안 상정이었기 때문이다. 아만테티스의 일도 아르제스에게 충분히 양보했다고 생각했는데 전혀 보상을 받지 못했다는 생각마저 들었다.

아르제스와 루시우스의 이름으로 제안된 법률의 세부 내용을 요약해 보면 다음과 같았다.

1. 5년 이상의 장기 복무자에 대하여 퇴역 시 복무 기간에 비례해 연봉의 절반을 곱한 금액을 추가로 지급한다.
2. 일반 병사의 경우는 5년, 장교의 경우는 3년 이상의 복무 경험을 평민의 행정관 급 출마 자격 조건으로 인정한다.

이상이 군인의 처우 개선에 대한 법안이었다. 그리고 금융 관행의 개선에 대한 법률은 다음과 같았다.

1. 대출 이자를 연리 15% 이하로 규제한다.
2. 대출금에 대한 담보로 시민의 신병에 위해를 가하거나 구속할 수 없다.

원문의 내용도 30센티미터 길이의 두루마리에 모두 적힐 수 있을 정도로 그리 많지 않은 분량의 법안이었다. 하지만 아르제스의 갑작스런 법안 상정에 대부분의 위원들은 어찌해야 될지 몰라 하는 눈치였다. 무엇보다 이런 법률을 제안한 아르제스의 의도를 알 수 없었기 때문에 그에 적절한 대응을 할 수 없었다.

대다수의 사람들에게 아르제스는 이케니아 최고의 명문가인 가이우스가의 부활을 상징하는 존재였다. 그리고 경제적으로 몰락하기 이전까지는 상인 계층들과도 매우 친밀한 관계를 유지했을 뿐 아니라, 가이우스가 자체도 무역과 금융업에 깊이 관여했다. 한때 네모 항구의 운영권이 가이우스가의 소유였다는 것만 보아도 알 수 있다. 하지만 아르제스가 상정한 법안들은 귀족이나 상인 계층의 이익을 전혀 반영하지 않고 있었다. 오히려 시민 계층의 이해관계를 반영하고 있는 것이 아닌가? 대다수의 위원들이 당황스러워한 것도 당연했다.

회의실로 쓰이는 왕궁의 접견실은 이런 위원들의 분위기를 반영한 듯 조금은 가라앉아 있었다.

"이 법안들은 약간은 민감한 문제를 다루고 있군요. 가이우스 행정관님, 시간을 조금 더 가지고 다음 회기에 다시 생각해 보는 것이 어떠하겠습니까?"

아주 완곡한 거부 의사였다. 이처럼 조심스럽게 자신의 의견을 밝힌 인물은 수석법무관이었다. 아르제스처럼 득표수 1위로 당선된 관리들은 '수석' 혹은 '제일' 이라는 별칭을 가진다. 특별히 권한이 더 부여되는 것은 아닌 그저 명예스러운 이름일 뿐이었다.

수석법무관의 조심스러운 발언은 아르제스와 루시우스를 제외한 다른 위원들의 심정을 대변해 주고 있다고 할 수 있었다. 아르제스가 상정한 법안은 '딱히 대놓고 거부할 수는 없지만 결코 쉽사리 받아들일 수는 없는 법안', 바로 그런 느낌이었던 것이다. 특히나 이 법안에 관련된 문제들이 요즘 장안을 시끄럽게 하고 있는 '아만테티스 사건' 과 밀접한 연관이 있어서 더욱 그랬다.

이미 예상했던 분위기였다. 아르제스는 조금도 물러서지 않았다.

"분명 민감하기는 하지만 어디까지는 연맹이 아닌 우리 국가의 차원에서 해결할 수 있는 문제가 아닙니까? 회기를 미뤄야 하는 이유를 납득할 수 없습니다, 수석법무관님."

크지만 딱딱한 목조 의자에 등을 기대고 있던 수석법무관은 테이블 위로 상체를 옮기며 맞은편에 있는 아르제스와의 거리를 좁혔다. 그리고는 꽤나 진지한 말투로 입을 열기 시작했다.

"수석행정관님의 법안이 이치에 어긋난다고는 말하지 않겠습니다. 하지만 제가 느낀 문제점들을 말하라면 주저없이 말씀드리지요. 먼저 군인들의 퇴직금에 대한 법률 말인데… 도대체 이 법률을 집행할 자금은 어디에서 마련하실 작정입니까? 법안 어디에도 자금 마련에 대한 대책은 없지 않습니까?"

그랬다. 메디아와의 전쟁이 끝났고, 오르피스의 해적 세력이 와해됐다고 해서 군사력을 축소하는 일은 있을 수 없었다. 매년 네모에서 기본적으로 징집되는 인원은 수천 명에 이른다. 아르제스가 상정한 법률을 집행하려면 어림잡아도 연간 수백만 데르의 자금이 필요할 터였다. 그의 의견에 동의한다는 듯 몇몇 위원들도 서로의 얼굴을 바라보며 고개를 끄덕였다.

하지만 아르제스는 조금도 당황하지 않았다. 그가 자금 마련에 관한 내용을 법안에 포함시키지 않은 것은 생각이 짧아서가 아니라 그럴 필요가 없다고 생각했기 때문이다.

"수석법무관님, 지금 매년 나라에서 거두어지는 기부금이 얼마나 되는지 아십니까?"

아르제스가 말하는 기부금이란 것은 징집을 면하는 대신 내는 돈을 말하는 것이었다. 그 말에 흠칫하는 표정을 지은 수석법무관은 옆자리의 넬로스를 바라보며 넌지시 말을 건넸다.

"넬로스 회계관님, 정확한 금액이 얼마였지요?"

마치 정확하게는 기억나지 않는 것처럼 물었지만 사실은 전혀 모르고 있었다. 법무관이 세무나 재정에 대해서 모르는 것이 비난받을 만한 사안은 아니다. 그래도 아르제스는 아는 듯 말하는데 수석법무관의 체면상 모른다고 말할 수야 없었다.

"작년 기준으로 하면 1천2백만 데르 정도 됩니다."

넬로스는 수석법무관의 내심을 뻔히 알면서도 태연히 대답해 주었다.

"허! 상당히 많은 금액이군요."

수석법무관은 진심으로 놀라고 말았다. 1천2백만 데르이면 네모의 연간 세수의 2할에 가까운 거금인 것이다. 사실 작년의 기부금 소득은 평년보다 지나치게 높았던 면도 없지 않았다. 무엇보다 세노아 전쟁의 절정기였던 작년에는 징집 인원이 2만에 가까웠던 이유도 있지만, 우연치 않게 제비뽑기를 통해 징병 행정구로 선정된 곳이 대부분 '부자 행정구'였다는 이유가 가장 컸다. 본의 아니게 넬로스가 아르제스의 말에 힘을 실어준 꼴이었다.

"원래 그 기부금 제도가 만들어진 취지에는 그 돈으로 병사들의 처우를 높여준다는 것도 포함되어 있었습니다. 하지만 11년 전, 네모 시민권을 가진 병사들에게 국가에서 무상으로 무장을 지급하도록 한 조치 이후에는 전혀 기부금이 병사들의 처우 개선을 위해 사용되지 않았더군요."

아르제스가 말한 11년 전은 연맹 차원에서 병사들의 급료가 인상된 마지막 시점이었다. 그 당시도 메디아와의 분쟁과 해적 문제로 국내가 시끄러울 때였고, 연맹의 전격적인 인금 인상에 발맞추어 네모도 무장의 무상 지급이라는 파격적인 조치를 내린바 있었다.

하지만 11년은 긴 세월이다. 그리고 아무리 경제 대국이라도 오랫동안 크고 작은 전쟁을 겪다 보면 인플레이션은 피할 수 없는 일이다. 확실히 그 당시에 비해 지금의 병사들이 받고 있는 처우는 '세노아 전쟁에서의 사실상의 승리'라는 결실에 비해 너무도 빈약했다. 게다가 아르테우스가 선거 시 내세운 병사들의 인금 인상 공약도 국가 간, 당파 간의 이해관계가 얽혀 아직까지도 법률화되지 못하고 있었다. 당연히 병사들이 받는 연봉도 '아직은' 이전과 동일할 수밖에 없었다.

"게다가 이 법안이 통과되더라도 퇴직금이 지급되는 시점은 최소한 5년 후가 됩니다. 당장 자금 마련을 걱정해야 되는 상황은 아니라고 생각합니다만?"

"흠흠."

수석법무관은 한 손가락으로 나름대로 점잖게 머리를 긁으며 헛기침을 한 후 입을 다물어 버렸다. 사실 그는 정치가라고 하기보다는 관료에 가까운 사람이었다. 이런 문제에 대해서는 별다른 식견도 지식도 없는 사람인 것이다. 수석법무관이라는 체면에 괜히 자신이 먼저 입을 열었다가 손해를 본 느낌이었다. 그는 최고행정관을 향해 '말 좀 해보시라'는 압박의 눈빛을 보냈다. 확실히 이 당돌한 수석행정관과 대등하게 대화할 수 있는 사람은 최고행정관밖에 없었다.

"크음."

수석법무관의 눈치를 받은 최고행정관은 연신 헛기침을 했다. 올해 선거에서 당선된 50대 초반의 이 사내는 네모에서도 이름난 귀족 출신의 남자였는데, 문제는 이 사내가 코넬리아에게 홀딱 반해 있었다는 점이다. 코넬리아에게 연심을 품은 남자가 한둘은 아니었지만, 하여간 그런 이유 때문에 그는 주저하고 있었던 것이다. 그래도 최고행정관이라는 자신의 위치를 자각하지 않을 수는 없었다. 결국은 그도 말문을 열 수밖에 없었다.

"가이우스 수석행정관, 전직 사령관으로서 그대가 시민을 아끼고 군인들에 대해 각별한 애정을 품고 있는 것은 충분히 이해합니다. 하지만 이 문제를 연맹 차원이 아닌 국가 차원에서 다룬다는 것은 문제가 있는 것 같군요. 우리가 이 '군인의 처우 개선에 관한 법안'을 통과시키기 전에 반드시 연맹의 다른 나라들과도 사전 조율이 있어야 된다는 말입니다. 11년 전의 조치와는 전혀 성격이 다른 문제이니까요."

"물론 최고행정관님의 말씀도 옳습니다. 하지만 이 문제는 누군가가 나서서 과감히 선례를 보여주지 않으면 안 될 문제입니다. '조율' 같은 것으로 해결될 문제가 아니란 말이지요. 우리 네모가 이케니아 최고의 경제력을 가지고도 막상 연맹 내에서의 발언권이 약한 이유를 저는 연맹의 정책에 지나치게 소극적으로 참여하는 우리 스스로의 문제라고 생각해 왔습니다. 멀리서 예를 찾을 것도 없습니다. 지난번 연맹 선거를 떠올려 보십시오. 이미 10년 동안 왕위를 유지하고 있었다는 불리함을 깨고 아르펜가가 압승을 거둔 이유가 무엇이었습니까? 바로 왕가 분담금의 대폭적인 상승이라는 자기희생적인 조치가 있었기 때문입니다. 사실 왕가의 세력으로는 바렌 가문이 가장 강성하지 않습니까? 그런데도 아르펜가가 중앙 정계에서 바렌가를 압도하고 있는 것은 항상 선구자적인 입장을 견지하고 있기 때문입니다. 이 조치가 너무 급진적이지 않느냐는 의견들이 많으신데, 바로 그렇기 때문에 더욱 가치가 있는 것입니다. 지금은 사람들과 지식인들의 칭송을 받고 있는 법안들도 입법 당시에는 논란의 여지가 많았던 것들입니다. 우리가 이 법안을 통과시킨다면 결국 연맹에서도 이 문제를 본격적으로 논의할 수밖에 없을 것입니다. 그야말로 네모가 중앙 정계에서 주도적인 역할을 담당하는 계기가 될 수 있는 것입니다. 현명하신 위원님들이니 생각해 보시면 충분히 일리가 있음을 아실 것입니다. 이제 우리 네모도 나라 밖으로 좀 더 눈을 돌리고 세력을 뻗어 나가야 되지 않겠습니까?'

수석행정관이 아닌 가이우스가의 아르제스가 한 말이었다. 그 말에 위원들 상당수의 고개가 끄덕여졌다. 아닌 게 아니라 연맹에서의 역할에 있어 네모가 처한 딜레마를 가감 없이 표현해 주고 있었기 때문이다. 그 딜레마는 다름 아닌 '재정 공헌도에 비해 지나치게 낮은 연맹 내 발언권' 이었다.

개인의 이익만을 전제에 두고 작성된 법안은 아무리 그럴 듯한 말로 잘 포장하더라도 결국은 그 의도를 숨길 수 없는 법이다. 하지만 개인의 정치적 발판을 마련하기 위해 작성한 아르제스의 이 법률안은 개인을 위한 것만은 아니었다. 어디까지나 네모와 연맹의 이익에 도움이 되어야 한다는 전제로 마련된 법안이었기 때문이다. 이렇게 되자 '군인의 처우 개선에 관한 법안' 중 퇴직금 지급 문제에 대해서는 반대한다는 분위기에서 한번 검토해 보자는, 그나마 우호적인 분위기가 되었다.

그리고 대출과 관련해 사람의 신병에 위해를 가할 수 없게 하자는 법률은 위원들에게도 큰 이의가 없었다. 공공연하게 이루어지고 있는 일이긴 했지만 위원들 모두가 이것을 '악습'이라고 생각했기 때문이다. 물론 이런 행위를 불법으로 정한 법률이 이전에도 없었던 것은 아니다. 하지만 불법으로 정해놓기만 했을 뿐인 이전 법안에 비해 아르제스가 제안한 법안은 구체적인 처벌 방안을 세부 사안으로 담고 있었다. 어찌 되었든 규제에 관한 전례가 있었던 이 법안은 쉽게 통과될 분위기였다.

하지만 공직 출마에 있어서 군 경력을 인정해 주는 법안과 이자율의 상한선을 제한하자는 법안은 좀처럼 이견(異見)의 간격을 좁힐 수 없었다.

먼저 전자의 법안은 귀족 계층을 대변하는 위원들이 반발했다. 가뜩이나 상인 계층에 밀리는 감이 없지 않은 것이 네모 귀족의 현실이다. 그런 마당에 평민들에게까지 공직의 문호를 넓혀준다는 것이 아무래도 찝찝할 수밖에 없었다. 상인 계층의 위원들이 반대 의견을 내지는 않았지만 그다지 적극적으로 찬성하는 분위기는 아니었다.

후자의 법안에 대해서는 그나마 귀족들도 수긍하는 사람이 많았다. 하지만 이번에는 넬로스를 중심으로 한 상인 계층을 대변하는 위원들이 심하게 반대했다. 상인 계층의 위원들이 반대한 것은 당연했지만 귀족들이 긍정적인 반응을 보인 이유도 의외로 간단했다. 사실상 대부업의 가장 큰 고객은 시민 계층이 아닌 정치에 몸담고 있는 귀족 계층이었기 때문이다.

이케니아의 대부분의 주요 관직은 사실상 명예직이다. 정치는 생계의 수단이 아니었다. 사람이 생계에 얽매이게 되면 정치적인 것에까지 관심을 가질 수 없는 법이다. 그렇다고 정치에 돈이 적게 들어가는 것은 아니다. 선거에도 자금에 들어가고, 지지자들을 관리하는 데도 돈이 들어간다. 공직자로서 최고의 명예로 여겨지는 '공공건물의 기증'도 엄청난 돈이 들어가는 사업임은 두말할 나위가 없다.

이렇다 보니 아무리 귀족이고 재산이 많다고 해도 때로는 목돈을 마련하지 못하는 경우가 흔했다. 그런 상황이 되면 귀족들도 결국은 대부업자들에게 돈을 빌리기 마련이다. 물론 귀족을 대상으로 한 대출은 평민을 대상으로 한 대출보다 이자가 훨씬 싼 편이지만 그래도 연리 15%는 가볍게 넘어가는 것이 보통이었다.

채권자인 상인 계층의 눈치를 볼 수밖에 없는 처지라서 대놓고 찬성하지는 못했지만 속으로는 은근히 지지 의사를 밝히는 것도 그런 이유였다. 그에 비해 가이우스 가문은 빚이 없었다. 나쁜 말로 하면 돈을 빌릴 필요가 있는 관직에조차 오르지 못했다는 말도 되지만(실제로 가이우스 가문의 정치 활동은 아르제스의 조부를 마지막으로 아르제스가 행정관에 당선되기까지 그 명맥이 끊어졌었다) 좋은 쪽으로 생각하면 이자율 상한선에 대한 법안을 제안하는 데 있어 아무런 거리낌이 없다는 말도 되는 것이다.

어찌 되었든 결론은 쉽게 나지 않았다. 대부분의 위원들은 장기 복무 군인의 퇴직금에 관한 법률만 일단 표결에 부치고 다른 법안들은 표결을 다음 회기로 미루는 게 어떠냐는 의견이었다. 하지만 이 제안은 아르제스가 반대했다.

상황이 이렇게 되자 아르제스도 조금은 답답해졌다. 무엇보다 넬로스가 반대 의견을 표시한 것은 조금은 의외이자 아르제스의 실수이기도 했다.

그의 의견은 곧 상인 계층의 의견이다. 법안의 통과 가능성을 높이려고 했다면 아르제스로서는 절대 간과해서는 안 될 부분이었다. 사실 아르제스가 법안의 초안을 마련하는 과정에서 넬로스와의 협의를 생략한 것은 협의로 시간이 지체되는 것을 피하고 싶었기 때문이다. 아무리 자신에게는 우호적인 넬로스라도 이 문제에 있어서만큼은 '장인 넬로스'가 아닌 '상인 넬로스'일 터였다. 쉽게 결론이 날 수 없는 문제인 것이다. 아르제스로서는 아만테티스 사건으로 분위기가 무르익어 있을 때 재빨리 법안을 처리하고 싶었다.

하지만 그렇다고 넬로스에게 섭섭한 감정을 드러낼 수는 없었다. 넬로스와의 관계는 서로 한 발짝씩 물러선 채 손만 최대한 길게 뻗어 마주 잡고 있는 것과 같아야 했다. 마주 잡은 손 외의 다른 손에 무엇을 들고 있다고 하더라도 일단은 등 뒤로 감춘 채 얼굴로는 미소를 띠어야 하는 것이다.

결국 최고행정관은 휴회를 제안했다. 이미 회의를 시작한

지 2시간이나 지난지라 잠시 휴식을 취하자는 의미도 있었지만, 위원들끼리 삼삼오오 모여 의견 조율을 위해 개별 접촉을 가지자는 의미도 있었다.

"잠깐 바람이나 쐴까요, 넬로스님?"

휴회가 선언되자마자 아르제스는 상인 계층을 대표하는 다른 위원들에게 둘러싸여 있는 넬로스를 향해 한마디를 던졌다. 그는 낮은 목소리로 말했지만 그 한마디에 모든 위원들의 시선이 은연중에 넬로스에게로 쏠렸다. 넬로스는 무의식 중에 귀족 계층의 수장 격인 최고행정관을 힐끔 바라보았다. 하지만 결국은 아르제스를 따라나섰다. 그래도 특유의 넉살 좋은 표정은 아니었고 대답도 조금은 딱딱한 말투로 나올 수밖에 없었다.

"그렇군요. 그렇지 않아도 답답하던 터였습니다."

무엇보다 어떤 식으로든 아르제스에게 유감을 표시하고 싶었다. 지금껏 넬로스가 조금은 무리가 있고 손해를 보는 부탁이라도 아르제스의 말이라면 들어주었던 것은 단순히 장래를 생각해서라거나 아르제스가 세리아의 약혼자라는 이유 때문이 아니었다. 다른 중요한 이유 중 하나는 아르제스의 부탁을 들어줌으로써 일종의 '우월감'과 '허영심'을 충족시킬 수 있었기 때문이다. 상인으로서는 정점에 올랐지만 항상 정치 권력에는 목말라 했던 그로서는 내심 아르제스를 마음대로 주무른다는 생각에 흡족했던 것이다. 그런데 이번에는 완전히 무시당했다는 심정에 자존심이 상해 버린 것이다. 전형적인 '동상이몽'이었지만 아직은 서로에 대해서 완전히 꿰뚫고 있지는 못한 두 사람이었다.

두 사람이 정말 산책이나 하려 한다고 생각하는 사람은 아무도 없었지만 어느 누구도 두 사람을 제지하거나 따라나서지는 못했다. 아르제스가 이렇게 노골적으로 나올 줄은 생각도 못했기에 순간 당황해 버린 것이었다. 최고행정관도, 수석법무관도 라일락 잎을 씹은 것 같은 표정으로 그저 지켜볼 수밖에 없었다. 3개의 다른 세력이 의견의 대립을 겪고 있을 때는 누가 먼저 한쪽과 손을 잡아버리느냐가 승부를 결정짓는다. 귀족 계층은 아차, 하는 순간에 승부의 주도권을 넘겨준셈이 되고 만 것이다.

회의장을 빠져나오면 바로 넓은 회랑이 이어져 있어 그들은 볕이 따뜻한 회랑의 기둥 한곳에서 걸음을 멈추었다.

"행정관님은 정치를 참 재미있게 하는 재주가 있으시군요. 이렇게 사람을 놀라게 하시다니 말입니다."

넬로스답지 않게 조금은 비아냥거림이 실린 말이었다.

"하하, 구차하게 변명하지는 않겠습니다. 이번 일은 분명 저의 실수임에 틀림없군요."

아르제스는 웃으면서 가볍게 머리를 숙였다. 정중하면서도 자연스럽게 자신을 낮추어 상대를 높여주는 행동이었다. 이런 몸가짐의 기술은 토르피우스에게 한 수 배운 것들이었다. 아르제스의 이런 언행은 은근히 넬로스의 허영심을 충족시켜 주었다. 그런 면에서 넬로스는 이해타산에는 밝지만 성격은 조금 단순한 면이 있다고 보아야 옳았다.

"정말 이자율을 제한하는 법안에는 찬성할 수 없으신 것입니까?"

아르제스는 여전히 미소를 머금은 얼굴로 은근히 물어보았다.

"이케니아의 전통에 경제 논리나 사유 재산을 법의 범주 안에서 다룬 전례는 없습니다."

사실 넬로스 가문 자체는 대부업을 주요 사업으로 삼고 있지는 않았다. 따라서 이자율 상한에 관한 법안이 통과되더라도 그리 큰 타격은 아니었다. 넬로스 가문의 주요 사업은 무역과 부동산이었기 때문이다. 사실 이자율이라는 것이 높다고 항상 상인 계층에 유리한 것이 아닌, 어디까지나 상대적인 개념인 것이다. 그렇긴 해도 넬로스는 상인 계층을 대표하는 인물로서 계층 전체를 대변해야만 했다. 한마디로 체면이 걸린 문제였던 것이다. 그나마 단호한 거부 의사였지만 말투는 많이 누그러져 있었다. 아르제스는 충분히 이해한다는 듯 고개를 끄덕였다.

"아무래도 거래를 제안할 수밖에 없는 시점인 것 같군요."

아르제스는 짐짓 곤란하다는 표정을 지으며 말끝을 흐렸다.

"거래라… 생각을 한번 말씀해 보시죠."

아르제스의 제안 내용이 어떠하든지 어디까지나 넬로스가 우위에 있을 수밖에 없는 거래였다. 자신도 모르게 넬로스의 입술 끝이 올라갔다.

"이자율의 상한선 규제에 대한 법률은 제가 포기하겠습니다. 하지만 분명히 해두어야 할 것은, 저는 이 법안이 결국은 상인 계층에도 도움이 된다고 생각해서 상정했다는 점입니다. 그래도 넬로스님이 반대하시니 차마 거부할 수 없었던 것입니다. 넬로스님의 체면도 있으니까요."

"허허, 이해해 주셔서 감사합니다."

이 문제가 표결로 갔으면 통과될 가능성도 적지 않았다. 18명의 위원 중 상인과 위원의 수가 8명으로 최대수를 차지하고 있긴 했지만 과반수는 아닌 까닭이었다. 이것을 아르제스의 항복 선언이라고 나름대로 해석해 버린 넬로스는 기분 좋은 웃음을 터뜨렸다.

그리고 아르제스의 '버린 패'를 알게 되자 '얻고자 하는 패'가 무엇인지도 자연스럽게 알 수 있었다.

"그렇다면 아르제스님이 얻으시려는 것은 '군 경력의 공직 출마 조건 인정'에 대한 저의 지지입니까?"

"이야기가 빨라서 좋군요."

실제로 아르제스가 가장 중요하게 생각한 법안을 순서대로 나열하자면 '군 경력의 공직 출마 조건 인정'이 첫 번째였고, 두 번째가 바로 '이자율 규제에 관한 법안' 이었다. 장기 군 복무자에 대한 퇴직금 문제는 1, 2년 늦춰지더라도 큰 문제는 안 될 것이라고 생각했다.

하지만 넬로스의 찬성을 얻어내지 못하면 가장 중요하게 생각한 '군 경력의 공직 출마 조건 인정' 에 관한 법안을 통과시킬 수 없는 상황이다. 우선순위에 따라 생각할 수밖에 없었다. 전략의 다른 말은 '포기의 기술' 이다. 자신이 의도하고자 한 바를 모두 이루어내었던 사령관에서 2보 전진을 위해 1보 후퇴를 할 줄 아는 정치가로 거듭나는 순간이었다.

그들은 타협이 성사된 이후에도 한참 동안이나 이야기를 나누었다. 그리고 회의실로 돌아올 때는 아무 일도 없었다는 듯 표정의 변화조차 없었다. 게다가 마치 다툼이라도 있었던 것마냥 서로 멀찌감치 떨어져서 걸었고, 아르제스의 표정은 담담한 듯하면서도 왠지 굳어 있는 모습이었다.

회의가 속개되자 아르제스가 가장 먼저 발언권을 요청했다. 그리고 말하기를, '여러분들의 의견을 받아들여 '군 경력의 공직 출마 조건 인정' 에 대한 법안과 '이자율 규제에 관한 법안' 은 다음 회기로 연기하고, 나머지 법안에 대한 결정은 이 자리에서 표결에 붙였으면 합니다' 라고 선언해 버렸다. 단, 다음 정기 회기가 아니라 사흘 후 임시로 회의를 소집해 그 자리에서 다루자는 단서가 붙었다.

귀족파 위원들은 크게 안심했다. 아르제스와 넬로스 간의 협상이 결렬되었음이 분명하다고 생각했기 때문이다. 이로써 귀족파 위원들은 넬로스의 지지를 얻어내는 것은 시간문제라고 생각하게 되었다. 설마 18살 먹은 혈기왕성한 청년이 너무도 노련한 늙은이처럼 능청맞게 연기를 펼쳤으리라곤 상상도 하지 못한 탓이었다.

그런 귀족파의 생각을 반영하듯 이어진 표결은 무난하게 '장기 군 복무자에 대한 퇴직금 지급 법안'과 '채무자의 신병 보호에 관한 법안'을 통과시켰다. 그래도 아르제스는 민중들의 영웅이고 네모 귀족의 우두머리 격인 가이우스 가문의 적통이다. 비록 이번에 제안한 법안들이 평민 계층에 유리한 법안이었어도 귀족파 위원들은 아르제스가 민중파라고는 꿈에도 생각하지 않고 있었다. 따라서 어느 정도 아르제스와 가이우스의 체면을 세워줄 필요가 있었다. 그런 편이 네모의 귀족들에게도 도움이 된다고 생각했다.

어찌 되었든 귀족파 위원들의 가장 큰 관심은 '군 경력의 공직 출마 조건 인정'에 관한 법안을 통과시키지 않는 것에 집중되어 있었다. 이 목적만 달성할 수 있다면 다른 법안들은 한두 개쯤 통과시켜 주어도 무방하다고 생각했던 것이다.

하지만 사흘 후 열린 임시 회의에서 그들의 생각이 착각에 불과했음이 여실히 드러났다. 전격적으로 넬로스가 '군 경력의 공직 출마 조건 인정'에 관한 법안을 찬성하고 나섰다. 그리고 아르제스는 보란 듯이 '이자율 규제에 관한 법안'의 상정을 포기해 버렸다.

결과적으로 모든 일은 넬로스와 아르제스의 의도대로 흘러가 버렸다. 귀족파 위원들로서는 뒤통수를 아프게 맞은 셈이었다. 물론 임시 회의가 열리기 전에 3일 동안 귀족파 위원들은 넬로스와 협상을 가질 시간이 있었다. 그러나 그 기간 동안 넬로스가 친척 방문을 핑계로 세노아로 떠나 버리는 바람에 귀족파 위원들은 그 기회를 살리지 못했다.

그래도 귀족파에게는 최후의 수단이 있기는 했다. 최고행정관의 '거부권'이 그것이었다. 하지만 최고행정관은 차마 그 거부권을 행사하지 못했다. 어떻게 알고 왔는지 임시 회의 당일 왕궁 광장이 법안의 통과를 촉구하는 시민들로 가득 차 버렸기 때문이다. 게다가 군중들 중에는 아르제스와 복무했던 퇴역병들도 수천이나 몰려왔다. 거부권은 최고행정관에게 주어진 절대 권력인 대신에 행사함에 있어서 온전히 개인이 책임져야 하는 권한이다. 담이 약한 최고행정관으로서는 차마 거부권을 행사할 수 없었다.

법안 통과의 소식이 전해지자 아르제스와 넬로스의 이름이 한동안 시민들의 입에서 오르내렸다. 사실 시민들의 관심은 법안 통과 그 자체보다는 귀족파 위원들이 멋지게 당한 일에 더 집중되어 있었다. 아르제스가 통과시킨 법안들이 시민의 권익 향상을 위해서 매우 중요한 법안임에도 불구하고 딱히 직접적으로 피부에 와 닿는 법안은 아닌 까닭이었다. 그래도 이번 일로 아르제스의 대한 평가가 조금 달라졌다는 것은 틀림없었다. 군사적 명성이 전부였던 상황에서 정치가의 자질도 보여주었기 때문이다. 고금을 막론하고 정치가의 자질 중 가장 중요한 것은 '자신의 의견을 관철시키는 능력'인 까닭이다.

이런 아르제스에 대한 귀족파의 평판은 상당히 엇갈렸다. 일부는 아르제스의 정치적 능력을 높이 평가했다. 결국 아르제스는 가이우스가의 후계자로서 네모 귀족을 대표하는 사람으로 성장할 것임을 믿어 의심치 않았다.

하지만 일부의 귀족들은 아르제스의 이번 행동을 '정치적 기만'이라면 비난했다. 정확히 말하면, 기만 행위 자체를 비난한 것이 아니라 귀족인 아르제스가 귀족파를 웃음거리로 만들었다는 것에 대한 비난이었다.

아르제스의 첫 정치적 업적은 꽤나 시끌벅적하게 이뤄진 셈이었다. 그리고 아르제스는 이런 소란스런 분위기를 잠시 식혀야겠다고 생각했다.

제3장

그라나디아

아르제스 전기

정치 체제가 공화정에서 제정으로 바뀐 이후, 라인 제국에서는 귀족을 대변하던 집정관과 시민의 대표인 호민관이라는 직책이 사라졌다. 그들의 모든 권력이 황제에게로 집중되었기 때문이다. 하지만 각 부 장관에 해당하는 법무관의 직책은 남아 있어 2년의 법무관 생활을 마친 사람은 전직 법무관의 자격으로 속주의 총독으로 부임하게 되어 있었다.

문화의 상당 부분을 교류하고 있는 관계로 이케니아와 라인 제국 간의 직책 이름은 유사했다. 하지만 그 직책이 의미하는 바는 엄연히 달라 라인 제국의 법무관은 법무에 관련되는 일을 하는 사람이 아닌 그야말로 '법을 집행하는 사람'을 뜻하는 최고위 급 직책이었다. 공화정 때도 국정의 최고 책임 자인 집정관 바로 밑의 관직이었으니 말이다.

라인 제국은 상비군을 10개 군단으로 증강한 것과 더불어 그라나디아 속주에 추가로 2명의 전직 법무관을 파견하는 이 례적인 조치를 취하였다. 한 속주에 총독이 2명일 수는 없으 므로 다른 한 명의 전직 법무관은 동북부사령관이라는 직책 으로 파견되었다.

라인 제국의 전략 단위는 2개 군단이다. 물론 중장보병 중 심의 시민병만 2개 군단이니까 별도로 편성된 기병이나 경장 보병을 합치면 2만 가까이 되는 병력이다. 그리고 이 2개 군 단이 총독이나 사령관이 지휘할 수 있는 최대의 병력이었다. 군사 전권을 위임받는 총사령관(임페라토르)이란 지위가 있긴 하지만, 총사령관의 지위를 이용해 내전을 일으킨 티투스가 마음 편하게 임명할 수 있는 직위는 아니었다.

따라서 2명의 전직 법무관을 그라나디아에 파견한 것은 하 나의 속주에 4개의 군단을 주둔시키기 위한 방편이었다. 그 리고 그만큼이나 그라나디아 주변의 상황이 심상치 않다는 이야기이기도 하였다.

사실 그라나디아 지방이 라인 제국의 골칫거리가 되어온 것이 최근의 일은 아니었다. 테레니우스 황제의 선황이었던 칼리굴라 황제의 시대에만 해도 그라나디아는 속주가 아닌 엄연한 왕국으로서 정치적 독립을 유지하고 있었다. 마치 지금의 플라베니아처럼 말이다.

하지만 테레니우스 제위 8년, 론 제국의 헤르마니아 침공을 틈타 토로카의 일부 부족과 손잡고 반기를 들었던 것이 결정적으로 그라나디아 오르가몬 왕조의 패망을 불러왔다. 태풍으로 선단의 태반을 잃어버린 론 제국의 비극 덕분에 병력을 돌릴 여유가 생긴 라인 제국은 그라나디아에서 일어난 반란을 신속하게 제압해 버렸다. 그리고 200년 이상 지속되었던 오르가몬 왕조를 몰락시키고, 그라나디아를 속주로 편입시켜 버렸다. 속주로 편입하면 속주세를 받을 수 있다는 장점은 있지만 군사적 부담도 전적으로 라인 제국의 책임이 되기 때문에 될 수 있으면 독립된 동맹국으로 남겨두는 것이 보통이다. 하지만 라인 제국의 위기를 틈타 반기를 든 그라나디아를 독립국으로 유지시킬 수는 없었다. 그것은 라인 시민의 정서가 용납하지 않는 일이었다.

개정된 법령에 의해 상비군이 10개 군단으로 증편되었지만 그해 실제로 라인 제국이 편성한 군단은 예비로 편성해 둔 군단을 제외하고도 15개 군단에 이르렀다. 하지만 2년마다 선출되는 법무관의 수는 8명이기에 바로 전 임기의 전직 법무관만으로는 총독이나 사령관을 전부 임명할 수 없었다. 그래서 그라나디아에 파견된 2인의 전직 법무관 중 북동부사령관으로 파견될 인재는 늘 그래 왔듯이 법무관 경력이 있는 현직 원로원 의원에서 충원되었다. 비록 제정으로 접어든 지 한참이 세월이 흘렀어도 원로원은 여전히 인재 양성소로서의 역할을 충실히 담당하고 있었다.

그라나디아의 총독으로 임명된 전직 법무관은 명문 귀족인 파비우스 씨족의 일원인 '필리포스'라는 인물이었고, 동북부사령관으로 임명된 자는 '바로'라는 인물이었다. 바로도 파비우스 씨족 출신이었기에 역시 라인에서도 이름난 명문가 출신의 인물이었다.

바로는 라인 본국에서 편성된 2개 군단 1만 8천 명의 병력을 이끌고 팔바티아 가도를 따라 그라나디아로 진입한 뒤 북쪽으로 진로를 바꾸어 아수스 산 서쪽 기슭에 있는 '마리우스 진지'로 향하였다.

사령관 바로가 향한 마리우스 진지는 그라나디아에서 토르카 지방으로 이어지는 길목에 위치한 일종의 전초기지와도 같은 곳이었다.

그가 지휘하는 군단은 7군단과 8군단이었다. 내전 이후 아직 복권(復權)되지 않은 제3군단을 제외하고 4군단에서 10군단까지의 7개 군단은 고참병 중심의 정예 군단이라고 할 수 있었다. 라인 제국은 이미 직업 군인 제도를 도입한 지 오래였고, 복무 기간도 25년으로 규정되어 있었다. 따라서 베테랑이라는 말이 어울리는 고참 병사들이 많을 수밖에 없었다.

마리우스 진지에 도착한 바로의 군대는 곧바로 진지 보수 공사에 들어갔다. 평상시에도 1개 대대 600명 규모의 주둔군이 상주하는 곳이긴 하지만, 4개 군단이 한꺼번에 주둔할 수 있을 정도의 거대한 진지를 보수 유지하기에는 모자라는 병력이었다.

"후우."

종군이 처음은 아니지만 그도 이제 50대의 중반을 훌쩍 넘겨 버린 나이이다. 사령관의 막사로 들어선 바로는 몸종의 도움으로 흉갑을 벗고서 침상에 걸터앉아 한숨을 돌렸다. 주둔지 정비는 부장에게 맡겨두었으니 바로가 직접 나설 일이 당장은 없는 셈이었다. 하지만 그의 휴식은 오래가지 못했다. 투구를 옆구리에 낀 장교 한 명이 막사로 들어와서는 바로에게 군례를 올렸기 때문이다.

"사령관님."

"음? 무슨 일인가?"

바로는 그가 7군단 1대대의 대대장임을 알아보았다. 1대대의 대대장이면 군단의 실무 책임자라고 보아도 좋다. 진지를 정비하느라 한창 바빠야 할 그가 사령관의 막사까지 찾아온 이유가 궁금하였다.

"인근 부족의 대표들이 사령관님을 뵙기를 청하고 있습니다. 오랜 행군에 피곤하신 줄은 알지만 일단은 사령관님이 아셔야 할 것 같아서 말입니다."

마리우스 진지는 그라나디아 이북을 적대적인 토르카 부족에게서 방어하는 전방 요새이다. 당연히 라인 제국에 대한 적대 여부를 떠나 여러 부족들의 영토와 접해 있다. 따라서 새로운 군대가 주둔할 때 근처 부족들에서 사절을 보내오는 것이 특별할 것은 없었지만 시기가 너무 이르다는 것은 상당히 의외였다. 바로의 군단이 마리우스 진지에 도착한 지 이제 겨우 반나절밖에 지나지 않은 시점에 사절이 찾아왔다는 것은 이미 도착 전부터 기다리고 있었다는 말이 된다. 가볍게 넘길 일이 아니라고 생각된 바로는 즉시 부족 대표들을 만나보기로 했다.

"그들을 회의실로 데려오도록."

"네!"

대대장이 군례를 올리고 물러가자 바로는 한숨을 내쉬며 몸종에게 말했다.

"다시 갑옷을 가져오너라."

전장에 파견된 사령관이라도 평시에는 토가 차림으로 지내는 게 보통이지만 부족 대표들을 만나는 자리에는 아무래도 위엄있는 군복이 어울릴 터였다. 사령관이라면 그 정도의 불편함은 감수해야 했다.

근위병을 대동한 바로가 회의실로 들어서자 상당수의 인물들이 그를 기다리고 있었다.

"법과 질서의 수호자이신 라인 제국의 사령관님을 뵙습

니다."

자신을 보자마자 바닥에 엎드려 경의를 표하는 부족 대표들을 바라보며 고개를 끄덕인 그는 손을 가볍게 들어 그들을 일어나게 했다. 몸을 일으킨 사람은 모두 10여 명으로, 인근 소부족의 대표들이었다. 토르카 인 사내들은 머리카락과 수염을 길게 기르고 바지를 입는 것으로 유명하지만, 깔끔하게 면도까지 하고 투티카에 토가 비슷한 천까지 걸친 이들의 모습은 여느 라인 사람들과 크게 다를 바가 없었다.

바로가 먼저 말문을 열었다.

"그래, 너희는 어느 부족 사람들인가?"

"저희는 브라노게스 족과 가발리 족을 대표해 왔습니다."

상당히 유창한 라인 어였다. 오랫동안 라인의 문물을 받아들인 이 부족들은 라인 제국과 우호적인 관계에 있는 부족이었다. 실제로 부족의 유력자들 중에는 라인의 속주 시민권을 가진 자들도 상당수 있었다.

"내가 여기에 도착한 지 얼마 되지도 않은 이때에 벌써부터 나를 찾은 까닭이 있을 것이다. 그 이유를 말해보거라."

바로는 사령관의 위엄을 과시하듯 근엄한 목소리로 말했다.

그러자 부족 대표 중 수장인 자가 무척이나 비통한 목소리로 고개를 숙인 채 말했다.

"저희 부족들은 항상 라인의 보호에 생명과 재산을 맡겨왔으며, 라인 제국의 충직한 동지임을 자랑스럽게 생각해 왔습니다. 하지만 지금 그 긍지가 큰 시련에 부딪히게 되었습니다."

"그게 무슨 소리인가?!"

부족 대표들이 말한 사정은 이랬다.

토르카 지방은 10여 개가 넘는 유력 부족과 100여 개가 넘는 군소 부족들이 할거하고 있는 땅이었다. 그라나디아와 인접한 주요 부족은 모두 7개였는데, 이들 중 브라노게스 족과 가발리 족은 대표적인 친라인 성향의 부족, 즉 라인 제국의 피보호 부족이었다. 하지만 이 일대에서 가장 위세를 떨치는 부족은 아티아 족이었다. 부족 인원만 35만에 이르는 거대 부족인 그들은 라인 제국이 토르카 지방에 영향력을 행사하는 것에 대해 큰 불만을 가지고 있었다. 주변 부족에 대한 자신들의 영향력이 약화되는 것을 우려한 까닭이었다.

하지만 그렇다고 아티아 족이 노골적인 반감을 드러낸 것은 아니었다. 라인 제국의 힘이 두려웠던 이유도 있었지만 라인 제국 또한 그라나디아 북쪽으로 영토를 넓히려는 시도를 하지 않았기 때문이다. 하지만 이제는 상황이 달라져 버렸다. 아티아 족은 주변의 부족을 규합해 노골적으로 반라인 전선을 구축하고 있었다.

아티아 족이 적극적으로 변한 것에는 2가지 이유가 있었다. 첫 번째는 아누이 왕국의 영향력이 아티아 족에게까지 미쳤기 때문이다. 두 번째 이유는 라인 제국이 토르카 지방을 평정할 것이라는 소문 때문이었다. 론 제국의 기세가 내부 분열로 주춤한 사이, 라인 제국이 총력을 기울여 토르카 지방을 평정하려 한다는 소문은 이미 토르카 부족 전체에 퍼진 상태였다. 과거의 역사를 돌이켜 보면 근거가 아주 없는 불안감은 아니었다. 결국 이런 이유들로 토르카 지방의 민심은 라인 제국에 대한 증오로 들끓고 있었다.

상황이 이렇게 되자 가장 피해를 보고 있는 것은 라인과 사실상의 동맹 관계를 맺은 친라인 성향의 부족들이었다. 장발과 바지를 버리고, 짧은 머리에 투니카(반팔 원피스 모양을 한 라인 민족의 평상복)까지 걸친 그들은 더 이상 토르카 인으로 대접받지 못하였기 때문이다. 그들은 한때는 동족이었던 주변 부족으로부터 약탈과 수난을 당하는 처지가 되고 말았다.

"으으흠!"

바로는 무거운 신음을 토했다.

부족의 대표들은 이미 무릎을 꿇고 눈물까지 보이고 있었다. 그들로서도 바로가 마지막 희망이었던 것이다.

자신이 그라나디아 속주 총독과는 별도로 2개 군단을 이끌고 이곳으로 파견된 이유도 이런 일을 사전에 방지하기 위해서였다. 다만 막상 도착해 보니 본국에서 판단한 것보다 상황이 더 나빠져 있었을 따름이다. 그래도 2개 군단을 파견한 것은 적절하고도 충분한 조치였다.

바로는 라인과 자신의 위엄을 위해서라도 이 일을 좌시할 수 없다고 생각했다. 라인 제국이 토르카 지방으로 영토를 확대하려 한다는 소문은 사실이 아니었지만, 라인 제국과 경계를 접하고 있는 부족들을 친라인화하는 것이 라인 제국이 당면한 핵심적 과제인 것은 부정할 수 없는 사실이었다. 그러기 위해서는 이미 친라인화된 부족의 안전을 보장해 주어야만 했다.

바로는 일단 부족 대표들을 물리고 임시 거처를 마련해 주어 진영에 머물게 했다. 이미 스스로도 부족 대표들의 말이 대부분은 사실일 것이라 믿고 있었지만 군대를 움직이기 위해서는 확실한 정보와 명분이 필요했다. 다음날부터 바로는 병사들을 풀어 부족 대표들의 말이 사실인지 확인하게 했다. 그리고 부족 대표들의 말이 사실임을 확인하는 데는 그리 오랜 시간이 걸리지 않았다.

일단 바로는 교섭을 통한 해결을 시도했다. 국경을 방어함에 있어서도 가능만 하면 군사력에 호소하는 것보다는 교섭을 선호하는 것이 라인의 방식이었다. 그는 즉시 아티아 족에 사절을 파견했다. 브라노게스 족과 가발리 족에 대한 횡포를 멈추어줄 것을 요구하기 위해서였다. 하지만 파견된 사절은 아티아 족의 침묵으로 인해 아무런 대답을 가져오지 못했다. 그러는 사이에도 브라노게스 족과 가발리 족에 대한 약탈은 계속되고 있었다.

이렇게 되자 바로는 출병을 결심했다. 그에게는 2가지 명분이 있었다. 먼저, 라인 제국은 피치 못할 사정이 없는 한은 동맹국이나 친구의 어려움을 결코 좌시하지 않는다는 이유였다. 이것은 부족 간의 연합을 통한 상호 방위를 기반으로 성장해 온 라인 제국의 역사를 고려해 볼 때 라인의 외교 정책을 정의하는 대명제와도 같은 원칙이었다.

두 번째 이유는 아티아 족의 불온한 움직임이 토르카 지방 전체로 퍼져 나가는 것을 조기에 차단하기 위함이었다. 수많은 부족으로 갈라져 통일의 조짐조차 보이지 않는 토르카 인이지만, 대외적인 위협에 대해서는 곧 잘 뭉쳐서 대응하는 것이 그들의 방식이었다. 그에 비해 질 것 같은 싸움은 절대 하지 않는 것이 그들의 습성이었기 때문에 아티아 족에 대한 기선 제압이 필요하다고 생각했던 것이다. 애초부터 자신이 동북부사령관이란 직책으로 이곳에 파견된 것도 도발이 있을 시 공격적 군사행동을 취하기 위해서였다. 속주의 총독은 적이 공격해 왔을 때 방어할 권리가 있을 뿐 적의 영토로 침공해 들어갈 권리는 없었기 때문이다.

결심이 서자 바로는 빠르게 움직이기 시작했다. 식량을 확보하고 주변 부족들의 충성을 확인하기 위한 작업을 서둘렸다.

그리고 아르본에 있는 총독 필리포스에게도 서신을 보내 이곳의 상황과 자신의 의도를 알렸다. 그가 이렇게 서두르고 있는 것은 계절 때문이었다. 라인 본국보다는 상당히 북방 지역인 이곳은 11월이면 본격적인 겨울이 찾아오기 시작한다. 이미 9월로 접어든 상황에서 군대를 움직일 만한 시간이 채 2달도 남지 않은 것이다.

촉박한 시간 속에서도 바로가 지시한 일들은 빠르게 진척되었다. 하지만 라인 제국에 협조하겠노라고 맹세한 부족은 도움을 요청했던 브라노게스 족과 가발리 족 이외에는 더 늘어나지 않고 있었다.

*　　　*　　　*

라인 제국의 군대는 크게 군단과 보조 부대(외인부대)로 나뉜다. 군단은 라인 시민권자들로 구성된 6천 명의 중장보병 중심의 부대이고, 보조 부대는 속주민들로 구성된 경장보병(궁병, 투석병)과 기병으로 이루어진 혼성 부대였다. 사령관 바로가 이끄는 부대는 2개 군단 1만 2천 명의 군단병과 보조 부대 6천 명으로 이루어진 1만 8천의 병력이었다. 이들 중 보조 부대의 절반과 군단병 2개 대대를 제외한 나머지 병사들이 이번 출정에 동원될 병사들이었다.

바로의 목표는 명확했다. 아티아 족을 복속(服屬)시켜 협정을 맺는 것이었다. 물론 그 대가로 상당수의 볼모를 잡아들일 작정이었다. 그러기 위해서는 한번에 아티아 족의 수도로 진격하는 것이 가장 좋은 방법이었다. 9월 17일이 되자 바로는 1만 4천의 병력을 이끌고 마리우스 진지를 떠나 그라나디아의 경계를 넘었다. 목적지는 '보통 행군' 속도로 보름 남짓한 거리에 있는 벨라노눔이었다.

평지와 낮은 구릉이 끝없이 이어지고, 때로는 눈이 닿는 곳까지 울창한 숲이 펼쳐지는 곳. 토르카 지방의 풍경을 표현하는 데 이처럼 적당한 말도 없다. 비록 그라나디아의 접경지대는 꾸준히 라인화가 이루어져 오긴 했지만 제대로 된 길조차 흔치 않은 오지인 것에는 틀림없었다. 게다가 마리우스 진지 북부 지역은 숲과 늪지대가 산재해 있었다. 시간에 쫓기는 바로의 입장에서는 군단이 이동하는 행군로를 이미 나 있는 길로 제한할 수밖에 없었다. 즉, 아티아 족도 바로가 이동하는 경로를 훤히 알 수 있다는 이야기였다.

가발리 족 영토 동쪽 외곽으로 나 있는 고대 도로를 따라 행군하던 바로의 군단은 아티아 족 영토로의 진입을 앞두고 잠시 그 행군을 멈추었다. 이제부터는 조심해야 할 필요가 있었기 때문이다. 바로는 부장과 호위병을 거느리고 가까운 고지대로 말을 달렸다.

"좋지 않군요."

바로의 조카이자 부장 자격으로 동행한 섹티우스는 눈앞에 펼쳐진 광경을 보고 인상을 찡그렸다. 좁고 구불구불한 길, 좌우로 펼쳐진 울창한 숲과 무성한 풀밭. 적지를 통과하는 행군로로써 이보다 난감한 길도 드물었다.

"매복은 피할 수 없겠구나."

바로도 고개를 끄덕일 수밖에 없었다. 알면서도 당해줄 수밖에 없는 지형인 것이다. 하지만 매복이 두려워 행군을 지체할 수는 없었다. 게다가 이렇게 울창한 숲이면 오히려 공격하는 입장에서도 대군을 동원하긴 힘들 터였다.

"행군 대열을 바꾸겠다. 수송 부대와 보조 부대를 행렬 중앙에 배치하고, 전방에는 7군단, 후방에는 8군단을 배치하라. 행렬은 최대한 두텁게 유지하여 최소한 단일 전투열이라도 갖출 수 있게 해야 한다."

보통의 행군 순서는 군단병이 선두에 서고 그 뒤를 보급 부대가 따르는 식, 즉 바로의 군단을 예로 들면 '7군단─7군단 보급 부대─8군단─8군단 보급 부대─보조 부대'의 순서로 행군하는 게 일반적이었다. 하지만 이 상황에서 적이 생각할 수 있는 가장 유용한 전술은 소수의 병력으로 아군의 전방과 후방을 막고 다수의 병력으로 측면을 공격하는 것이었다. 그것을 대비하기 위해 행군 진형의 변경을 명령한 것이었다.

진형의 변경은 신속하게 이루어졌다. 제자리에서 진형을 다시 짠 후 움직인 것이 아니라 움직이면서 진형을 변경했기 때문이다. 이것은 바로의 군단이 고참병을 중심으로 구성된 군단이라서 가능한 일이었다.

아티아 족도 바로가 자신들의 영토에 진입했음을 일찍부터 알고 있었다. 아티아 족을 이끄는 자는 '둠노게릭스' 라는 인물이었다. 그는 교활하여 민심을 이용할 줄 알았고, 군사적 전략에도 재능을 보이는 자였다. 처음 라인 군의 군사행동 소식이 전해지자 아티아 족의 일부 귀족들은 강화를 주장했다.

그들은 라인 제국의 관용과 공존에 기반을 둔 외교 정책을 상기시키면서 굳이 강대한 라인 제국과 군사적으로 충돌할 필요는 없다고 목소리를 높였다. 하지만 둠노게릭스는 그들의 의견을 귀에 담지 않았다. 그는 아티아 족의 용맹함에 자부심을 가진 인물이었고, 더불어 주변 부족을 통합해 왕이 되고자 하는 욕심을 가진 남자였다.

하지만 라인 제국이 개입해 버린다면 자신의 입지는 축소되고 왕이 되고자 했던 야심도 물거품이 되고 마는 것이다. 둠노게릭스는 특유의 언변과 막강한 영향력으로 부족민들을 선동했다. 그는 아티아 족의 용맹함을 강조하면서 라인과의 강화를 주장하는 자들은 이미 라인 제국에 부족을 팔아먹은 앞잡이들이라고 매도했다. 천성이 호전적인 부족민들은 당장에 둠노게릭스를 지지하며 일어났고, 강화를 주장하던 귀족들은 둠노게릭스와 분노한 부족민들의 보복이 두려워 라인 제국으로의 망명을 시도했다. 하지만 이를 눈치챈 둠노게릭스는 추격대를 파견해 이들을 모조리 살해해 버렸다. 둠노게릭스는 살해당한 귀족들의 재산을 부족민들에게 공평하게 나누어 주며 자신의 지지 기반을 더욱 공고히 했다.

이로써 부족의 실권을 완벽하게 장악한 둠노게릭스는 중립적인 태도를 보이고 있는 주변 군소 부족들에게 사절을 파견해 라인 제국에 대한 공동 투쟁을 호소했다. 거기에 아누이 왕국의 압제에 못 이겨 쫓겨온 타 부족민들을 규합하여 자신과 같이 싸워 승리한다면 브라노게스 족과 가발리 족의 영토를 그들에게 내어주겠노라고 약속했다. 이런 방식으로 둠노게릭스가 모은 병사들은 7만에 이르렀다.

*   *   *

뿌오오!

적의 기습을 알리는 나팔 소리였다.

"진형을 유지해라!"

경험 많은 지휘관들은 전혀 당황하지 않았다. 처음부터 적의 기습은 예상했던 바였다. 토르카 인들도 바보가 아닌 이상 강력한 군단병이 버티고 있는 전방이나 후방의 대열을 공격할 리는 없었고, 그것은 바로도 잘 알고 있는 사실이었다. 바로가 노린 것은 적이 공격할 지점을 대열 중앙에 있는 보급 부대로 한정하는 것이었다. 그리고 적이 공격할 것에 대비한 전술은 일선 부대의 지휘관들에게 이미 전달해 놓은 상태였다.

숲에서 튀어나온 적은 아군 보급 부대의 좌측 측면을 노렸다. 군단병이 지나가길 기다렸다가 짐수레가 보이자 튀어나온 것이 분명하였다. 동물의 가죽으로 만든 옷에 뿔이 달린 투구를 쓴 그들은 원형의 나무 방패와 도끼로 무장하고 있었다. 수는 약 2천여 명 정도 되어 보였다.

"투척! 발사!"

외인부대 장교의 외침이 울려 퍼졌다.

적의 기습이 시작되자 보급 부대를 호위하던 경장보병들은 짐수레들 사이로 들어가 측면에서 공격해 오는 토르카 인들을 향해 화살이나 돌을 날렸다. 창을 든 경장보병들은 수레를 방벽 삼아 수레로 접근하는 적병들을 저지했다.

"크윽!"

"으악!"

기세 좋게 달려오던 토르카 인들이 투척 무기에 맞아 쓰러지기 시작했다. 용맹하게 수레 위로 뛰어오르는 자도 있었지만 창을 든 라인 동맹군 병사의 손에 죽어나가기 바빴다. 하지만 적의 공격도 만만치 않아 방어력이 떨어지는 경장보병이 오래 버틸 수 있는 상황은 아니었다.

그때 토르카 인의 좌우를 7군단과 8군단의 군단병들이 치고 들어왔다. 전투가 벌어진 곳에서 약 3백 미터 정도 떨어져 있었던 탓에 기습을 알아챈 후 군단병들이 달려오는 데는 5분도 걸리지 않았다.

적의 우측에는 8군단의 1개 대대가, 적의 좌측에는 7군단의 1개 대대가 위치했다. 처음부터 전투 대형으로 행군했던 탓에 진형을 정비하느라 시간을 소비하지도 않았다.

"돌격!"

"우와와!!"

우렁찬 함성과 함께 돌격한 라인의 중장보병들은 대번에 적의 좌우를 격파해 버렸다. 기습을 감행했던 토르카 인들은 순식간에 3면에서 포위된 형국이 되고 말았고, 버티지 못한 그들을 이내 숲으로 도망치기 시작했다.

"추격하라!!"

적이 퇴각하자 대대장은 즉시 추격을 명령했다. 아군을 유인하기 위한 기습이라는 생각은 들지 않았기 때문이다. 그런 그의 생각은 적중했다. 숲 속에 다른 적들이 매복해 있지는 않았던 것이다. 그래도 너무 깊숙이 추격하는 일은 없었다. 결국 기습을 감행했던 적들의 대부분은 죽임을 당하였고, 10여 명은 포로로 잡히는 신세가 되었다. 적들의 시체에서 전리품을 챙긴 병사들은 빠르게 행렬로 복귀했다.

포로를 심문한 바로는 그들이 아티아 족에 협력하기로 맹세한 주변 부족 사람들임을 알았다. 그리고 아티아 족의 수장인 둠노게릭스가 라인에 대항하기 위해 세력을 끌어 모으고 있다는 사실도 알아내었다. 상황이 생각보다 심각하다고 생각한 바로는 행군 속도를 더욱 높이도록 명령했다. 다행히 이후의 행군 과정에서 적의 기습이나 매복을 당하는 일은 발생하지 않았다.

*　　　　*　　　　*

바로의 군단이 엔트 강의 지류에 도달한 것은 마리우스 진지를 떠난 지 10일 만의 일이었다. 엔트 강은 크게 3개의 지류가 있는데, 이 지류들이 아수스 산 동쪽에서 만나 큰 강을 이루어 티스팔라 해(海)로 흘러간다. 바로의 군대가 도착한 지류는 가장 남쪽에 위치한 지류였고, 이 강만 건너면 벨라노눔을 불과 이틀 거리에 두게 될 터였다.

근위대와 함께 행렬의 선두에 서 있던 바로는 강 앞에서 진군을 멈추게 했다. 가을이라 수량은 많이 줄어 있었고, 조심해서 건넌다면 다리를 놓지 않고도 보병들이 건널 만한 수심과 물살이었다.

"일단은 기병들을 3갈래로 나누어서 정찰을 하라. 한 부대는 강 건너편, 나머지 두 부대는 강의 상류와 하류로 보내도록."

바로의 입장에서도 신중해질 수밖에 없었다. 도강하려는 적을 막는 가장 좋은 방법은 강 건너편에서 시위를 하는 방법이다. 강을 건너는 동안은 무방비 상태에 빠지기 때문이다. 하지만 아티아의 수도를 코앞에 둔 지금, 아직까지 그들의 직접적인 반격은 없는 상태였다.

기병이 정찰을 하는 동안 주위의 경계를 강화하도록 명령한 바로는 병사들에게 잠시 동안의 휴식을 허락했다. 험한 길을 따라 강행군을 거듭한 병사들이 많이 지쳐 있었기 때문이다. 30분이 지나자 강의 상류와 하류를 정찰하러 갔던 기병대가 복귀하였다.

"하류 쪽은 아무런 이상이 없습니다."

"상류 쪽에서도 적의 흔적을 찾을 수 없었습니다."

기병들의 보고를 들은 바로는 한동안 생각에 잠겼다. 호전적인 아티아 족의 성향을 생각하면 이상할 정도로 잠잠했기 때문이다. 사실 방어의 효율성이라는 면을 생각한다면 강 건너편에서 버티는 것이 가장 유리할 것인데 말이다.

'강화를 제의할 생각인가?'

바로는 가능성이 없는 일은 아니라고 생각했다. 호전적이고 충동적인 것이 일반적인 토르카 인의 성향이지만 그만큼이나 포기도 빠르고 강한 힘에는 쉽게 굴복하는 민족이었다. 어쩌면 아군의 예상외로 빠른 진군에 당황한 나머지 부족 내부에서 갈등을 빚고 있는지도 몰랐다.

그때 강 건너편으로 정찰을 나갔던 기병대가 돌아왔는데 그들은 의외의 손님을 대동하고 있었다. 강 건너편으로 기병대를 이끌고 갔던 기병대장은 정찰의 결과를 보고하기 시작했다.

"강 건너편에서 일단의 아티아 족을 만날 수 있었습니다. 부족의 원로들과 일부 병사들로 이루어진 무리였는데, 강화를 위한 협상을 하고 싶다고 합니다. 그래서 그들의 사절과 동행하여 왔습니다."

그러나 내심 고개를 끄덕이는 바로에 비해 부장인 섹티우스는 날카롭게 눈을 빛내고 있었다.

"아무래도 수상합니다, 바로님. 적의 함정이 아닐까요?"

기병대장의 말을 들은 섹티우스는 적의 계략에 대해 우려를 표시했다. 물론 바로도 우려가 되지 않는 바는 아니었다.

"다른 수상한 낌새는 없던가?"

"특별한 점은 찾아보기 힘들었습니다. 하지만 숲 속에 뭐가 있는지까지는 알 수 없었습니다."

당연했다. 나무들이 빽빽이 들어찬 원시림을 기병으로 수색한다는 것은 무리였다.

"일단은 아티아 족의 사절이라는 자와 이야기해 봐야겠다.

그를 데려와라."

"네, 사령관님!"

말 위에서 가볍게 군례를 올리고 사라진 기병대장은 곧바로 아티아 족의 사절과 함께 돌아왔다. 통역은 이 지방 말에 능통한 기병대장이 직접 맡았다.

"아티아 족은 지금 싸우자는 쪽의 의견이 우세하다고 합니다. 하지만 그 이유가 라인 제국이 아티아 족을 해치려고 한다는 두려움 때문이지 라인 제국에 대한 분별없는 증오 때문만은 아니라고 합니다. 진군을 멈추고 이후의 조치에 있어 관용을 베풀 것임을 신의 이름으로 약속해 준다면 자신들도 적극적으로 회담에 나설 것이라고 말하고 있습니다."

기병대장의 통역을 들은 바로는 아티아 족의 사절을 한 번 쳐다보고서는 다시 고개를 돌려 부장인 섹티우스에게 물었다.

"섹티우스, 네 생각은 어떠하냐?"

"그럴듯하군요. 하지만 너무 그럴듯해서 오히려 의심됩니다."

"그렇지."

섹티우스의 말에 수긍하는 반응을 보인 바로였지만 사실 그의 속내는 조금 달랐다. 그는 강직한 원칙주의자였다. 충분한 군사적 재능도 갖추고 있는 인물이었지만 허영심도 큰 인물이었다. 아티아 족이 청해온 강화 제의를 거부할 이유도 없었고, 싸우지 않고 승리하는 것이야말로 라인 인이 생각하는 장수의 최대 미덕이었다. 그리고 결정적으로 적이 어떠한 도발을 해오더라도 그는 물리칠 자신이 있었다.

잠시 생각을 정리한 바로는 무릎을 꿇고 있는 사절을 내려다보며 말했다.

"일단은 강을 건너 숙영지를 건설한다. 사절에게는 강화 제의를 승낙하겠다고 전해라. 회담 일정은 내일 다시 의논하겠노라고."

아티아 족이 강화를 제의해 왔다고 해서 강을 넘지 않고 마냥 기다릴 수는 없는 일이었다. 이럴 때일수록 더욱 상대를 압박하는 행동이 필요했다. 강의 북쪽 편에 진영을 건설하고, 진영의 남문과 강의 남쪽 편을 이어주는 다리를 건설한다면 방어적인 측면에서도 흠잡을 데 없는 숙영지가 건설될 것이다.

"말씀을 전하겠습니다."

명령이 전달되자 바로의 군단병들은 빠르게 도강을 준비했다. 만약을 대비해 전투 대형을 유지하면서 한꺼번에 3열의 병사가 강을 건너도록 지시하였는데, 보급품을 실은 짐마차는 다리가 건설될 때까지 강의 남쪽 편에서 대기하게 되었다.

*　　　*　　　*

강에서 10킬로미터 정도 떨어진 북쪽의 숲 속에서 부족의 전사들과 함께 몸을 숨기고 있던 둠노게릭스는 라인 군의 이러한 행동을 시시각각 보고받고 있었다. 강화를 제의하는 사절을 보낸 것도 적을 안심시켜 강을 건너도록 하기 위한 그의 계책에 불과했다. 처음부터 강화를 맺을 생각은 전혀 없었던 것이다.

"적들이 나의 계책에 빠져들었다. 너희들은 서쪽과 동쪽에 대기하고 있는 나의 동생들에게 이 사실을 알리고, 빠르게 강을 건너라고 일러라!"

둠노게릭스는 믿을 만한 부하를 통해 강의 서쪽 상류와 동쪽 하류에서 병사들과 함께 매복 중인 그의 동생들에게 자신의 말을 전하도록 했다.

"네!"

낮은 목소리로 대답한 전령은 마치 다람쥐 같은 몸짓으로 재빠르게 숲 속을 달려갔다. 둠노게릭스는 처음부터 이곳을 결전의 장소로 생각하고 있었다. 그는 자신에게 4가지 이점이 있다고 생각했다.

첫째, 이곳 지리에 익숙한 자신은 라인 군단의 도강 지점을 미리 예측할 수 있다는 점.

둘째, 일대에 펼쳐진 울창한 숲을 자유롭게 이용할 수 있다는 점.

셋째, 자신의 병력이 라인 군단의 병력보다 월등히 많다는 점.

넷째, 라인 군은 자신의 의도를 정확하게 파악하지 못할 것이라는 점.

하지만 둠노게릭스도 병사의 질은 아티아 족의 전사보다 라인 군단병이 월등히 우수하다는 것을 잘 알고 있었다. 그래서 생각한 것이 강을 사이에 두고 분리된 적을 공격하는 전술이었다. 처음부터 라인 군단의 도강을 저지하지 않은 것도 이 때문이었다. 그리고 그 자신도 숲으로 난 길을 따라 조심스럽게 병력을 전진시켰다.

라인 군단의 도강 지점으로부터 6킬로미터 하류 지점에 매복하고 있었던 둠노게릭스의 두 동생은 형의 명령이 전해지자 미리 공사해 둔 우회 수로의 수문을 열도록 지시했다. 라인 군단의 도강 지점을 예상할 수 있었던 까닭에 물길을 돌리기 위한 수로 공사는 3일 전에 이미 끝난 상태였다. 그리고 우회 수로는 정찰병에게 들키지 않도록 수풀로 철저하게 위장되어 있었다.

콰르르!!

엔트 강과 우회 수로를 막고 있던 둑이 무너지자 격한 물소리와 함께 엄청난 양의 탁류가 우회 수로로 흘러들었다. 이렇게 되자 가뜩이나 수량이 많지 않았던 엔트 강의 지류는 급격히 그 바닥을 드러내었다. 이런 방법은 라인 군단으로서도 상상도 못한 방식이었다. 둠노게릭스는 도강을 위해 정찰병에게 발각될 수밖에 없는 다리를 건설하는 대신 우회 수로를 파서 도강 지점의 수위를 낮추는 우직한 방법을 택한 것이다.

"조용하고 빠르게 움직이자!"

아티아 족의 전사들은 지휘관의 명령과 함께 빠르게 엔트 강을 건너기 시작했다. 강물에 온몸이 젖거나 급류에 떠내려 갈 위험이 전혀 없었기에 그들의 도강은 엄청난 속도로 이루어졌다. 이렇게 강을 건넌 아티아 족은 숲 속으로 난 소로를 따라 은밀하게 라인 군단의 후방으로 접근하였다. 이렇게 강을 건넌 아티아 족은 모두 1만 5천 명이나 되었다. 이들의 도강한 지점은 언덕과 숲에 교묘히 가려져 라인 군의 도강 지점에서는 시야가 닿지 않는 곳이었다.

이런 사실을 전혀 모르는 라인 군단은 강의 북쪽으로 7군단이 건너가 숙영지를 만들고, 강의 남쪽 편은 8군단과 수송대가 남아 다리의 건설을 담당하고 있었다. 500기의 기병대 병력은 만약을 대비해 숙영지 건설 지역 주위로 흩어져서 정찰을 실시하고 있었다.

전령으로부터 두 동생이 이끄는 부대가 도강을 완료했음을 보고받은 둠노게릭스는 적의 병력이 갈라진 지금이 절호의 공격 기회임을 알고 있었다. 두 동생이 이끄는 1만 5천의 병사가 적의 후방을 교란하는 사이, 자신이 이끄는 2만 5천의 본대가 강을 건너온 적의 선두를 격파하는 작전이었다.

"나팔을 울려라! 함성을 질러라!"

둠노게릭스는 칼을 높이 치켜들며 숨죽였던 침묵을 깨고 큰 소리로 외쳤다.

뿌우우웃!

"오오오오!!"

나팔 소리와 함께 우렁찬 함성이 고요했던 숲을 진동시켰다. 그와 동시에 숲 속에서 몸을 숨기고 있던 아티아의 병사들이 개미 떼처럼 몰려나오기 시작했다.

"기습이다!!"

이 변고를 가장 먼저 알아챈 것은 근처를 정찰하던 기병들이었다. 아티아 족의 기습을 확인한 기병들은 급히 말을 돌려 본대로 향하였다. 하지만 이미 본대도 기습을 알아차리고 급히 전열을 꾸리고 있었다.

"공사 중지! 모두 공사를 중단하고 대대 깃발 아래 집결이다!!"

"1, 2, 3, 4대대 선두로!! 빠르게 제1전투열을 형성하라!"

갑작스런 적의 기습에도 백인대장을 중심으로 한 일선 지휘관들은 전혀 흔들리지 않았다. 백인대장, 대대장, 군단장, 부장, 사령관으로 이어지는 일사불란한 지휘 체계는 이런 급

박한 상황에서 더욱 그 빛을 발하는 것이다. 공사 중에 당한 불의의 기습이었지만 아직 적과는 1.5킬로미터 정도 떨어진 거리였다. 군단병들이 진형을 갖추기에는 빠듯하게나마 시간이 있었다.

"비열한 야만인 놈들!!"

바로는 크게 분노했다. 강화를 제의한 지 2시간도 지나지 않은 시점에서의 기습이었다. 강직하고 신의를 중요시하는 바로가 크게 분노하는 것도 당연하였다. 그는 말을 몰아 전선을 돌아다니며 병사들을 독려하였다. 전열의 정비는 군단장들의 지휘 아래 신속하게 이루어지고 있었기에 사령관으로서 바로가 할 수 있는 최선의 역할은 사기를 높여주는 독전관으로서의 역할이었다.

강을 등 뒤에 둔 상태가 된 7군단은 갑옷의 물기도 채 마르지 않았음에도 불구하고 순식간에 3열 전투 대형을 완성하였다. 그런 군단병들을 향해 아티아 족의 전사들은 맹렬한 기세로 돌진하였다.

"투척!!"

"던져라!!"

거리를 좁힌 양측의 전투는 투척전으로 시작되었다. 라인 군단병 측에서는 2미터에 가까운 투창이 날아갔고, 아티아 족의 전사들은 돌과 화살을 날렸다.

"머리 위로 방패 들어!!"

창의 투척이 끝남과 동시에 백인대장의 명령이 내려졌다. 군단병들은 자세를 낮추며 넓은 사각 방패를 머리 위로 들어 올렸다.

퉁! 투퉁!!

적당히 구부린 단단한 목재 널빤지에 딱딱한 소가죽을 씌우고, 테두리와 중앙 부위를 철로 덧댄 라인 군단병들의 방패는 라인 인들의 체격에 비하면 결코 가볍다고 할 수는 없었지만 그만큼 높은 방호력을 지니고 있었다. 군단병들의 투창이 아티아 족의 선두에 큰 피해를 준 것에 비해 아티아 족이 날린 투석이나 화살들은 군단병의 사각 방패에 쉽게 막혀 버렸다.

원거리 교전에서 우위를 점한 군단병들은 당장에 사기가 올랐다. 하지만 적진으로 돌격하기에는 적병의 수가 너무 많았다.

"진형을 유지한다!! 8군단이 도착할 때까지만 버티면 우리의 압승이다!"

전열의 선두에 선 백인대장들은 흥분한 군단병들을 진정시키며 목청이 터져라 진형의 유지를 외쳤다. 그리고 거의 동시에 순식간에 거리를 좁힌 아티아 족 전사들이 군단병들을 덮쳐 왔다.

"이야압!"

"우아아!"

양측 병사들의 기합 소리와 함께 치열한 백병전이 시작되었다. 아티아 족의 도끼가 군단병들의 방패 위로 내리꽂히며 엄청난 소음을 만들어내었다. 라인 병사들에 비해 평균 신장이 10센티미터 이상이나 큰 토르카 인들의 공격은 '위에서 내리꽂는다'는 표현이 딱 어울렸다. 그리고 압도적인 체격은 압도적인 초반 공격력으로 나타났다. 수비에는 이골이 난 라인 병사들이었지만 반격의 기회도 잡지 못할 만큼의 맹렬한 공격이었다. 바로가 이끄는 7군단 6천 명의 병사들은 4배가 넘는 적병들에게 둘러싸이게 된 것이다.

후방에 남아 8군단의 작업을 지휘하던 섹티우스도 강 건너편에 변고가 생겼음을 알아차렸다. 그는 즉시 공사를 중단하고 병사들에게 집결을 명령했다. 빠르게 강을 건너 바로를 지원해야 했기 때문이다. 하지만 그의 의도는 후방을 기습해 온 둠노게릭스의 두 동생에 의해 저지당하고 말았다.

"매, 매복이다!!"

"크억!!"

적의 습격은 다리를 건설할 목재를 구하기 위해 숲으로 들어갔던 병사의 비명과 함께 시작되었다.

"매복이라니!!"

섹티우스는 머리가 멍해지는 기분이었다. 7군단이 강을 건너기 전에 이 주변의 숲은 정찰대에 의해 철저히 수색된 상태였고, 수색 결과 적은커녕 적의 흔적조차 발견되지 않았다.

아무리 생각해 봐도 이 많은 적병들이 몸을 숨기고 있었을 가능성은 없었다. 강을 사이에 두고 병력을 나눈 선택도 후방이 안전하다는 전제하에 이루어진 작전이었던 것이다. 하지만 지금 당장은 그 의문을 접어두어야 했다.

"원진을 형성해라!!"

바로와는 달리 섹티우스는 전투 대형을 정비할 시간마저 없었다. 게다가 적병들이 사방에서 쏟아져 나왔기에 전 방위를 방어할 수 있는 원진의 구성을 명령한 것이다.

"두려워하지 마라!! 적은 야만인에 불과하다!! 그대들은 라인 제국이 자랑하는 8군단의 정예병들이 아닌가!"

섹티우스와 백인대장들의 독려에 병사들도 빠르게 평정을 찾았다. 미처 합류하지 못하고 다수의 적에 희생되는 병사도 있었지만, 그런 병사들마저도 용감하게 싸우다가 죽어갔다. 두려움에 젖어 적에게 등을 보인 군단병은 아무도 없었다. 일단 원진이 형성되자 병사들도 한숨을 돌릴 수 있었다. 그때 상처투성이로 숨을 헐떡이며 달려온 한 병사가 절규하듯 외쳤다.

"섹티우스님! 아직 보급품을 지키던 인원들이 합류하지 못했습니다!"

"뭐야!"

보급 부대는 이곳에서 300미터 정도 떨어진 곳에 대기하고 있었다. 그곳에는 1개 대대와 일부의 경장보병이 지키고 있었다.

"제길!!"

섹티우스는 위험을 무릅쓰고 급히 말 위에 올라 주위를 둘러보았다. 군단병들의 창칼 너머로 시야가 닿는 곳까지 아티아의 병사들로 메워져 있어서 숫자의 개념마저 흐려질 정도였다. 견고한 방책이 있는 것도 아닌데 겨우 1개 대대의 군단병과 소수의 경장보병이 버틸 수 있을 리 없었다. 하지만 섹티우스는 그들이 적의 손에 희생되도록 방치할 수 없었으며 보급품이 걱정되기도 했다.

"퀸투스!! 나는 동지들을 구하기 위해 적들의 바다를 가를 생각이다! 나를 따르겠는가!!"

섹티우스는 8군단의 선임 대대장인 퀸투스에게 물었다.

"8군단의 용사들은 동료를 저버리지 않습니다!!"

"좋다!! 휘하의 3개 백인대를 빠르게 집결시켜라!! 단번에 뚫고 나가자!!"

"네!!"

혼전 속에서도 명령은 정확하게 전달되었다. 대대 깃발이 높이 세워지자 깃발 아래로 군단병들이 모여들었다. 어느 군단이라도 1대대의 1, 2, 3백인대라면 정예 중에서도 정예의 병사들이다. 일단 병력이 한자리에 집결하자 진형을 잡을 틈도 없이 원진을 뛰쳐나갔다. 시간이 촉박하다는 이유도 있었지만, 좁은 자리에 4천 명이나 되는 병사들이 모여 있다 보니 진형을 꾸릴 공간이 없다는 이유가 컸다.

"움직이면서 진형을 정비한다!! 제1백인대는 선두, 제2백인대는 좌측, 제3백인대는 우측이다!! 원추형 돌파 진형이다!!"

이렇게 외친 섹티우스는 백인대장들과 어깨를 나란히 하고 선두에서 적진을 돌파해 갔다.

텅!!

"억!!"

방패에 병기 부딪치는 소리가 난 후에는 어김없이 비명 소리가 울려 퍼졌다. 한 번의 방어와 한 번의 공격만으로 확실하게 적병을 쓰러뜨리고 있는 것이다. 명문가 출신의 귀족답지 않게 섹티우스는 타고난 군단병의 자질을 지니고 있었다. 부장의 용맹에 고무된 백인대장들도 맹렬하게 기세를 올렸다.

"부장님을 따르자!!"

일단 선두의 공간이 확보되자 뒤따르던 병사들은 신속하게 진형을 정비했다. 그러고서는 고립된 아군을 향해 적군의 바다를 가르기 시작했다.

"걸음을 멈추지 마라!! 멈추면 포위되어 버린다!!"

진영의 중앙에서 군단병을 지휘하는 퀸투스는 병사들을 독려했다. 돌파 진형이라는 것은 멈추어서도, 뒤를 돌아보아서도 아니된다. 보급 부대가 도착할 때까지 이 기세를 그대로

유지하지 못한다면 그야말로 중과부적의 처지가 되고 마는
것이다.

"헉! 허억!!"

"하악!!"

눌러쓴 투구 사이로 들려오는 격한 호흡 소리는 남의 것마
냥 이질적이었다. 눈앞에 보이는 전장의 광경이 꿈처럼 비현
실적으로 느껴졌다. 숨은 턱에 차고 다리는 마비될 정도로 무
거웠다. 하지만 선두에 선 섹티우스와 3인의 백인대장들은
육체의 한계를 극복한 엄청난 용맹을 보이고 있었다. 그들의
용맹은 전염병처럼 군단병들에게 번져 갔다.

"우와아!!"

좌측을 맡은 백인대는 방패로 적을 막았고, 우측을 맡은 백
인대는 칼로 적을 베었다. 돌파를 시작한 지 불과 10분, 그들
은 보급 부대의 수레가 보이는 위치까지 도달하였다.

"워, 원군이 왔다!!"

절망적인 상황에 처해 있던 보급 부대의 병사들은 적군을
가르며 다가오는 섹티우스와 그의 병사들을 보고 환호성을
질렀다. 하지만 그들의 피해는 이미 심각한 지경이었다. 경장
보병의 대부분이 죽고, 중장보병도 절반이나 전투 불능의 상
태였다. 보급품을 욕심낸 아티아 족 병사들의 태반이 8군단
의 본영을 공격하는 대신 이곳으로 몰려들었기 때문이다. 순
간 섹티우스는 더 이상 보급품을 지킬 수 있는 상태가 아니라

는 것을 깨달았다.

"보급품을 포기해라!! 움직일 수 있는 자들은 이곳으로 빠르게 합류해라!!"

목소리가 들릴 정도로 가까이 접근한 섹티우스는 보급품의 포기를 명령했다. 지금으로서는 병사들의 생명이 우선이라고 판단했기 때문이다. 그리고 지금 상황에서 보급품 포기는 전세를 역전시킬 수 있는 유일한 방법이기도 했다.

섹티우스의 명령에 보급품을 포기한 병사들은 필사적으로 몸을 움직여 구원병과 합류했다. 그사이 적에게 포위될 수밖에 없는 섹티우스의 군단병들은 사력을 다해 적의 공격을 막고 있었다. 그런데 시간이 갈수록 적의 공격이 줄어들기 시작했다. 아티아 족의 병사들이 싸움은 뒷전으로 하고 라인 군단의 보급품 수레로 몰려갔기 때문이다. 라인 군단의 보급품 수레는 식량이나 무기뿐 아니라 병사들의 개인 재산이나 전리품들도 함께 보관된다. 따라서 1만 4천 명이나 되는 병사들의 보급품을 싣고 있는 수레들은 그 자체로 보물 창고나 마찬가지였다.

섹티우스는 이 기회를 놓치지 않았다. 군단의 생명줄과도 같은 보급품과 맞바꿔 지킨 병사들의 목숨을 헛되이 할 수는 없었다.

"퇴각이다!! 조금만 더 힘내자!!"

병사들을 격려한 섹티우스는 구출한 병사들과 한 덩어리

가 되어 급하게 후퇴하기 시작했다.

하지만 늦으면 다른 사람에게 보급품을 빼앗긴다고 생각했는지 퇴각하는 섹티우스를 추격하는 아티아 족 병사는 거의 없었다. 섹티우스도 전열을 흩뜨리지 않고 퇴각에만 전념했다. 적의가 날뛰는 격렬한 전장 속에서 벌어진 미묘한 광경이었다.

"하악! 하악! 하악!"

적병을 뚫고 본대로 귀환한 섹티우스는 거친 숨을 몰아쉬며 쓰러져 버렸다. 그의 용맹을 찬양하는 병사들의 환호성마저도 꿈처럼 아련하게 들릴 뿐이었다. 하지만 아직은 의식의 끈을 놓칠 수 없었다. 호흡이 진정되고 어지러웠던 머리가 어느 정도 맑아지자 그는 힘겹게 몸을 일으켰다.

"크윽!"

새삼스럽게 전투에서 다친 상처의 쓰라림이 몰려왔지만 그는 지휘관으로서의 책무를 잊지 않았다.

"전황은 어떤가?"

섹티우스는 자신을 걱정스럽게 바라보고 있는 장교에게 전황을 물었다.

"걱정하지 마십시오. 적의 기습을 견뎌낸 병사들은 반격할 수 있을 정도로 사기를 회복했습니다."

자신감이 배어 있는 장교의 말에 섹티우스는 고개를 끄덕였다.

"좋다! 원진 대신 전방과 양 측방으로 3열 전투 대형을 형성해라! 3방향으로 한번에 밀어붙인다."

아티아 족 병사들이 아군의 보급품에 정신이 팔려 있는 이때가 반격을 실시한 절호의 기회였다. 빠르게 적병을 격퇴한 후 강 건너편에서 고전하고 있는 사령관을 지원해야만 했다.

"기수병 중앙으로!! 군단병들은 기수병 전방에 전투 대형을 형성하라!"

원진을 이루던 병사들은 대대장의 지휘하에 신속하게 대대 깃발 아래로 모여들었다. 익숙하지 않은 원진 속에서는 거북이처럼 몸을 사렸던 군단병이지만 정상적인 3열 전투 대형을 형성하고 나자 눈빛부터 달라졌다.

"병사들이여, 무엇을 망설이는가! 그대들의 용맹을 시험할 기회이다!!"

"와와아아!!"

지휘관들의 독전과 함께 사기가 충천한 군단병들의 반격이 시작되었다. 초반에는 기습의 성공으로 기세를 올렸던 아티아 족이었지만 오히려 이런 성공이 지휘 체계를 엉망으로 만들고 말았다. 벌써부터 전투에서 승리한 것마냥 의기양양해진 병사들이 대부분 보급품 수레 쪽으로 몰려갔기 때문이다. 결국 이처럼 지휘 체계가 엉망이 되어버린 탓에 라인 제국의 반격에 제대로 된 대응조차 하지 못했고, 결국은 속절없이 밀리기 시작했다.

"크억!!"

군단병들의 칼날이 박혀들면서 점점 아티아 족의 시체가 바닥을 메우기 시작했다. 제대로 된 진형을 갖춘 라인 군단병들의 공격력은 중앙해 최강이라고 칭해지는 명성이 거짓이 아님을 말해주고 있었다. 순식간에 포위망을 뚫어낸 군단병들은 도주하는 적을 추격해 항전의 의지를 완전히 꺾어놓았다. 보급품을 약탈하던 아티아 족 병사들도 예외는 아니어서 분노한 군단병들의 손에 처참하게 죽어갔다. 하지만 그때는 이미 태반의 보급품을 약탈당한 뒤였다.

*   *   *

7군단을 공격한 둠노게릭스 병사들은 30분 동안이나 맹공을 퍼부었다. 하지만 그러한 공격에도 7군단의 진형은 굳건하게 유지되었고, 단 한 곳도 패퇴하지 않았다. 오히려 죽어나가는 병사들의 수는 아티아 족이 더 많았다. 진형의 효율성과 전투 기술의 차이가 만들어낸 결과였다.

말 위에서 붉은 망토를 휘날리며 후방에서 전선을 지휘하던 사령관 바로는 지금이야말로 반격의 때임을 알았다. 맹렬했던 적의 공격은 누그러들고 있었고, 1열의 군단병들이 적을 상대하는 동안 2열과 3열의 병사들은 체력을 온전히 보존하고 있었다.

"2열 앞으로! 단숨에 반격하자!! 나팔수는 신호를!!"

뿌우오오! 뿌우오오!!

아티아 족의 것과는 확연히 구분되는 날카로운 나팔 소리였다. 그 나팔 소리와 동시에 전장 곳곳에서 백인대장들의 피리 소리가 울려 퍼졌다.

삑!!

전열 교체의 신호였다.

"1열!! 진형을 유지한 채 천천히 후퇴한다!! 개인 간격을 넓혀라!"

"2열 앞으로! 진형을 유지한 채 전진이다!"

백인대장들의 명령과 함께 1열의 병사들은 천천히 뒷걸음질을 시작했고, 2열의 병사들은 1열 병사들의 사이로 몸을 옆으로 세워 비집고 들어갔다. 언뜻 보기에는 느린 것처럼 보였지만, 격전이 거듭되고 있는 혼란스러운 전장에 이 정도의 움직임을 보여준다는 것은 보통의 훈련으로는 어림도 없는 일이었다.

이윽고 후퇴하는 1열의 선두와 전진하는 2열의 선두가 교차했고, 1열의 병사들이 모두 뒤로 빠지는 것과 동시에 2열의 병사들이 재빠르게 방패를 세우며 검을 뽑아 들었다. 간격없이 한데 뭉쳐서 싸우는 집단 방진 형태의 군대로서는 흉내도 못 낼 일이었다.

"라인 군단병들의 용맹함을 보여주자!! 전원 전투 속도로 전진!"

백인대장의 외침과 함께 7군단의 병사들은 느리지만 압도적인 기세로 아티아 족 병사들을 제압해 갔다. 게다가 군단의 2열은 군단의 주력 정예병들이 포진하는 위치였다. 30분간의 맹공으로 지칠 만큼 지쳐 버린 적의 선두는 제대로 된 대항조차 못하고 무너지고 있었다.

"버텨라, 아티아의 전사들이여! 엄청난 전리품이 우리를 기다리고 있다!!"

둠노게릭스도 필사적이 되었다. 라인 군을 물리치기 위해서 지금처럼 좋은 기회도 드물다는 것을 스스로 잘 알고 있었다. 그리고 조금만 있으면 강 건너편의 적을 격퇴한 자신의 두 동생이 7군단의 배후를 습격할 것이라는 희망도 있었다.

그러나 그때,

"와아아아!!"

함성 소리가 가까워져 왔다. 분명 격전에 정신이 없을 7군단의 함성은 아니었다. 그렇다고 아티아 족의 것도 아니었다.

"보라!! 7군단이 이토록 분전하고 있다!! 8군단의 병사들의 용맹이 그보다 못한가! 아니라면 그 증거를 보여라!"

5개 대대를 이끌고 급히 강을 건넌 섹티우스는 군단까지 들먹이며 병사들을 고무시켰다. 단순하고 유치한 것 같지만, 군단에 대한 자부심이 대단한 병사들에게 이보다 좋은 자극은 없었다.

"8군단!!"

"오오오!! 7군단 녀석들에게 은혜를 베풀어주자!"

저마다 무기를 들며 8군단을 외친 병사들은 대대 깃발 아래에서 잠시 동안 전열을 정비하면서 호흡을 가다듬었다. 곧 나팔수의 신호가 떨어지자 함성을 지르며 7군단과 대치하고 있는 아티아 족의 좌측 측면으로 돌격하기 시작했다. 물에 젖은 피부를 통해 늦가을 오후의 추위가 엄습해 왔지만 이 정도의 추위 따위로 사기가 떨어질 군단병들은 아니었다.

후방에서 전투를 지휘하던 둠노게릭스도 이 사실을 알아차렸다. 강 건너편을 노렸던 기습도 결국은 실패했다고 보는 편이 옳았다. 아직 병력은 자신의 쪽이 2배는 더 많지만 4배의 병력으로도 이기지 못했던 싸움이다.

"퇴각이다!! 퇴각 나팔을 불어라!! 궁병은 엄호 사격을!!"

악에 받친 둠노게릭스는 퇴각 지시와 함께 화살의 발사를 명령했다. 혼전 속에서 아군의 희생까지도 감수하겠다는 의지였다.

쉬이익!!

"방패 들어!! 화살이다!"

적과 아군이 섞인 혼전 속에서 화살이 날아올 줄은 미처 생각지 못한 7군단의 병사들은 파공음에 급하게 방패를 들었다.

숙련된 아티아 족의 궁병들이 근거리에서 발사한 화살이었다. 화살은 1열을 넘어 2열의 병사들에게까지 날아갔고, 몇몇 병사들이 화살에 맞아 쓰러졌다. 하지만 자기편이 쏜 화살을 등에 맞고 꼬꾸라지는 아티아 족 병사들도 적은 수는 아니었다.

하지만 이 화살 공격은 우연히도 라인 군단의 심장부에 적중하고 말았다. 그야말로 순식간에 일어난 사고와도 같았다. 3열 뒤에 있어야 할 사령관이 병사들을 독려하면서 2열까지 전진해 있었기 때문이 일어난 일이었다.

히이잉!!

화살에 목덜미를 맞은 말이 날뛰면서 붉은 망토의 인물이 고삐를 놓쳤다. 등자가 개발된 것은 천 년 후의 일이다. 고삐를 놓치게 되자 말과 사람을 이어주는 것은 아무것도 존재하지 않았다.

"사령관님!!"

근위병이 다급하게 외쳐 보았지만 그는 바로의 낙마를 지켜볼 수밖에 없었다.

털썩!

묵직한 소리와 함께 바로의 몸은 사정없이 땅으로 떨어졌다. 화려한 사령관의 투구나 은으로 공적이 양각된 흉갑도 그의 몸을 지켜주지는 못했다.

"큭!!"

바로의 입에서 짧은 신음이 터져 나왔다. 숨이 턱하니 막히는 충격과 함께 귀에서는 이명이 울리고 머리는 정신을 잃어 버릴 정도로 어지러워졌다.

"의사를 불러라!!"

쓰러진 바로를 부둥켜안으며 호위병이 목이 터져라 외쳤다. 이가 부러지고 이마에서 피를 흘리고 있는 바로였지만 진정한 치명상은 그의 부러진 오른팔이었다. 뼈가 부러져 살을 뚫고 튀어나와 있었고, 혈관을 상한 것인지 끊임없이 피가 쏟아지고 있었다. 이 정도면 한창때인 청년이라도 목숨이 위험할 정도의 중상이다. 게다가 바로는 50세를 넘긴 나이가 아닌가? 결국 정신을 잃어버린 바로는 급히 후방으로 옮겨졌다.

그러나 바로에게 닥친 불행과는 상관없이 7군단과 8군단의 병사들은 퇴각하는 적을 추격하였다. 다만 진형을 유지할 수 없는 숲 속 깊은 곳까지는 추격하지 않았다. 결국 절대적으로 불리한 상황에서 다수의 적에게 기습당했음에도 불구하고 승리한 쪽은 라인 측이었다.

라인 군의 피해는 사망자가 2천5백 명 정도였는데, 이들의 대부분은 보급품을 지키던 속주민들로 편성된 경장보병이었다. 군단병의 손실은 6백 명이 채 되지 않았다. 하지만 이것도 결코 적은 손실은 아니었다. 상황이 워낙 좋지 않았기에 선전(善戰)했다고 할 수 있는 것뿐이었다. 아티아 족의 사망자는 대략 5천 명가량이었다. 생포된 아티아 족 포로는 단 한 명도 없었다. 바로의 중상에 분노한 군단병들이 한 명의 포로도 남기지 않고 모두 살해했기 때문이다.

사령관의 중상으로 선임 부장이자 바로의 조카인 섹티우스가 군단의 실질적인 책임자가 되었다. 힘들게 정신을 차린 바로는 혼미한 정신 속에서도 진군을 멈추지 말라고 명령했다. 자신의 부상보다는 애써 잡은 승기가 더 중요하다는 뜻이었다.

하지만 섹티우스는 차마 그럴 수 없었다. 부모를 모두 여읜 섹티우스에게 숙부인 바로는 아버지나 다름없는 존재였다. 그런 바로를 제대로 된 치료조차 못해보고 토르카 땅에서 쓸쓸히 죽어가도록 내버려 둘 수는 없는 것이다.

생각보다 아티아 족의 전술이 치밀했다는 이유도 있었다. 단기간에 승부가 날 상황도 아니었고, 바로의 부상 소식도 언젠가는 그들의 귀에 들어갈 터였다. 게다가 대부분의 보급품마저 약탈당한 상태이고 보급로도 안전하지 못하다. 이곳에서 숙영지를 꾸리고 겨울을 보낼 엄두가 나지 않았다.

지휘관들과 회의를 거듭한 끝에 섹티우스는 마리우스 진지로의 퇴각을 결정했다. 전투에서는 승리했지만 출병한 목적을 달성하지 못한 것이다. 일단 퇴각이 결정되자 모든 과정이 조용하고 신속하게 이루어졌다.

라인 군단병의 용맹함을 경험한 아티아 족도 퇴각하는 라인 군단을 섣불리 추격하지 못했다. 비록 전투에서는 졌지만 그에게는 아직도 6만에 가까운 병력이 있었다. 그러나 의심이 많은 둠노게릭스는 이것이 라인 군의 함정일지도 모른다는 생각에 몸을 사렸다.

바로가 전투에서 중상을 입었다는 사실을 둠노게릭스가 알아차린 것은 전투로부터 나흘이 지난 후의 일이었고, 그때는 이미 추격하기에는 너무 멀리 떨어진 상태였다. 아티아 족에 동조하기로 한 부족들도 라인 군단의 대승 소식을 접한 이후에는 감히 나타나 길을 방해하지는 못했다.

출정한 지 22일째 되던 날, 바로의 군단은 마리우스의 진지로 무사히 귀환할 수 있었다. 하지만 행군 과정에서 상처가 악화된 바로는 고열에 시달리다가 결국 진지에 도착한 지 나흘 만에 숨을 거두고 말았다. 그리고 이 비극적인 소식은 즉각 제국 수도 라인으로 알려지게 되었다.

*   *   *

황제 티투스와 원로원은 승전 소식과 전해진 사령관의 사망이라는 비극을 비교적 담담하게 받아들였다. 그렇게 겉으로 담담하다고 해서 속까지 그런 것은 아니었다. 이것은 라인 제국의 존엄에 관계된 문제였다. 복수를 종용하는 젊은 의원들의 연설로 원로원 회의장은 조용할 날이 없었고, 시민들의 분위기도 전쟁을 원하는 쪽이 우세했다.

　사실 전장에서 사령관이 죽은 일이 처음은 아니었다. 공화정 시절에도 집정관이 직접 군단을 이끌고 나갔다가 전투에서 전사하는 경우가 드물진 않았다. 하지만 이번에는 바로의 유언이 문제가 되었다.

　나의 주검을 화장한 다음 뼈를 벨라노눔에 묻어달라.

　라인 인이라면 누구나 죽어서 고국에서 가족 가까이에 묻히길 원한다. 뒤뜰이나 길가에 무덤을 마련하는 것도 전혀 이상한 일이 아니었고, 죽음도 삶의 일부로 받아들이는 것이 라인 사람들의 생활 방식이었다. 하지만 바로는 자신의 뼈를 아티아의 수도인 벨라노눔에 매장해 달라고 유언한 것이다. 이 유언에는 아티아 족의 영토가 라인의 땅이 되기를 바라는, 즉 자신이 묻힌 곳이 고국의 영토가 되길 바라는 바로의 염원이 담겨 있었다. 이런 유언은 라인 시민들에게 큰 충격으로 다가왔다.

　당시 라인 제국에서는 연극이 크게 유행하고 있었다. 원래 유명한 극작가들은 대부분 플라베니아 출신이었다. 연극은 플라베니아에서 성행한 문화였기 때문이다. 그러던 것이 몇 년 전부터도 라인에서도 연극 열풍이 불기 시작했다. 좋은 문화라면 출처를 가리지 않고 받아들이는 것이 라인 민족의 성향이었다.

'용맹히 싸워 전투를 승리로 이끌지만 결국은 부상당하는 사령관. 죽어서까지 조국을 생각하는 비장함.'

연극의 소재로도 부족함이 없는 이야깃거리였다. 유명한 극작가에 의해 쓰인 바로의 죽음을 소재로 한 연극은 시민들 사이에서 크게 인기를 얻었다.

하지만 황제인 티투스는 무척이나 신중한 태도를 보였다. 전쟁으로 이름을 떨치고 전쟁으로 황위에 오른 그였지만 티투스는 결코 전쟁을 즐기는 인물이 아니었다. 그는 전쟁의 본질을 잘 아는 사람이었고, 이 문제가 단순히 아티아 족에 한정된 문제가 아님을 깨닫고 있는 몇 되지 않는 인물 중 하나였다.

처음부터 자신이 의도한 것은 토르카 지방의 안정이었지 결코 정벌이 목표가 아니었다. 설사 정벌이 목표라 해도 그것을 실행하는 데에는 너무나도 많은 난제가 놓여 있었다.

라인 제국의 모든 영토를 합친 것보다 2배나 넓은 토르카의 땅은 수많은 부족이 할거하고 있는 상태였다. 이런 점이 정벌을 어렵게 만든다. 하나의 부족을 복속시키면 다른 부족이 덤벼들고, 하나의 부족이 배반하면 덩달아 다른 부족도 배반한다. 거기에 기후는 혹독하고 도로 사정도 좋지 않다. 무엇보다 우려되는 점은 이번 사건이 토르카 전체와의 전쟁으로 번질 가능성이었다. 한번 시작되면 스스로의 힘으로는 멈출 수 없는 전쟁이 될 것이다. 그리고 시민들의 예상과는 달리 단기간이 아니라 적어도 10년은 걸릴 장기전의 양상을 보일 것임에 분명하였다. 그사이 론 제국은 내분을 극복하고 다시금 국력을 하나로 모을 수 있을 것이고, 라인 제국은 사방에서 몰려드는 적들에 의해 곤경에 처하게 될 것이다.

전쟁의 본질을 이해하는 자는 전쟁을 두려워할 줄도 안다. 하지만 최소한 아티아 족만은 가만히 내버려 둘 수 없었다. 그들의 불온한 움직임이 토르카 전체로 퍼져 나가는 것만은 사전에 막아야 했다. 하지만 그의 생각이 어떤 식으로 실현될지는 오직 그 자신만이 아는 일이었다.

제4장

초대

아르제스 전기

　아르제스가 19세가 되던 해는 국내외의 사정이 어떠하건
간에 개인에게는 휴식의 시간이었다. 17살에 군문에 투신하
여 우여곡절 끝에 세노아 전쟁의 주역으로 정신없이 바쁜
나날을 보낸 그였다. 아무리 뛰어난 재능을 타고난 사람이
라도 재능과 지구력(육체적이든 정신적이든)은 별개의 문제이
다. 특히 일찍부터 두각을 나타낸 사람일수록 오히려 쉽게
지치는 경향이 있다. 그런 면에서 자의반 타의반으로 이루
어진 1년간의 휴식은 아르제스에게 오히려 긍정적으로 작용
하였다.

　그렇다고 해서 아무것도 하지 않은 채 쉬었다는 뜻은 아니

었다. 대학으로의 유학이라는 형태로 이루어졌기 때문이다. 정말 학업에 뜻을 두고 오른 유학길은 아니었지만 10대 후반은 일반적으로 고등교육을 시작하는 나이이다. 대학으로 대표되는 고등교육을 마친 후에 관직에 오르는 것이 일반적이니까 아르제스의 경우는 그 순서가 뒤바뀌었을 뿐이다.

아르제스가 유학이란 것을 선택한 가장 큰 이유는 아무래도 휴식이 필요했다는 측면이 강했지만, 실제로 계기를 제공해 준 것은 '아만테티스 사건'으로 인한 소송 때문이었다.

가이우스 가문은 아르제스 이전까지 오랜 기간 동안 대여사제인 코넬리아를 제외하고는 공직자를 배출하지 못했다. 명문가의 척도는 얼마나 많은 공직자를 배출하느냐에 있다. 가이우스 가문이 주춤하는 동안 권력의 중심이 이동되는 것도 당연했다. 그래서 귀족들 중에는 가이우스가의 부활을 환영하는 사람도 있었지만 오히려 경계하는 사람도 있었다. 이유는 간단했다. 가이우스 가문의 몰락을 기회 삼아 기득권을 획득하고 있던 귀족들의 위기감 때문이었다. 왕으로서의 피선거권이 인정되는 것이 왕가가 다른 일반 귀족 가문들과 명백히 구분되는 점인 까닭이다. 그게 아니더라도 아르제스 개인에 대한 시기심을 가진 자들도 있었다. 인간의 본성이 가진 천박함이라고 웃어넘겨야 할지도 모르지만, 질투와 시기는 딱히 명분을 필요로 하지 않는 감정인 것이다.

더욱이 귀족 계층을 배제한 채 넬로스와의 담판으로 법안을 통과시킨 일은 몇몇 귀족들의 불만을 샀다. 이에 그들은 아만테티스의 시신을 신전 제단에서 장사 지낸 일을 문제 삼았다. 그 당시 사제들도 우려했던 부분이었다. 물론 그때는 아르제스의 재치있는 발언 덕에 누구도 문제 삼지 않았던 부분이지만, 꼬투리를 잡으려면 얼마든지 가능한 부분이기도 했다.

귀족 계층의 불만은 유명한 변호사인 '페키니틸레스'를 고용해서 아르제스를 고발하는 것으로 모습을 드러내었다. 유명인을 고소하는 것은 모험이기도 하지만 기회이기도 하다. 만약에 승소라도 한다면 국가 전체에 이름을 날릴 수 있고, 이런 명성을 바탕으로 공직에도 오를 수 있기 때문이다.

사실 행정관 급 이상의 공직자는 관직에 있는 한 명백한 증거가 있는 살인 혐의나 반역 혐의를 제외하고는 민형사상의 고소, 고발에 대하여 면책권이 주어진다. 공직자로서의 권위와 업무의 일관성을 보장해 주기 위해서이다. 하지만 고발자들이 문제 삼은 것은 민형사상의 문제가 아닌 어디까지나 '신성 모독'에 대한 부분이었다.

이 '신성 모독'을 법의 테두리 안에서 다룰 수 있는 문제인지는 고발을 접수한 법무부에서조차 쉽게 판단하지 못했다. 어디까지나 정교 분리를 기본으로 삼고 있는 네모이다. 동방의 국가들처럼 특권을 지닌 사제 계층이 따로 존재하지 않고, 종교직도 그저 공직의 일부로 생각한다. 유언비어를 통해 민심을 혼란시키는 정도가 아닌 이상 종교에 공권력이 투입된 전례는 없는 것이다. 그래서 법무부는 재판을 열어야 될지 말아야 될지의 여부조차 결정을 내리지 못했다.

하지만 아르제스가 소송의 대상이 되었다는 것만으로도 사람들의 큰 관심거리가 되었다. 사실 아르제스의 입장에서는 분통이 터질 법도 하였다. 사람이 큰공을 세워 유명해지게 되면 끝없이 권력을 추구하거나, 아니면 사람들로부터 존경을 받고 싶어 한다.

하지만 아르제스는 필요 이상으로 권력을 추구하지도 않았고, 사람들에게 존경받는 것을 목적으로 행동한 적도 없었다. 당연히 아르제스의 입장에서는 분통이 터질 법도 하였다. 사소하다면 사소할 수도 있는 일에 고발까지 당할 정도로 아르제스가 이케니아와 네모를 위해 이룬 공적이 작다고는 할 수 없는 까닭이다. 그래도 욱하는 기분에 감정적으로 대응하거나 성급하게 처신하지는 않았다. 그는 아직 무척이나 젊었고, 아주 멀리를 내다보며 생각할 만한 시간적 여유가 충분했다.

그래서 아르제스는 국외로 떠나기로 했다. 쓸데없이 높아진 자신에 대한 적개심들을 진정시킬 필요가 있었던 것이다. 그리고 인기의 거품을 걷어낼 필요도 있었다.

물론 그의 이런 행동을 '도피'라고 비웃는 사람도 있을 터였다. 당당하게 맞서지 못하는 처신에 실망할 시민도 있을지도 모른다. 확실히 당장의 평판을 생각하면 네모를 떠나는 것이 좋은 생각은 아니었다. 하지만 그런 평판에는 그리 신경 쓰지 않은 것이 젊은 날의 아르제스가 가졌던 장점이자 단점이었다.

유학을 결심하자 남은 것은 어디를 유학지로 결정할지에 대한 문제였다. 중앙해에서 대학이 있는 곳은 이케니아의 카라카스, 플라베니아의 모도나, 라인 제국의 수도 라인이었다. 드넓은 중앙해 지역에 고등교육 기관인 대학이 고작 3군데뿐인 것이다. 달리 말하면 다른 곳에 대학이 생길 이유가 없을 정도로 이곳의 교육은 수준과 명성이 매우 높았다.

대학 교육은 주로 수사학과 철학을 중심으로 이루어진다. 대학이라는 것 자체가 미래의 지도층을 길러내는 일종의 사관 학교로 여겨지는 곳이었고, 수사학을 제대로 익히는 것은 정치가를 지망하는 사람이라면 필수적으로 거쳐야 하는 코스로 여겨지고 있었다.

중앙해 지역은 라인을 중심으로 하는 서북부와 론 제국을 중심으로 하는 동남부, 이 두 곳으로 크게 문화권이 갈리는데 서북부 지역을 옥시덴트, 동남부 지역을 오리엔트 혹은 아나톨리아(해가 뜨는 곳이란 뜻)라 부르고 있었다. 옥시덴트에서는 고래(古來)로부터 무기로 하는 전쟁과 말로 하는 설전을 같은 수준에서 취급하고 있었다. 굳이 칼을 들고 공을 세우지 않더라도 훌륭한 언변만으로도 부와 명예를 한 손에 쥘 수 있었던 것이다.

따라서 말하기의 기술인 수사학이 중요시 여겨진 것은 두

말할 필요가 없었다. 시민으로 태어났다면 굳이 공직에 올라 정치가가 되지 않더라도 누구나 살면서 한 번쯤은 정치 연설, 법정 연설, 칭찬 연설(혹은 탄핵 연설:연설의 목적은 정반대이지만 칭찬 연설과 탄핵 연설은 같은 범주의 연설로 취급되었다)을 하게 되는 것이다.

수사학이 육체이자 말하기의 기술이라면 철학은 영혼이자 말의 창고이다. 대학에서 수사학과 철학을 동시에 교육한 가장 큰 이유는 수사학이 단순히 '기술'의 수준에서 머무르는 것을 경계했기 때문이다. 사실 대학이 아니더라도 고등 수준의 수사학을 가르치는 곳은 얼마든지 있었다. 설립자의 이름이나 도시의 이름을 따 '무슨무슨 이케니아 어/라인 어 수사학교'라는 식의 학교들은 이케니아나 플라베니아, 라인 제국 전역에서 활성화되어 있었다. 하지만 이런 식으로 말하기의 기술만 배워서는 수사학이 변호사가 되기 위해 배우는 밥벌이의 도구밖에 되지 않는다는 것이 대학의 생각이었다.

하나의 철학을 너무 맹신하거나 교조주의적 독단에 빠지지 않는 이상, 철학은 생각과 지성의 폭을 넓혀준다. 훌륭한 연설가라면 이러한 지성을 바탕으로 연설에 고매함과 격조, 그리고 장중함을 실을 줄 알아야 했다. 수많은 명문 귀족들이 그들의 자제를 가까운 수사학 학교를 마다하고 먼 대학으로 유학을 보내는 것도 이러한 대학의 정신을 높이 샀기 때문이다.

이처럼 수사학과 철학을 기본으로 가르치는 대학이지만,

그래도 대학마다의 특색은 존재했다. 역시 가장 큰 차이점은 커리큘럼과 미묘한 분위기의 차이였다.

먼저 카라카스의 대학은 수사학과 철학 이외에 건축학과 음악을 주요 과목으로 하고 있었다. 이케니아에서 건축학이 이처럼 대접을 받는 이유는 이케니아의 지형 덕분이었다.

이케니아는 구릉지형이 많아 평야가 적고 계곡이 많다. 예시당초 이케니아 반도의 역사가 도시국가들의 성립에서 출발했던 이유도 이런 고립될 수밖에 없는 지형이 큰 영향을 미쳤다. 하지만 갖은 외침을 겪은 후 연맹의 이름하에 결집한 이후에는 각 도시를 이어주는 가도의 필요성이 절실하게 대두되었다.

하지만 이케니아의 동맥으로서 가도가 의미를 가지려면 지형적 불리함을 극복해야만 했다. 지반을 다지거나 언덕을 깎고, 계곡에 다리를 놓거나 하는 일은 건축학의 부흥과 건축기술자(석공업자와 목공업자)의 사회적 지위 향상을 가져왔다. 그만큼 그들을 우대한다는 말이었다. 카라카스 대학에서 건축학을 가르치는 것도 이런 이유에서였다.

그에 비해 음악은 건축학과는 달리 기술적 측면을 강조하여 가르치는 과목은 아니었다. 연주하는 것을 가르치는 것이 아니라 음의 이론을 철학적으로 가르치는 일종의 '듣기 수업'인 까닭이다. 예로부터 음악은 '균형과 조화'에 대한 학문이었다. 따라서 음악 교육은 삶을 풍족하게 해주는 일종의 교양 교육이었다.

라인 대학은 역사와 이케니아 어가 주요 과목에 포함되어 있었다. 이케니아와는 달리 라인 제국은 단일 민족 국가가 아니었다. 아무래도 민족이 다르면 가치관이 다르고, 가치관이 다른 사람들끼리는 공동의 목표를 향해 함께 전진할 수 없는 법이다. 따라서 교육을 통해 민족을 넘어서는 국가에 대한 자긍심과 동질감을 느끼게 할 필요가 있었고, 그 수단으로 역사 교육만큼 좋은 것도 없는 것이다. 사실 대학에 진학하는 사람들은 대부분 명문가의 자제들로서 가치관의 통일이란 점에서는 역사 교육이 필요하지 않은 사람들이었다. 하지만 그들에게도 역사는 중요한 과목이었다. 정치가라면 선대의 공직자와 그들의 업적 정도는 꿰뚫고 있어야 했기 때문이다.

이케니아 어는 상류층과 지식인층이 쓰는 일종의 교양어였다. 언어 자체가 하나의 사치품으로 여겨진 셈이다. 그래서 상류층 사이에서는 이케니아 어로 이야기하거나 편지를 주고받는 일이 흔했다. 오죽하면 이케니아 어 서적이 번역조차 되지 않고 필사되어 유통되었겠는가.

플라베니아 대학의 커리큘럼은 3개의 대학 중에서 가장 다양했다. 건축학을 제외하면 나머지 대학의 모든 과정을 전부 포함하고 있었으니 말이다. 게다가 플라베니아에서는 따로 법학 과목을 가르치고 있었다. 사실 법 체계가 가장 잘 정비

되고 활성화된 곳은 라인 제국이다. 하지만 오히려 그렇기 때문에 라인 제국에서는 따로 법을 하나의 과목으로 가르치지 않았다. 그리고 플라베니아의 대학은 나머지 대학들보다 훨씬 개방적인 학풍을 가지고 있었다. 이케니아나 라인 제국의 대학은 자국이나 동맹국의 시민권자 혹은 특별히 입학을 허가받지 않은 사람이 아니면 외국인에게는 문호를 제한하고 있었다. 하지만 이곳은 입학에 대한 규제도 적어서 수업비를 낼 경제력만 있으면 신분이나 민족을 따지지 않았다(심지어론 제국의 귀족들도 입학이 가능했다). 그래서 아쿠타도 플라베니아의 대학에서의 유학 경험이 있었다.

이처럼 플라베니아의 대학이 자유로운 입학을 허용하는 것은 지정학적 위치의 영향이 컸다.

플라베니아의 동쪽으로는 이케니아, 서쪽으로는 라인 제국, 남쪽으로는 메디아와 소로스 왕국이 위치한다. 어느 하나 약소국이 없는 데다 플라베니아는 고립된 섬 국가이다. 우호 관계를 바탕으로 한 무역의 활성화가 필요한 것이 현실이었다. 그리고 각국과 우호 관계를 유지할 수만 있다면 오히려 이런 지정학적 위치가 큰 이점으로 활용할 수 있는 것이다.

플라베니아는 라인 제국과는 동맹 관계이다. 정치적 독립이 보장되기는 하지만 거의 속주에 가까운 정도이다. 플라베니아의 국왕에게 자동으로 라인 시민권을 보장해 주는 것만 보아도 알 수 있다. 그러나 라인 제국은 이러한 플라베니아의

'다중 외교'에 제동을 걸지 않았다. 론 제국이 소로스 왕국을 대하는 태도와 비슷하다고 생각하면 될 터였다.

아르제스가 진학하기로 결심한 대학은 플라베니아의 대학이었다. 학업 자체가 제1목적이 아닌 이상 자유로운 분위기 속에서 남의 시선을 의식하지 않고 마음껏 행동하고 싶었다. 그리고 플라베니아 쪽이 아무래도 가장 남쪽에 있어 기후가 가장 좋았다.

일단 결심이 서자 아르제스는 시간을 지체하지 않았다. 직선 거리로는 뱃길로 6일 남짓한 거리지만, 오르피스 섬의 항만 정비 공사는 아직 시작 단계에 불과했다. 이제는 군선을 빌릴 수 있는 입장도 아니었기에 플라베니아 왕국으로 가려면 정기선을 이용하는 방법밖에 없었다. 그런데 이 정기선이란 것은 네모를 출발해 우티카를 거쳐 해안을 따라 중앙해 북서부 해안을 따라 티아나까지 간 다음, 거기서 다시 플라베니아로 가는 경로를 거치게 되어 있었다.

사람만을 실어 나르는 '여객선'이라는 개념은 없었다. 보통은 무역선이 여객선을 겸하는 형식이었으니까, 정기선의 항로란 것도 정기 무역선의 무역로를 따라갈 수밖에 없는 것이다. 이 항로는 대략 25일이나 걸린다. 기착지도 많고, 기착지에서 며칠씩 머무르는 경우도 흔했기 때문이다. 아르제스가 서두른 이유도 11월 중순까지만 운항하는 정기선을 놓치고 싶지 않아서였다.

11월에 접어들자 아르제스는 최고 행정관에게 휴가를 신청했다. 그리고는 곧바로 플라베니아로 가는 정기선에 몸을 실었다. 일행은 몸종인 마르쿠서스와 발가르였다. 융은 네모에 남았다. 플라베니아에 도착한 다음에는 곧바로 서신을 통해 행정관 직에서 사퇴해 버렸다. 이케니아에서 미리 행정관을 사퇴하지 않은 것은 혹시나 있을지 모르는 일에 대비해 행정관의 면책 특권을 누리기 위해서였다.

아르제스의 갑작스런 행정관 사퇴와 해외 유학은 시민들의 이야깃거리가 되었다. 특히 아르제스의 고발을 주도했던 귀족들은 승리자라도 된 듯한 우쭐함에 젖었다. 처음부터 반드시 이길 생각으로 고발했던 것은 아니다. 승패와는 상관없이 일단 재판이 열리게 되면 겉으로는 아무리 깨끗해 보이는 사람이라도 하나둘 정도는 치부가 드러나게 마련이다. 그들이 노린 것도 아르제스에 대한 '흠집 내기'였던 것이다. 그런데 아르제스가 알아서 행정관 직을 사퇴하고 국외로 나가 버린 것이다. 물론 그렇다고 아르제스가 '실각'했다고 볼 수는 없었다. 그래도 그 정도면 목적을 달성한 셈이었다.

아르제스의 행정관 직 사퇴 소식이 전해지자마자 아르제스에 대하여 취해졌던 신성 모독죄에 대한 고발은 철회되었다. 덕분에 아르제스는 공무에서 완전히 벗어난 자유로운 몸으로 새해를 맞이할 수 있었다.

그의 유학 생활은 겉보기에는 지극히 평범했다. 사령관이나 행정관으로서의 명성과는 전혀 거리가 먼 생활이었다. 대학 수업을 제외하면 마치 관광이라도 나온 것 같은 태도였던 것이다. 그러나 그의 머릿속에서 어떠한 생각이 오갔는지는 오직 그 스스로만 아는 일이었다.

아르제스의 유학 기간은 채 1년이 못 되었다. 19세가 된 해의 9월, 유난히 화려하게 치러진 가을 축제에 시민들의 관심이 쏠려 있는 사이 조용히 귀국했기 때문이다. 하지만 그 정도의 시간이라도 아르제스에 대한 지나친 관심이 가라앉기에는 충분했다. 그리고 휴식 기간으로도 부족하지 않았다. 게다가 시간이 지났더라도 아르제스가 통과시킨 법은 그대로 남아 효력을 발휘하고 있었다. 그로서는 전혀 손해 볼 것이 없었던 시간이다.

*   *   *

3기의 말이 키 큰 가로수가 늘어서 있는 진입로를 따라 가이우스 별장으로 향하고 있었다. 왼팔에 붉은 완장을 찬 사람이 있는 것으로 보아 이케니아 연맹 소속의 전령임이 분명하였다.

"위이! 위이!"

전령들은 별장이 가까워 오자 고삐를 당겨 말의 속도를 줄였다. 왕가에 대한 일종의 예의였다. 그러고서는 천천히 가까 워져 오는 별장의 모습을 살펴보았다.

"어이, 우리가 맞게 찾아오긴 한 건가?"

"뭐가 말인가?"

"왕가의 집치고는 너무 수수한 것 같아서 말이야."

"그렇긴 한데, 관사에서 알려준 집은 이곳이 틀림없어."

확실히 가이우스가의 별장은 왕가(王家)가 거주하는 곳치 고는 상당히 수수한 편이다. 건물도 단층이고 웅장하지도 않 다. 멀리서 언뜻 보면 그저 부유한 농민의 집 정도로 착각할 수도 있을 터였다. 하지만 전령들의 의문은 정원 구석에서 솔 로 말의 몸을 손질해 주던 근위병의 모습을 보자마자 모두 풀 리고 말았다.

"음?"

아르제스의 근위병 폴로는 말의 손질을 멈추고 오랜만에 나타난 손님들에게로 다가갔다.

"연맹의 전령이시오?"

왼팔의 완장을 바라보며 폴로가 물었다.

"그렇소. 연맹에서 네모 가이우스님에게 보내는 서찰이 오."

귀국 후 약 한 달 반, 아르제스의 생활 패턴은 우티카로 떠 나기 전의 것으로 되돌아와 있었다. 그다지 외출도 잦지 않았 고, 독서와 승마, 검술 대련으로 시간을 보내는 경우가 많았

다. 달라진 것이 있다면 가이우스가를 찾아오는 손님이 늘었
다는 것 정도였다. 그러나 모두 개인적인 친분으로 찾아오는
손님들이었지 공무와 관계된 손님은 처음인 것이다.

씨족명과 가문명만으로 사람을 호칭하는 것은 상대에 대
한 극존칭에 해당한다. 나쁜 소식은 아니라고 생각한 풀로는
웃는 낯으로 잠시 기다려 달라고 말한 후 급히 집 안으로 뛰
어갔다. 그러나 침실이나 거실, 그 어느 곳에서도 아르제스의
모습이 보이지 않자 마침 지나가던 마르쿠서스를 붙잡고 물
었다.

"이봐, 마르. 혹시 아르제스님이 어디 계신지 아는가?"

"음, 알아도 말씀드리기가 곤란한데. 뭐, 급한 일이라도 생
긴 겁니까?"

"연맹에서 도착한 전령 때문에 그러네."

"알겠습니다. 도련님을 모셔올 터이니 마님에게는 대신 알
려주십시오."

마르쿠서스가 걸음을 옮긴 곳은 후원을 벗어난 포도밭 근
처의 공터였다.

"도련……."

아르제스를 부르려던 마르쿠서스는 손가락을 입술로 가져
가는 아르제스의 모습에 급히 입을 다물었다. 아르제스의 곁
에는 따뜻한 가을의 햇살 아래 곤히 잠들어 있는 엘레나가 있
었다. 이럴 때는 절대로 방해하는 것이 아님을 마르쿠서스는

잘 알고 있었다. 하지만 전할 것은 전해야 했다.

마르쿠서스는 큰 덩치에 어울리지 않게 손짓 발짓을 해가면서 아르제스를 찾아온 손님이 있다는 것을 알렸다. 입 모양은 연신 '연맹 사절'을 말하고 있었다. 아르제스도 19년간이나 함께해 온 몸종이 무엇을 말하려고 하는지 모를 리 없었다. 하지만 그저 고개만 끄덕이고는 입을 뻥긋거려 '곧 가겠다'는 말만 했다. 마르쿠서스도 아르제스의 말을 알아들었는지 고개를 끄덕이고는 자리를 피해주었다.

"후우……."

가볍게 한숨을 쉰 아르제스는 자신의 무릎을 베고 잠들어 있는 엘레나의 머리카락을 가볍게 쓸어주었다. 귀국해서 조용한 생활을 영유하고 있는 자신에게 연맹이 무슨 볼일이 있을까 궁금했다. 그래도 연맹에서 보낸 사절이니 또 정치나 전쟁에 관한 일이 틀림없었다. 또다시 한참 동안이나 바쁜 날을 보내야 될지도 몰랐다. 그럴 때마다 가장 미안해지는 사람이 바로 엘레나였다. 가을 끝자락의 햇살을 만끽하며 아르제스는 한동안 그렇게 앉아 있었다. 그러다 한줄기 차가운 바람에 엘레나가 잠에서 깨자 그때서야 함께 몸을 일으켜 집으로 향했다.

아르제스가 들어서자 안뜰이 보이는 회랑에는 코넬리아와 3명의 전령이 마주 앉아 있었다. 30분도 더 기다렸을 터인데 전령들의 얼굴에는 지루하다는 표정은 전혀 없었다. 그들의

앞에 앉아 있는 사람이 누구인가를 생각해 보면 당연한 것일
수도 있었다.

"이거, 제가 늦었군요."

목소리를 듣고서야 아르제스가 왔다는 것을 눈치 챘다. 코
넬리아와의 담소에 정신이 없던 전령들은 황급히 일어나 군
례를 올렸다.

"실례잖니, 손님을 기다리게 하다니……."

이렇게 말하는 코넬리아이지만 그다지 책망하는 빛은 아
니었다.

"하하, 저 같은 사람과 대면하느니 어머니와 이야기하는
것이 몇 배는 더 즐겁지 않겠습니까? 전 나름대로 손님을 배
려한 거라고 생각합니다만."

가볍게 농담을 던진 아르제스는 전령들을 바라보며 말을
이었다.

"서찰을 줘보게."

"아, 아! 죄송합니다. 흠흠, 이케니아의 왕이신 '아르테우
스 카라카스 아르펜' 님과 귀족평의회에서 네모 가이우스님
에게 보내는 공문입니다."

꿈같은 시간에 빠져 있다가 현실로 돌아오는 데는 아무래
도 시간이 걸릴 수밖에 없다. 갑작스런 아르제스의 등장에 당
황한 전령은 급히 공문을 꺼내 건네었다.

매듭을 풀고 봉인을 뜯어 작은 두루마리로 된 공문을 읽어

가던 아르제스는 몇 번은 읽었을 법한 시간 동안 서찰을 내려놓지 않았다. 하지만 그다지 표정의 변화가 없는 얼굴이었다.

"나쁜 소식이니?"

코넬리아가 조금은 걱정스런 말투로 물었다.

"아닙니다. 좋은 소식이군요."

확실히 나쁜 소식은 아니었다. 하지만 즐거운 소식이라고 하기에는 모자란 감이 있었다.

"라인 측에서 온 사절은 누구이며, 언제 도착하였는가?"

"저도 자세한 것은 모르지만, 3인의 원로의원이 포함되어 있다고 들었습니다. 모두 상당한 유력자라고 하더군요. 그리고 사절단이 카라카스에 도착한 것은 닷새 전인 10월 20일이었습니다."

"그래, 수고했네. 집사는 이분들에게 선물을 내어드리게."

선물이란 것은 소식을 전한 사람에게 귀족이라면 으레 주는 약간의 개인적 사례금이었다. 군례를 올린 전령들이 집사를 따라 사라지자 아르제스는 서찰을 만지작거리며 생각에 잠겼다.

"이리 줘보거라."

궁금증을 참지 못한 코넬리아는 아들의 손에서 서찰을 건네받아 급히 읽어갔다. 그리고 서찰을 모두 읽은 그녀의 얼굴에는 한가득 미소가 머금어졌다.

세노아 전쟁의 평화로운 종결을 축하하고, 동이게너아 해의 해적 토벌을 사례하기 위해서 라인 제국의 공식 사절단이 이게너아를 방문하였습니다. 이에 전 세노아 주둔군 사령관이자 전 동이게너아 해 해적 토벌군 사령관인 아르제스 네모 가이우스님은 그 공을 인정받아 카라카스에서 열리는 축하 연회에 초대되었음을 알려드립니다. 연회의 개최 일자는 11월 6일로 정해졌으니 꼭 참석해 주시기 바랍니다.

"굉장히 좋은 소식이구나! 라인 제국에서 직접 사절을 보내 감사를 표하다니!"

어머니의 밝은 표정에도 불구하고 아르제스의 표정은 시큰둥했다.

"하지만 세노아 전쟁은 이미 2년 전의 일입니다. 그리고 해적의 토벌도 해운 무역국이 아닌 라인 제국이 그렇게까지 신경 쓸 문제는 아닙니다. 라인 제국의 해상 무역은 플라베니아가 대행하는 것이나 마찬가지이고, 플라베니아는 해적들과도 사이가 좋은 편이였습니다. 실제로 라인 제국이 해적 토벌에 지원한 자금도 배를 양도받은 것에 대한 대가에 불과했으니까요. 게다가 토르카 지방의 일로 온 국가가 정신없을 이 시점에 3명이나 되는 유력자 원로의원이 방문한다는 것은 뭔가 숨겨진 속뜻이 있다고 봐야겠지요. 후우, 이런 종류의 연회는 영 불편하군요."

정신없이 의문점을 늘어놓는 아들을 향해 아름다운 주름을 만들어내며 눈웃음을 지은 코넬리아는 아르제스의 손을 잡으며 자애로운 목소리로 말했다.

"호호홋, 이런 애늙은이 아드님! 네가 생각이 깊다는 것은 잘 알고 있지만 즐길 수 있을 때는 그냥 즐기는 게 좋단다. 모든 것을 정치적이나 이중적인 의미로 생각하다 보면 상대의 순수한 호의마저도 왜곡될 수 있으니까."

"아……."

"정치란 것도 사람의 일이니 모든 것은 관계를 맺는 것에서 시작하는 것이다. 그리고 관계의 근본은 이해(利害)가 아니라 호의라는 것을 명심해야 한다. 때로는 그 호의가 적의가 되어 돌아올지도 모르지만, 그래도 얻는 것이 잃는 것보다는 많단다."

대화의 주제에 직접 연관된 말이라기보다는 아르제스의 태도에 대한 일반적인 충고였다. 명문가의 며느리이자 어머니로서 코넬리아가 아들의 정치에 관여하는 방법은 늘 이런 식이었다. 특정한 주제에 대해 의견을 표시하기보다는 큰 의미에서의 가이드 라인을 제시해 주는 것이다. 이것은 코넬리아가 정치적 식견이 부족해서가 아니었다. 다만 이런 방법이 아르제스에게 어울리는 방식이었기 때문일 따름이다.

"명심하겠습니다, 어머니."

아르제스는 말없이 고개를 끄덕이고 말았다. 머릿속으로

는 여전히 라인 제국이 사절을 파견한 이유를 미심쩍어 하고 있었지만 어머니의 말을 잔소리로 가볍게 받아넘기진 않았던 것이다. 군사 최고직인 사령관을 두 번이나 역임한 아르제스도 코넬리아 앞에서는 그저 보통의 아들에 불과했다.

*   *   *

카라카스는 가도를 따라 쉬지 않고 말을 달리면 3, 4일이면 닿는 거리이다. 아직 며칠은 시간적 여유가 있는 셈이었다.

카라카스로 아르제스와 동행할 인원은 근위병들과 마르쿠서스, 융만으로 정해졌다. 이곳이 라인 제국이 아닌 이케니아인 이상 법적으로는 발가르의 신분에 아무런 문제가 없었지만, 라인 군단의 탈영병 신분인 발가르가 따라가기에는 라인 원로의원들의 존재가 껄끄러운 것도 사실이었다. 대신 발가르의 상관이었던 파르티스의 소식은 아르제스가 최대한 신경써서 알아보기로 한 상태였다.

거창한 것을 싫어 하는 아르제스는 처음 우티카로 떠날 때처럼 간단한 채비만 한 채로 카라카스로 향했다. 그때와 달라진 것이라고는 인원이 조금 늘어났다는 것과 세리아가 직접 찾아와 배웅했다는 것뿐이었다. 아무래도 남의 눈을 의식할 수밖에 없는 것이 넬로스가의 입장이다 보니 아르제스와 자주 만나지 못하는 세리아의 불만은 이만저만이 아니었다. 이번에도 변장을 하고서라도 따라나서겠다는 것을 선물을 사오겠다는 말로 겨우 달래고 떠나온 참이었다.

따각, 따각…….

말발굽이 돌로 포장된 가도에 부딪치며 경쾌한 소리를 내었다.

말을 타고 가는 것 이외에는 달리 할 일도 없는 여행길이다. 기마술에 익숙하지 못한 융은 연신 엉덩이가 아프다느니, 허벅지에 울혈이 생겼다느니 하며 투덜거렸다. 하지만 융을 제외한 일행들은 담소를 나누며 여행의 무료함을 달래고 있었다.

"엘레나님도 그렇고, 세리아님도 참 대단한 분이시군요."

세노아 전쟁 시절부터 고락을 함께했던 근위병들은 그녀들이 아르제스의 정혼자임을 알고 있었다. 비밀을 공유하고 있다는 것은 그만큼 아르제스가 그들을 신뢰한다는 말이었다.

"흠, 세리아님은 그렇다 치고 엘레나님이 대단하다는 것은 음식 솜씨를 말하는 것이냐? 원한다면 나중에 엘레나님에게 특별 요리를 만들어 달라고 부탁해 보지."

"헉! 사령관님도 끔찍한 농담을 즐기십니다."

그는 과장된 몸짓으로 손사래를 쳤다.

"하하, 그래도 자네는 행운아라네. 작년에 내가 목숨을 걸고 요리 책을 선물해서 망정이지, 그전에는 먹을 수 있는 재료로 먹을 수 없는 음식을 만드는 재주를 부리던 엘레나님이었으니까. 마르를 제외하고는 그 음식을 먹고 성한 사람이 없었다."

"허허, 정말입니까?!"

그는 뒤따라오고 있는 마르쿠서스를 바라보았다. 그리고 머릿속으로는 엘레나의 음식 맛을 떠올렸다.

'윽!'

자연스럽게 몸서리가 쳐진다. 평상시에도 괴물 같아 보였지만 오늘따라 더욱더 범상치 않게 보이는 마르쿠서스였다.

공무의 성격을 띤 여행이었기에 잠자리는 역관(驛館)이나 관사를 이용했다. 때문에 노숙은 피할 수 있었다. 그렇게 말을 달린 지 나흘 만에 카라카스에 도착할 수 있었다. 아직 연회일까지는 이틀이 남아 있는 시점이었다.

일행이 카라카스의 관사에 도착하자 그곳에는 토르피우스가 미리부터 기다리고 있었다.

"하하, 아르제스님!"

"오랜만에 뵙습니다, 토르피우스님."

두 사람은 반가운 표정으로 가볍게 포옹했다. 나이로 따지자면 아들과 아버지뻘이지만 하는 행동은 친한 친구 사이와 다를 바가 없었다.

"카라카스에서는 관사가 아니라 저희 집에서 머무시는 게 어떻겠습니까? 아르제스님이 방문해 주신다면 제 가족들도 무척이나 기뻐할 것입니다."

토르피우스가 아르제스 일행의 도착 전부터 관사에서 기다린 것은 자신의 집으로 초대하기 위해서였다. 신세지기 싫어하는(특히 넬로스와 토르피우스와 같이 순수한 우정으로 교제하는 사람들이 아니라면 더욱) 아르제스였기에 평상시 같았으면 정중하게 거절했을지도 모르지만, 호의는 호의로 받아들이라는 어머니의 충고를 들은 터라 흔쾌히 초대를 수락했다.

"초대해 주셔서 영광입니다."

"하하, 무슨 말씀을……. 자자, 짐은 짐꾼들에게 맡기고 저와 함께 가시지요."

처음부터 단단히 마음먹고 왔는지 짐을 들고 갈 노예들까지 데려온 토르피우스였다. 덕분에 마르쿠서스와 근위병들은 홀가분한 차림으로 아르제스의 뒤를 따를 수 있었다.

카라카스는 네모에 비해서 조용하면서도 오래된 도시라서 그런지 고풍스러운 느낌도 들었다. 가도에서 이어지는 대로를 제외하면 대부분의 길이 좁고 구불구불한 것도 그런 이유일 것이다. 그래서 카라카스의 시내에서는 말이나 마차를 구경하기가 쉽지 않았다. 높은 담 사이로 난 좁은 길을 따라 언덕을 한참 올라가자 탁 트인 시야에 아름다우면서도 고풍스런 집 한 채가 모습을 드러내었다.

"이곳이 저의 거처입니다. 조금은 외진 곳에 있지요."

"굉장히 아름다운 집이군요."

아르제스는 진심으로 그렇게 느끼고 있었다. 담은 담쟁이 덩굴과 소담스런 이끼들로 덮여 있었고, 오래된 듯하면서도 낡아 보이지 않는 건물은 잘 손질된 정원과 멋진 조화를 이루고 있는 집이었다. 네모에 있는 가이우스의 집도 무척이나 운치가 있지만 이곳은 또 다른 매력을 가지고 있었다.

미리 연락을 받았는지 정원에는 토르피우스의 가족들이 나와 있었다. 정원까지 나와 손님을 맞는 것은 주인으로서 할 수 있는 최대한의 예의였다.

"이쪽은 저의 아내인 사비아, 아들인 마르켈루스, 딸인 클라우디아입니다. 아들놈은 올해로 성년이 되었습니다. 딸은 오라비보다 두 살이 어리지요."

토르피우스가 일일이 가족들을 소개했다.

"초대해 주서서 영광입니다."

아르제스는 사비아의 앞에서 가볍게 허리를 굽히며 그녀가 내민 손에 가볍게 입맞춤했다. 여성에 대한 최고의 경의였다. 사비아는 얼굴 가득 미소를 지으며 아르제스의 방문을 환영했다.

아직은 치기가 남아 있는, 그리고 조금은 긴장한 목소리로 마르켈루스가 정중하게 인사를 건넸다.

"만나뵈어서 영광입니다, 네모 가이우스님."

"반갑구나."

아르제스도 예의가 바른 이 소년을 호의가 가득한 눈으로 쳐다보았다. 겨우 두 살 차이밖에 나지 않는 자신에게 행하는 예의바른 태도는 제 아비인 토르피우스의 그것을 그대로 물려받은 듯했다. 확실히 자존심만 드높은 것이 보통인 또래의 귀족 청년들과는 다른 면이 있었다.

"방문해 주셔서 영광입니다."

조금은 수줍은 듯한 작은 목소리의 주인공은 클라우디아였다. 이 귀여운 아가씨는 얼굴을 잔뜩 붉히고 있었다. 이케니아에서 미남의 기준은 여성에 가까운 단아한 외모인데, 아르제스의 얼굴은 확실히 그 기준에 근접해 있었다. 거기에 이케니아에서는 보기 드문 흑갈색의 머리카락과 눈동자가 그를 더욱 돋보이게 하였다. 그가 가진 군사적 명성에는 전혀 어울리지 않는 외모였지만 말이다.

"반갑습니다, 아가씨."

아르제스는 환하게 웃으며 클라우디아의 손에 가볍게 입 맞추어주었다. 부친을 일찍 여의고 편모 슬하에서 자란 아르제스는 유난히 여성들에게는 예의를 차리는 편이었다.

"자자, 들어가시죠. 곧 식사가 준비될 것입니다. 일행 분들을 위해서는 집사가 따로 마련해 둔 식탁으로 안내할 것입니다."

"도련님, 먼저 실례하겠습니다."

마르쿠서스와 융은 근위병들과 함께 집사로 보이는 노인을 따라갔다. 왠지 신이 난 표정들이었다. 잠자리는 편했지만 음식은 입에 맞지 않았던 여행길이었던지라 눈치 볼 것 없는 자리에서 신나게 먹어댈 것임에 분명하였다. 그들의 모습에 실소를 흘린 아르제스는 토르피우스의 안내를 따라 문 안으로 들어갔다.

여러 개의 등불들로 밝혀진 접견실에는 편안해 보이는 긴 의자와 노예들에 의해 차려지기 시작한 화려한 식탁이 있었다. 사비아는 노예들을 재촉하면서 아르제스에게 자리를 권했다. 식탁을 중심으로 둥글게 배치된 의자라서 상석(上席)이란 것은 없었는데, 앉고 보니 아르제스와 클라우디아가 같이 앉게 되었다.

'훗, 이거 곤란하군.'

아르제스는 속으로 쓴웃음을 지었다. 클라우디아와 자신을 가깝게 만들려는 토르피우스의 의도가 분명한 것이다. 아르제스가 이미 두 명이나 되는 약혼녀를 두고 있다는 사실을 모르고 한 일이니 토르피우스를 탓할 수는 없었다. 연회나 만찬에서 남녀를 소개시켜 주는 것은 귀족들 사이에서는 일반적인 일이었기 때문이다. 아니, 설혹 토르피우스가 알고 있다고 하더라도 아직은 약혼만 한 상태이니 문제될 것은 없었다.

귀족들 사이에서 약혼이나 파혼은 재혼만큼이나 흔한 일이었다. 3번쯤 이혼한 것은 자랑이고, 5번 정도 이혼해야 겨우 부끄러워하는 정도였으니 말이다.

하지만 불편한 감정도 식사가 시작되자 화기애애한 분위기에 묻혀 사라져 버렸다. 가식적이지 않은, 있는 그대로의 분위기였다. 참으로 쉽지 않은 일임에 분명하지만 토르피우스는 정치가로서는 물론이고 가장으로서도 성공한 인물임이 틀림없었다.

네모와는 확연히 다른 식단도 아르제스의 흥미를 끌기 충분했다. 항구 도시인 네모는 해산물과 육류를 무척이나 즐긴다. 하지만 내륙에 위치한 카라카스는 해산물 대신에 민물 생선을 즐기며 육류는 거의 먹지 않는 것이 보통이었다. 사비아가 준비한 식탁도 잘 구워진 빵과 신선한 과일, 그리고 향료로 맛을 낸 생선 요리가 주류를 이루었다.

만찬의 형식을 띤 저녁 식사는 토론도 겸하기에 아주 천천히 이루어진다. 긴 의자에 자유로운 자세로 앉아 편하게 식사하는 것도 그 때문이다. 그날의 주제는 주로 아르제스가 치렀던 전쟁이 주가 되었다. 딱히 아르제스가 말하고 싶어서 그런 것이 아니라 마르켈루스가 무척이나 듣고 싶어 했기 때문이다. 특히 이야기를 듣는 그의 열정이 가득한 눈빛은 아르제스가 부담을 느낄 정도였다.

"적의 중장기병을 저지하고, 좌익의 돌격마저 막아낸 시점에서 전 승리를 확신했습니다. 그래서 곧바로 3열의 병사들을 측면으로 돌려 적을 포위하기 시작했지요."

전투를 지휘했던 사령관이 직접 들려주는 키톨리 평원 전투 이야기였다. 마르켈루스는 눈 한 번 깜빡이지 않고 경청하였고, 정확한 내용은 거의 못 알아듣고 있음에 분명한(그리고 아르제스와의 대화가 평상시에는 전혀 관심을 가지지 않았던 주제임에도 분명한) 클라우디아도 열심히 듣는 척해주었다. 사비아는 웃음 띤 얼굴로 조용히 앉아 있기만 했고, 토르피우스는 가끔 가다 말을 거드는 정도였다. 자연스럽게 식탁은 젊은이들의 대화로 채워졌다.

길었던 만찬이 끝나고 아르제스는 토르피우스와 조용히 술잔을 기울였다. 가족들과 함께 있을 때는 할 수 없었던 이야기를 할 시간이었다.

"제 딸을 어떻게 보셨습니까?"

술잔이 한 번 돌아간 후 토르피우스는 처음부터 노골적으로 물어왔다.

"하하, 사비아님을 닮아서 무척이나 미인이더군요."

"후후, 관심이 있으십니까? 원하신다면 오늘 밤에 신방을 차리셔도 좋습니다만?"

"하하핫! 짓궂으시군요. 따님을 가지고 장난을 치시다니."

"허허, 저는 꽤나 진지하게 물어본 것입니다."

보통의 경우 귀족의 혼담(재혼은 제외하고)은 당사자가 아니라 당사자의 부모들 수준에서 이루어진다. 따라서 토르피우스의 제안은 진중한 그의 평상시의 이미지를 고려해 볼 때 상당히 파격적인 형식으로 이루어진 셈이었다. 그래도 아르제스의 입장에서는 받아들일 수 없는 제안이었다. 토르피우스가 너무 밀어붙이자 아르제스는 곤란하다는 표정으로 손바닥을 들어 보였다.

"알고 있습니다. 하지만 저는 이미 마음에 두고 있는 사람이 있습니다."

"마음에 두고 있다? 귀족에게 어울리는 말은 아니군요."

확실히 그랬다. 귀족들에게 결혼이란 사랑보다는 조건이 우선이다. 더욱이 아르제스 정도 되는 인물이면 더욱 그렇다.

"뭐, 그렇게만 알고 계십시오."

어찌 되었든 확실한 거부 의사의 표현이었다.

"아, 안타깝군요. 이거 아르제스님께 칭호를 수여하는 문제에 대해서 심각하게 생각해 봐야겠습니다. 하하하."

농담으로 한 소리임을 알면서도 속으로 뜨끔해진 아르제스였다. 그는 급히 말머리를 돌렸다.

"그나저나, 아드님은 토르피우스님과 많이 다르더군요."

생김새를 말하는 게 아니라 성정을 말하는 것이었다.

"네. 절 닮지 않아서 학식보다는 검술을 즐기는 아이이죠. 후후, 사실 아르제스님을 저희 집에 초대한 것도 그 녀석의 간청에 못 이긴 거였다고나 할까요? 그 녀석, 아르제스님을 동경하고 있으니까요."

"하하, 근심이 크시겠군요. 아르펜가의 자제가 학문에 관심이 없다니."

"사실 처음에는 그런 감정도 없지 않았습니다만, 오히려 이제는 그 아이의 의사를 존중해 주려고 합니다. 아르펜가에 태어났다고 해서 일생을 학문에 바쳐야 한다는 법도 없으니까요. 그래서 아르제스님에게 부탁을 하나 드릴까 합니다."

"부탁이라니요?"

"제 아들, 마르켈루스의 보호자가 되어주십시오."

"네?!"

보호자가 뜻하는 의미가 가볍지 않음을 아는 아르제스는 크게 놀라고 말았다. 보호자는 일종의 스승이자 동반자와도 같은 존재이다. 아르제스와 같은 군문의 인물에게 자식을 맡긴다는 것은 전쟁터에서 자식을 잃는 것까지 감수하겠다는 의미인 것이다. 게다가 때에 따라서는 피보호자가 정치적 인질까지 될 수도 있다.

"곤란한 말씀이군요. 제 나이 이제 겨우 19살입니다. 보호자가 되기에는 연륜이 부족합니다."

보호자가 된다는 것은 양자를 두는 것이나 마찬가지이다. 단순히 부하를 부리는 것과는 차원이 다른 일인 것이다. 이것이 개인적 부탁이든 정치적 부탁이든 아르제스에게 엄청난 부담이 된 것은 두말할 필요도 없었다.

"무슨 말씀이십니까? 17살의 나이에 탈영병 하나 없이 그 힘들었던 전장을 승리로 이루어온 아르제스님이십니다. 최소한 사람을 다루는 일에 있어서는 연륜의 부족함 따위를 걱정할 분이 아니시지 않습니까?"

"후우, 저를 너무 높게 평가하시는군요. 그나저나 사비아님께서 이런 토르피우스님의 의중을 알고 계시는 겁니까?"

마르켈루스가 아르제스를 보호자로 두게 되면 그는 최소 몇 년간은 아르제스를 따라 집을 떠나야 한다.

"아직 제 아내는 모릅니다. 워낙 자식 사랑이 각별한지라 말하기가 쉽지 않더군요."

토르피우스의 대답에 아르제스는 일단은 마음을 놓을 수 있었다. 토르피우스도 지금 당장 떠맡아 달라고 할 처지는 못 됨을 알았기 때문이다. 하지만 언젠가는 받아들여야만 할 제의였기에 결국은 아르제스도 고개를 끄덕이고 말았다. 혼담도 거절한 마당에 보호자가 되어달라는 부탁까지 거절할 수는 없었던 것이다.

지금 당장은 곤란하다는 단서를 달긴 했지만, 결혼도 하기 전에 양자가 생길 운명은 피할 수 없게 된 것이다.

*　　　*　　　*

축하 연회는 왕궁에서 주최한 연회답게 화려함을 자랑하고 있었다. 건물이나 옷차림 모두 화려한 것과는 거리가 먼 이케니아 민족이지만 축제나 연회는 예외였다. 연회장으로 쓰이는 드넓은 접견실과 접견실에서 이어지는 회랑은 아직 본격적인 연회가 시작되기 전인 데도 많은 사람으로 붐비고 있었다.

"상당히 요란하군요. 연회라는 게 원래 이런 것입니까?"

아르제스는 연회가 처음이어서 이런 종류의 분위기에 익숙하지 않았다. 코넬리아가 사교계의 여왕인 데 비해 아르제스는 연회를 즐기는 것과는 거리가 먼 인물이었다. 세노아 전쟁 후에도, 해적 토벌전 후에도 아르제스를 연회에 초대하려한 유력자들이 부지기수였다는 것을 감안하면 더욱 그랬다.

"흐음, 그리고 보니 유난히 아가씨들이 많군요."

토르피우스는 연회장 입구에서 삼삼오오 모여서 이야기하고 있는 사람들을 바라보며 의미심장하게 말했다.

"후후, 저 때문이 아닐까요?"

분위기상 누구나 할 수 있는 농담이었다. 하지만 아르제스가 말하자 농담이 아닌 것처럼 되어버렸다.

"오호! 그리고 보니 그렇군요. 확실히 아르제스님은 유명세에 비해서 사교계에 전혀 발을 들여놓지 않았지요. 아가씨들이 많은 것도 이해가 됩니다. 하하하!"

"저를 놀리는 게 즐거우신 모양이군요."

아르제스는 곤란한 표정이 되었다.

"하하하, 어찌 즐겁지 않겠습니까. 어차피 저 아가씨들도 제 딸처럼 퇴짜를 맞지 않겠습니까?"

'이 사람 성격 참 좋군. 역시 타고난 정치가라고 해야 하나.'

아르제스는 속으로 혀를 차며 감탄 아닌 감탄을 할 수밖에 없었다. '정적이 없는 정치인'이라는 토르피우스에 대한 평가가 전혀 틀리지 않았구나 하는 느낌이었다.

"들어갑시다."

토르피우스는 아르제스의 어깨를 가볍게 두드리며 먼저 연회장을 향해 앞장섰다. 이들 두 사람이 등장하자 사람들의 시선이 집중되었다. 귀족회의 최고의 실력자 토르피우스와 함께 들어오는 청년이 누구인지 알아보았기 때문이다. 비록 지금은 공직에서 떠나 있는 몸이지만 아르제스의 존재감은 그의 기행과 더불어 여전히 사람들의 뇌리 속에 강하게 남아 있었다.

역시 가장 먼저 다가온 사람들은 아르펜가의 중진 의원들이었다. 그들은 아르제스를 보며 매우 호의적인 태도를 보였다. 아르펜가 사람들은 토르피우스와 각별한 사이라는 이유로 아르제스를 우군이라고 여기는 사람들이 많았다. 사실 아르제스는 아르펜가의 입장에서 유용하게 쓸 수 카드였다. 명성은 있지만 권력은 없는 사람만큼 이용하기 좋은 대상도 없는 법이다. 하지만 아르제스는 그들과의 거리를 두며 형식적인 답례만 할 뿐이었다.

아르펜가의 중진들에 둘러싸여져 있다 보니 바렌가의 인물들은 근처에 얼씬도 하지 않았다. 일견 화기애애해 보이는 연회장이었지만 눈치있는 사람들이라면 이 드넓은 연회장에 세 부류의 사람이 있다는 것을 눈치 챌 수 있을 터였다. 바렌가 중심의 무리와 아르펜가 중심의 한 무리, 그리고 어느 쪽에도 끼지 못했거나 중립적인 태도의 무리가 그들이다. 물과 기름 같은 정도까진 아니더라도 확실히 쉽게 융화되기 힘든 무리들이었다.

그래도 다른 파벌들과 대화 창구의 역할을 하는 사람은 꼭 있게 마련인데, 아르펜 쪽에서는 토르피우스가 그 역할을 맡고 있다면 바렌 가문 쪽에서는 크라티누스가 있었다.

"허허, 이거 네모 가이우스님이 아니십니까?"

누가 부르지도 않았는데 웃으며 다가오는 그였다. 사실 바렌 가문의 입장에서도 이번 연회를 기회 삼아 아르제스와의 관계 개선을 노리고 있었다. 지난번 연맹 선거에서 참패한 이후 가문 내부에서는 가이우스 가문과의 친선을 도모해야 한다는 목소리가 높아지고 있었기 때문이다. 그런데 아르제스가 계속 아르펜가의 인물들에게 둘러싸여 있으니 자리를 마련할 수가 없었던 것이다. 그래서 그나마 아르제스와 면식이 있는 크라티누스가 책임을 지고 나선 것이었다.

불청객의 등장에 아르제스의 주변에 모여 있던 의원들은 보일 듯 말 듯 인상을 구기며 헛기침과 함께 길을 터주었다.

"아! 크라티누스님."

아르제스도 그를 웃는 얼굴로 반겨주었다. 우티카에 있을 때는 꽤나 신경전을 벌이던 상대였지만 딱히 나쁜 감정이 있는 상대는 아니었다.

두 사람은 가볍게 포옹하며 인사를 나누었다. 토르피우스도 크라티누스를 향해 정중하게 인사를 건넸다. 그런 그들의 모습을 다른 아르펜가 중진들은 조금은 못마땅한 기분으로 지켜보고 있었다. 마치 크라티누스가 단신으로 적진 한가운데에 뛰어든 것 같은 모습이었지만 인사를 나누는 세 사람은 주위의 시선에 전혀 개의치 않았다.

잠시 동안 서로의 근황이나 안부를 주제로 이야기를 주도하던 크라티누스는 아르제스의 어깨에 손을 올리며 기분 좋게 웃으며 말했다.

"허허, 아르제스님에게 저의 가족들을 소개해 드리고 싶습니다. 어떻습니까? 기회를 주시겠습니까?"

적진 한가운데로 뛰어든 것으로도 모자라 사람까지 빼가려는 속셈이었다. 기분이 상한 아르펜가의 한 인물이 뭐라고 항의하려는 찰나, 아르제스의 대답이 먼저 나와 버렸다.

"오히려 제가 영광입니다."

이렇게 말하는 아르제스의 시선은 토르피우스를 향하며

묘하게 입꼬리를 말아 올리고 있었다. 그리고는 주저없이 크라티누스를 따라가 버리는 것이었다.

그런 아르제스의 모습에 아르펜가의 중진들은 어이가 없다는 표정을 지었다. 하지만 토르피우스만은 유쾌하다는 듯 가볍게 웃음을 터뜨렸다.

"음! 정말 예의가 없는 청년이군요. 그런데 토르피우스님은 뭐가 그리 즐거우신 것입니까?"

"하하, 왕가의 적통이라면 저 정도 배짱은 있어야 하지 않겠는가. 그리고 착각하지 말게. 저 젊은이는 그리 쉽게 다룰 수 있는 인물이 아니라네. 하하!"

아르제스가 보란 듯이 크라티누스를 따라가 버린 것은 자신을 구슬려 보려는 아르펜가 의원들의 속내가 너무나 뻔히 보였기 때문이다. 예의를 가장하고 있더라도 진심이 담기지 않은 태도에 대한 일종의 퇴짜인 셈이었다. 하지만 아르제스의 이런 의도를 이해한 사람은 토르피우스밖에 없었다.

그래도 토르피우스는 한마디 말을 덧붙여 의원들의 불쾌한 기분을 가시게 했다.

"걱정하지 말게. 모르긴 몰라도 바렌 가문의 인물들도 우리와 똑같은 대접을 받을 터이니 말이야."

연회는 아르테우스의 입장과 라인 제국 원로원을 대표하여 카토 의원이 축하 연설을 하는 것으로 절정에 이르렀다.

다만 이례적으로 라인 제국 사절단은 연설 직후 연회에 참석하지 않은 채 연회장을 떠나 버렸다. 그래도 연회의 분위기가 가라앉지는 않았다. 사절단을 환영한다는 명목으로 열린 연회이긴 했지만 그들 말고도 중요한 사람은 얼마든지 있었다.

연회가 거의 끝나갈 무렵, 아르테우스는 은밀히 토르피우스에게로 다가갔다. 하긴 토르피우스가 아르테우스의 측근이라는 것은 누구나 아는 사실이니 눈에 띌 것도 없긴 했다. 그는 사람들의 시선이 닿지 않는 기둥 뒤로 반쯤 몸을 숨긴 채로 토르피우스에게 말했다.

"지금 네모 가이우스와 함께 별관 회의실로 향하게. 라인 측 의원들이 자네들을 만나보고 싶어 하더군."

"음? 무슨 일인데 이렇게 몰래 만나야 하는 것입니까? 게다가 외교 문제라면 저 혼자로도 족하지 않습니까? 굳이 가이우스님이 동행할 이유가 무엇입니까?"

"자네를 추천한 것은 나이지만 그는 라인 측에서 직접 지명한 것이라네. 지금 당장 자세한 내용을 설명할 수는 없지만 가보면 자연스럽게 알게 될 것이네."

갑작스런 명령이었지만 대충 상황을 짐작할 수 있었다. 어차피 처음부터 라인 사절단이 2년이나 지난 세노아 전쟁의 종결을 축하하려고 온 것이 아님은 알고 있었다. 아마 그들은 일종의 밀사로 파견된 것일 터였다.

"언제나처럼 협상의 전권을 위임해 주시는 것입니까?"

"물론이네. 어차피 자네의 도움없이는 해낼 수 없는 일이니까. 원래 연맹의 왕이라는 자리가 혼자서는 아무것도 못하는 자리가 아닌가? 하하."

*　　　　*　　　　*

라인 측의 사절단이 자신을 만나고 싶어 한다는 말에도 아르제스는 그리 당황한 기색을 보이지 않았다. 예상치 못한 일이긴 했지만 그렇다고 걱정하거나 놀랄 만한 일은 아니라고 생각한 까닭이다. 전쟁터를 떠난 지 꽤나 시간이 흘렀지만 아르제스의 대담성은 여전했던 것이다.

일행이 도착한 별관 회의실 앞은 평상시에 못 보던 건장한 위병들이 지키고 있었다. 하지만 다가오는 사람이 토르피우스임을 알아본 위병들은 군례를 취하며 바로 문을 열어주었다.

실내로 들어선 토르피우스와 아르제스를 맞이한 인물은 자주색 천이 덧대어진 토가 차림을 한 초로의 사내였다.

"오오, 토르피우스님, 어서 오십시오."

"카토 의원님, 헤르마니쿠스 의원님, 누비오 의원님."

토르피우스는 일일이 손을 맞잡으며 인사를 나누었다. 사절이 도착한 지 꽤나 시간이 흐른 시점이었지만 토르피우스도 이들 의원들을 만나는 것은 이번이 두 번째에 불과했다. 당연히 따로 만나서 이야기를 나눠볼 기회도 가지지 못했다.

외교 문제, 특히 라인 제국과 관련된 외교 문제라면 어디에나 빠지지 않던 그였지만 이번만은 예외였던 것이다.

그래도 라인 제국 원로의원들이라면 가문의 족보까지 꿰뚫고 있는 토르피우스이다. 이들이 누구인지는 만나기 전부터 잘 알고 있었다. 이들 의원들은 모두 발레리우스 씨족 출신이었는데, 발레리우스 씨족은 내전 이전부터 티투스를 지지해 왔던 라인의 명문가였다. 따라서 이들의 존재감은 단순한 사절이 아닌 전권대사의 그것이었다.

"하하, 저는 운이 좋은 사람이군요. 이름만은 라인에서도 귀가 따갑게 들었습니다, 네모 가이우스님."

인사를 대신한 카토 의원의 말이었다.

"인사가 늦었습니다. 아르제스 네모 가이우스라 합니다. 아르제스면 족하니 그렇게 불러주십시오."

가볍게 고개를 숙이며 인사를 주고받는 두 사람이었다.

아르제스의 인상은 카토가 생각했던 것과는 많은 차이가 있었다. 막상 만나기 전까지는 신화에 등장하는 거인들 같은 우락부락한 모습을 상상했건만, 실제의 아르제스는 동방 왕국이었다면 하렘에서 왕의 총애를 받았을 법한 영락없는 미소년이었다. 하지만 목례 후 가볍게 악수를 했을 때 맞잡은 아르제스의 손은 분명 검을 손에 달고 사는 군인의 것이었다.

서로 간의 인사가 끝난 후, 그들은 간단한 음식이 차려진 탁자 주위로 조용히 착석하기 시작했다. 이케니아 왕의 전권을 위임받은 토르피우스와 원로원의 전권을 위임받은 라인의 사절단, 그리고 아르제스가 모인 자리였다. 그리고 이 자리의 주인공은 어디를 보나 아르제스임에 분명하였다. 그렇지 않았다면 굳이 2년이나 지난 세노아 전쟁을 사절 파견의 명분으로 내세웠을 리가 없다. 모든 것은 공직에서 물러난 상태인 아르제스를 자연스럽게 카라카스로 초대할 만한 방법으로써 '전직 사령관'의 직위를 이용하기 위한 것이었다. 달그락거리는 의자 소리가 멈춘 후 잠시 어색한 침묵이 흘렀다. 그들은 저마다 숨을 고르며 잠시 체력을 비축하는 병사들마냥 그렇게 앉아 있었다.

"어울리지 않는 장소에 어울리지 않는 사람들이군요."

침묵을 깬 것은 아르제스였다. 사실 일국의 국정을 좌지우지할 만한 사람들이 모여 있기에는 확실히 어울리는 장소가 아니었다.

"맞습니다. 하지만 공식적이지 못한 자리이니 어쩔 수가 없군요. 저희는 어디까지나 해적 토벌과 메디아와의 화평을 축하하기 위해 온 것이니까요. 당연히 여기서 논의될 이야기들은 양측이 동의에 도달하지 않는 한은 없었던 걸로 취급되어야 합니다."

라인 측의 이야기를 이끌어가는 것은 사절단의 수장 격인 카토 의원이었다.

"토르피우스님은 물론이고 아르제스님도 지금 라인 제국

이 곤경에 처해 있다는 사실을 잘 아실 것입니다. 헤르마니아 문제는 어느 정도 여유가 생겼지만, 토르카 지방의 문제가 커져 버렸지요. 북동부 사령관이었던 바로의 죽음으로 온 나라가 시끄러운 상황입니다."

'곤경'이라는 단어는 대국의 사절이 쓸 만한 성질의 것은 아니었다. 자존심과 권위를 상하게 하기 때문이다. 카토의 개인적 솔직함인지, 아니면 라인 제국의 국가적 건전성을 드러내는 단편인지는 모를 일이었지만 아르제스는 카토의 태도가 마음에 들었다. 거만하지도 비굴하지도 않은, 솔직함의 미덕을 사랑하는 아르제스였기 때문이다.

"아! 그 이야기는 저도 들어서 알고 있습니다, 카토 의원님. 동맹의 어려움을 모른 척하지 않는 것이 이케니아의 전통입니다. 어떤 도움을 원하시는 것입니까? 군자금입니까, 아니면 지난번처럼 군선의 지원을 요청하시는 것입니까?"

하지만 카토는 고개를 저으며 말했다.

"아닙니다, 토르피우스님. 동맹국의 물자 지원이 필요한 상황은 아닙니다. 그리고 라인 제국이 그라나디아 북부에서 일어난 분쟁에 골머리를 앓고 있는 것은 사실이지만, 그곳 문제로 이케니아 연맹에 도움을 요청하려는 것은 아닙니다."

"음?!"

이야기가 이상한 방향으로 흘러간다고 느낀 토르피우스는 의아함이 담긴 눈초리로 카토 의원의 대답을 재촉했다. 그리고 카토도 더 이상 이야기를 돌리지 않았다.

"단도직입적으로 말씀드리지요. 라인 제국은 이케니아 연맹이 상주군을 파병해 주길 요청합니다. 파병 지역은 에레냐드 속주입니다."

"……!!"

이때만큼은 감정 변화가 거의 없는 토르피우스마저도 어지간히 놀란 표정을 짓고 말았다.

"상주군이라니요? 에레냐드 속주에 말입니까?"

아르제스나 토르피우스로서도 전혀 상상하지 못한 요청이었다. 국내 영토 문제에 타국의 군대를 끌어들이는 것은 보통의 작은 국가라도 자존심이 상하는 일이다. 더구나 국가의 존망이 걸린 것도 아닌 문제에 대국인 라인 제국이 타국의 군대를 끌어들이다니! 병력이 부족해서? 아니다. 라인 제국은 마음만 먹으면 30개 군단도 동원할 수 있는 저력이 있다.

하지만 확인하려는 듯 되묻는 토르피우스의 질문에 카토는 분명하게 대답했다.

"그렇습니다."

"흠……."

라인 제국에 관한 외교 문제로 자신이 놀란 것이 과연 얼마만인가? 이 제안이 오래전부터 원로원 내부에서 의논되어 왔던 것이라면 자신의 귀에 들어오지 않았을 리 없을 터였다. 더욱이 비록 제정 국가이지만 여전히 원로원은 자문 기관인 동시에 의결권도 가지고 있다. 자존심 강한 귀족들의 소수 집단이란 뜻이다. 아무리 생각해도 이런 류의 제안을 서슴없이 할 인물들은 아니었다.

"이것이 정말 라인 원로원의 뜻입니까?"

토르피우스의 질문에 카토는 조금은 곤란하다는 표정을 지었다.

"표면적으로는 원로원의 의견입니다."

카토는 표면적이라고 했다. 그렇다면 원로원은 완전히 찬성하지 않았다고 보는 게 옳았다. 토르피우스의 뇌리에서는 순간 한 사람의 이름이 떠올랐다.

'황제 티투스!'

라인 제국에서 원로원을 무시하고 의견을 낼 수 있는 단 한 사람. 그렇다면 이것은 티투스의 입김이 강하게 작용된 의견일 것이다. 하지만 그가 왜? 토르피우스가 알고 있는 티투스는 비록 내전으로 권력을 잡았지만 황권의 강화에 힘쓰기보다는 오히려 원로원의 권위를 회복시켜 준 인물이었다. 그는 궁금함이 턱밑까지 차올랐다.

토르피우스가 복잡해진 생각을 정리하는 사이, 아르제스가 대화의 전면에 나섰다.

"그렇다면 병력과 병참, 기타 군자금까지 모두 이케니아에서 부담한다는 말이군요."

만약 단순한 병력 지원이었다면, 이케니아는 병사를 지원할 뿐 나머지 전쟁에 대한 모든 비용 책임은 라인이 지게 된다. 물론 그럴 경우 이케니아 병사들은 외인 부대에 소속되게 되며, 명령권자는 라인 군단 사령관이 된다. 하지만 이케니아의 이름으로 파병되는 군대가 되면 모든 책임은 이케니아 측이 지게 된다. 하지만 이런 파병에는 많은 현실적 문제와 명분의 문제가 있었다.

"그렇습니다."

"흠, 에레냐드는 엄연히 라인 제국의 속주입니다. 그런 곳을 용병도 아닌 타국의 군대가 파병되어도 괜찮습니까? 라인 제국은 패권국이 아닙니까? 이제는 공직자도 아닌 제가 드릴 말씀은 아닐지 모르겠지만, 타당한 명분이 없다면 결코 귀족 의회에서 동의를 얻어내지 못할 것입니다."

아르제스가 문제 삼고 있는 것은 라인 제국이 기본으로 하고 있는 패권국으로서의 방위 개념과 이번 제안이 모순되기 때문이었다. 군사력을 동원해 안보를 유지하는 것은 패권국의 몫이고, 다른 동맹국들은 경제적 지원을 담당하는 것이 전통적인 라인 제국과 그 동맹국들의 관계였던 것이다. 게다가 이케니아는 플라베니아와는 달리 라인 제국과 경제 분야에 한정된 동맹을 맺고 있었다. 예전처럼 군선이라면 얼마든지 제공할 수 있었지만 자국의 병사들을 파병하는 일이라면 귀족회의가 쉽사리 동의할 리가 없는 것이다.

"그렇기 때문에 두 분을 따로 불러 이 자리를 주선한 것이 아니겠습니까? 두 분이 이 제안을 지지해 주신다면 충분히 가능성이 있다고 본 것입니다."

"그렇다면 저를 회담의 대상으로 지목하신 것은 제가 파병군 사령관 직을 맡기를 원해서 입니까?"

지금은 공직조차 없는 아르제스이다. 굳이 그런 자신을 비밀 회담의 당사자로 지목한 이유가 이것 말고 무엇이 있겠는가?

"그렇게 느끼셨다면 그렇게 생각하셔서도 무방할 겁니다."

비공식적인 회담에 어울리는 애매한 대답이었다.

"이번 파병으로 이케니아가 얻게 되는 것은 무엇입니까?"

제안이 파격적인만큼 파병에 대한 대가도 얼마나 파격적일지가 궁금해졌다. 그리고 실제로도 카토 의원은 분명히 파격적인 대가를 제시했다.

"로메르 평원 일부의 경작권과 식민 도시 건설의 허용입니다."

"흐음!"

그야말로 구미에 당기는 제안이다. 이케니아의 경제의 본질적 문제인 식량의 자급자족을 실현할 수 있는 기회가 아닌가!

"일단 이것을 읽어보시지요. 우리 측이 요구하는 이케니아 연맹의 역할과 그 대가로 지불할 라인 측의 제안을 정리한 것입니다."

카토는 서탁 한편에 놓아두었던 두루마리를 아르제스에게 건네주었다.

그라나디아에서 라인 군 사령관이 사망한 지 한 달이 겨우 넘은 시점이다. 그런데 수도 라인에서 보름이나 걸리는 카라카스를 방문한 사절이 문서화된 제안을 지니고 있다는 것은 라인 제국이 얼마나 발빠르게 움직였는지를 보여주는 반증이었다.

아르제스도 이번만은 조금 놀란 표정으로 문서를 받아 들었다. 문서의 내용은 다음과 같았다.

1. 로메르 평원 이북 지역의 안정을 주목적으로 하며, 반란 억제를 최우선으로 한다.

2. 야누이 왕국의 에레냐드 지방 진입을 감시하고, 근해의 해상권을 확보한다.

3. 파병에 소모되는 모든 비용은 이케니아 측에서 부담한다.

4. 파병군의 전리품에 대한 소유권을 인정한다.

5. 라인 측은 파병군의 부장 자격으로 감찰관을 파견하며, 파병군의 군사적 행동은 라인 측 감찰관과 사전에 충분히 협의되어야 한다.

6. 파병군의 규모는 2만 이상으로 한다.

7. 라인 제국은 이케니아 연맹에 로메로 평원 지역 5백만 유겔룸(125만ha)의 땅을 30년간 무상 임대하며, 무상 임대 기간이 끝나더라도 경작권은 보장한다.

8. 에레냐드 지방에 자치권이 부여된 이케니아 도시의 건설

을 허가한다.

9. 7, 8번 조항은 라인 속주법을 적용받는다.

10. 파병 기간은 최소 3년으로 하며, 협의에 의해 조정될 수 있다.

외교 문서의 격식도 갖추지 않고, 관인도 없는 문서이다. 그야말로 내용의 전달만을 위한 비공식 문서인 것이다. 아르제스는 문서를 읽고 나서 곧바로 토르피우스에게 넘겼다. 토르피우스도 조항 하나하나를 곱씹으면서 문서를 읽어나갔다.

1, 2번 조항은 파견군의 목적을 규정하고 있었고, 5번 조항은 라인 제국으로서는 당연히 취해야 할 조치일 것이다. 7, 8번 조항은 이케니아가 받게 될 대가였고, 9번 조항은 세금을 말하는 것이다. 즉, 속주세인 십일조를 적용하겠다는 것이다.

"흠……."

토르피우스는 혼란스러웠다. 보상을 생각하면 분명 매력적인 제안이긴 했지만 타국에 자국의 군대를 파병한 전례가 없는 이케니아이다. 있다면 이케니아 자체에서 부정되어 버린 아르제스의 메디아 원정뿐이다. 설사 이 밀담이 성사된다고 해도 공식화하는 데는 많은 진통이 따를 것임에 분명했다. 아무리 토르피우스라도 혼자서 그런 일을 감당하기는 벅찼다. 하지만 그전에 알아두어야 할 것이 있었다.

"아직 이 제안의 진정한 의도가 무엇인지는 말씀해 주지 않으셨습니다. 이케니아가 에레냐드 북부를 담당하는 동안 라인 군단은 무엇을 할 생각이란 말입니까?"

궁금함을 참지 못한 토르피우스가 이해할 수 없다는 표정으로 물었다. 라인 원로원이 주도한 의견이라면 토르피우스가 미리 알아챌 수 있었겠지만, 이것은 티투스 황제의 개인적 입김이 작용한 제안이었다. 토르피우스로서도 쉽게 이해할 수 있는 제안이 아니었던 것이다.

그러자 카토는 크게 한숨을 내쉬며 길게 이유를 설명하기 시작했다.

"에레냐드 속주는 편입된 지 불과 5년밖에 되지 않았습니다. 물론 5년이 짧은 시간은 아니지만, 내전과 론 제국의 도발로 에레냐드 지방을 소홀히 할 수밖에 없었다는 것이 문제이지요. 비록 가장 강대한 부족인 루마카 족과 카나이 족이 라인에 복속한 상태이긴 하지만, 피나세아 산맥의 산악 부족들은 여전히 라인에 적대감을 가지고 있습니다. 그리고 그런 적대감이 언제 다른 부족으로 번질지는 아무도 모를 일입니다. 더욱이 루마카 족과 카나이 족의 충성심도 아직은 완전히 신뢰할 만한 상황은 아니지요. 그에 비해 올해 에레냐드 속주로 파견된 병력은 2개 군단 1만 7천 명에 불과합니다. 주도(州都)조차 없는 드넓은 에레냐드 지방을 전부 담당하기에는 턱없이 부족한 병사이지요. 그리고 그들은 속주 방어뿐만 아니라 가도의 건설에도 투입되어야 합니다. 그리고 에레냐드는 라인 본국에서 가장 멀리 떨어진 속주입니다. 신속한 병력 충원이나 보급도 힘든 데다 아직은 통치 체계도 자리가 잡히지 않았습니다. 여러모로 사정이 좋지 않지요. 하지만 이케니아에서는 남토르카 속주만 지나면 바로 에레냐드 지방에 당도할 수 있지 않습니까? 아니, 굳이 육로가 아니더라도 뱃길을 이용하면 에레냐드 전역을 한 달 거리에 둘 수 있지요. 물론 라인 제국이 군단을 더 동원할 수 없을 정도로 사정이 좋지 않은 것은 아닙니다. 하지만 굳이 추가로 군단을 동원하지 않고서라도 이케니아의 도움을 받을 수 있다면 원로원이나 황제 폐하께서도 그라나디아 이북 지방에 대한 대책과 론 제국의 동태에만 신경 쓸 수 있으니 여러모로 유리하게 되지요. 그리고 그 대가로 이케니아가 충분한 보상을 받게 된다면 이케니아는 또 그것으로 좋은 것 아니겠습니까? 서로에게 이익이 되는 길이 있는데 굳이 혼자서 모든 것을 처리할 필요는 없는 것이지요."

"아……."

논리 정연하면서도 충분히 일리가 있는 말이었다. 라인 제국이 가장 꺼려하는 것은 전장이 확대되는 것이었다. 그러기 위해서는 최소한의 병력으로 에레냐드를 안정시키고, 모든 전력을 그라나디아로 집중해 단기에 토르카 지방의 불온한 움직임을 잠재울 필요가 있었다. 무엇보다 이것은 통치의 효율성에 관한 문제였다. 영토가 지나치게 커지면서 라인 제국이 겪고 있는 문제점의 단편이 그대로 드러난 것이기도 했다.

"만약 저희가 이 제안을 거부한다면 어떻게 합니까?"

아르제스의 입장에서는 마지막으로 확인하고 싶었던 사항이다. 카토는 조금의 주저함도 없이 답변해 주었다.

"지금까지의 협상 내용은 처음부터 존재하지 않았던 것으로 취급될 것입니다. 물론 차후에도 공식적인 병력 지원 요청은 없을 것입니다. 괜히 받아들여지지도 않을 제안을 했다가 양국 간의 관계만 서먹해질 수도 있으니까요. 그것은 원로원도 황제 폐하도 전혀 바라지 않는 일입니다."

적극적으로 지원해 달라는 말보다 더 무서운 말이었다. 이것이야말로 티투스가 노리고 있는 것일지도 몰랐다. 외교 문제에서 합리적이지만 쉽게 받아들일 수 없는 제안만큼 곤란한 사항도 없었다.

하지만 토르피우스는 이번 일이 이케니아와 라인 제국 간의 관계 정립에 근본적인 영향을 미칠 것이라는 생각이 들었다. 지금까지 이케니아 연맹과 라인 제국의 관계는 그야말로 '소극적이고 제한적인 형태의 동맹'이었다. 하지만 이번 일을 이케니아 측에서 받아들인다면 양국 간의 관계는 '대등한 협력자' 관계로 진일보할 수 있는 가능성이 열리는 것이다.

공식적인 라인 측의 제안은 모두 제시된 상태였다. 잠시 침묵이 흘렀다. 이제 결정은 아르제스의 몫이었다. 단순히 정치적인 문제였다면 아르제스의 동참을 '제안 공식화의 조건'으로 삼지 않았을 것이다. 하지만 군대 파병에 관련된 문제라면 다르다. 라인 제국이, 아니, 티투스가 아르제스를 끌어들인 것도 그가 가지는 군사적 영향력을 높이 사고 있었기 때문이다.

"아르제스님은 어떻게 생각하십니까?"

토르피우스 스스로는 내심 이 제안을 받아들이는 쪽으로 마음이 기울고 있었다. 하지만 아르제스가 반대한다면 절대 성립될 수 없는 제안이었다. 군사적 역량과 명성을 바탕으로 시민의 지지를 이끌어낼 만한 사람이 아르제스밖에는 딱히 없었기 때문이다.

자연스럽게 사람들의 시선은 침묵하고 있는 아르제스에게로 집중되었다.

약간의 시간이 지난 후 아르제스가 말문을 열었다.

"일단 저는 이 제안이 합리적이며, 양국 모두에 도움이 되는 일이라 생각합니다. 하지만 이 제안이 공식적으로 귀족회의를 통과할 수 있을지는 장담하지 못하겠군요. 다만 이 일이 성사되는 것을 전제로 저의 조건을 말하고자 합니다. 첫째, 군사 작전 중에 일어난 모든 일에 대해서는 면책권을 줄 것. 둘째, 제가 장교로 선임한 인물들에 대해서는 라인에서 관여하지 않을 것. 셋째, 속주 내 부족과의 교섭권을 인정할 것. 물론 군사행동에 있어서 라인 측의 감찰관과 충분히 협의할 것은 약속드립니다. 제가 말한 이 조건이 성사된다면 저는 저의 군사적 영향력을 행사하는 것을 충분히 고려해 보겠습니다."

조건부이긴 하지만 아르제스는 라인 제국의 제안에 찬성의 의사를 표시한 것이었다. 물론 라인 제국의 사절로서 긍정적인 대답을 얻어낸 것 자체는 카토에게 기쁜 일이었다. 그러나 아르제스가 제시한 조건에 대해 카토는 즉답을 하지 못했다. 아르제스가 제시한 조건들을 검토할 필요가 있어서였다.

"으음……."

먼저 군사행동에 있어서 면책권이란 것은 상당히 민감한 사항이었다. 게다가 세 번째 조건은 일종의 외교권에 해당하는데, 이렇게 되면 타국의 사령관에게 일부이긴 하지만 외교권과 군사권 모두를 부여하게 되어버린다. 카토는 이런 결정을 내리는 것이 과연 자신이 부여받은 '전권'에 포함되는지가 혼란스러웠다. 평상시 같으면 당연히 거부했을 제안이었다. 타국의 장수에게 전직 법무관의 권한을 줄 수는 없는 까닭이다. 하지만 그는 황제 티투스가 개인적으로 파견한 사절이나 마찬가지였다. 황제의 의중을 물어보지 않고는 쉽게 대답하기 힘든 문제였던 것이다.

"그 문제는 본국과 상의해 봐야겠군요."

동료 의원들과 한참의 상의를 거친 끝에 나온 결론치고는 초라한 대답이었다.

"알겠습니다. 하지만 서두르시는 게 좋겠군요. 만약 파병이 성사된다면 양측에서 많은 것들을 준비해야 될 터이니까요."

"알겠습니다."

아르제스의 말에 카토는 고개를 끄덕였다. 이것으로 비밀 회담은 사실상 끝난 셈이었다. 하지만 자리에서 일어나려는 카토 의원을 향해 아르제스는 한 가지 질문을 던졌다.

"아! 그리고 한 가지 여쭤볼 것이 있습니다. 어디까지나 개인적이고 비공식적인 질문입니다만."

"말씀하시지요."

"내전 당시 범죄자로 규정된 인물들에 대한 것입니다. 그들은 이후 어떻게 처분되었는지요?"

뜻밖의 질문에 의아한 표정을 짓는 카토였지만 대답해 주지 못할 문제는 아니었다. 더구나 그다지 대답해 줄 자세한 내용이 있는 것도 아닌 질문이었다.

"음, 공식적으로 처형된 사람은 없습니다. 재산을 몰수당하고 해외로 추방되거나, 스스로 망명을 택하는 경우가 대부분이었으니까요. 그러나 아직도 추방령은 풀리지 않은 상태입니다."

"…알겠습니다."

아르제스도 더는 묻지 않았다.

"아무리 좋은 말로 한다고 해도 결국은 골칫거리를 이케니아에 떠넘기겠다는 말이군요. 어차피 라인이 에레냐드를 노린 것도 남부의 로메르 평원이 탐나서가 아닙니까?!"

라인 의원들과의 회담이 끝나고 텅 빈 연회장 한구석에 조용한 자리를 차지한 아르제스와 토르피우스는 포도주를 마시며 담소를 나누었다.

"하하하, 그렇지요. 남부를 안정적으로 다스리려면 북부도 편입해 버리는 편이 좋으니까요."

"혹시……."

약간은 굳은 목소리였다.

"네?"

"토르피우스님, 회담 전에 라인 측과 미리 협의된 사항이 있었습니까?"

상대방에 대한 적의가 없어도 진지해질 때면 의례적으로 차가워지는 눈빛이다.

"아닙니다. 저는 얕은 수로 아르제스님을 속일 수 있으리라 생각할 만큼 어리석은 사람이 아닙니다."

진실만을 이야기해서도 안 되지만, 그래도 거짓말은 하지 않아야 훌륭한 정치가이다. 토르피우스에게 확답을 들은 아르제스는 차가운 눈초리를 풀고 순순히 고개를 끄덕였다.

"그렇다면 이상하군요. 비록 제가 라인 제국의 원로원을 잘 아는 것은 아니지만 그들의 의견이라고 보기에는 왠지 모르게 파격적이라는 생각이 드는군요."

"아르제스님도 느끼셨습니까? 저는 왠지 이 모든 일이 티투스 황제의 지시가 아닌가 싶습니다."

"티투스……!"

그의 이름을 듣자 아르제스는 왠지 모르게 가슴 한편이 뜨거워졌다. 자신의 운명이 어느 곳에선가 그와 맞닿아 있음을 어렴풋이 느끼고 있었는지도 몰랐다.

제5장

귀족회의

『상당수의 역사가들은 젊은 시절의 네모 가이우스는 부나 권력, 명예에 관심이 없었다고 평가한다. 메디아와의 평화 조약을 위해 자신의 공적을 포기한 것이나, 해적 토벌을 통해 배당된 막대한 이득을 사회에 환원해 버린 것을 예로 들면서 말이다. 하지만 나는 역사가들의 생각이 반은 맞고 반은 틀렸다고 생각한다. 이후의 행적에서 좀 더 명확히 드러나는 점이지만, 이 인물은 상당히 허영심이 강했다. 다만 허영심의 발휘가 자신을 낮춤으로써 발휘되었다는 것과 허영심의 대상이 남이 아닌 자기 자신이었다는 것이 특이한 점이다. 이런 종류의 성정은 어느 날 갑자기 발현되는 성질의 것이 아니다. 내 생각에는 모든 것을 가질 수 있는 힘이 있지만 오히려 그것을 포기함으로써 자신 스스로를 만족시킨 것이 아닌가 한다. 결론적인 이야기지만, 그에게 있어서의 이런 종류의 '허영심'은 그를 성장시켜 준 미덕이 되었다.』

—〈고대 중앙해 인물사, 네모 가이우스 편〉 중에서.

아르제스 전기

황제는 있어도 황궁은 없는 곳. 그곳이 라인 제국이다. 법률상 라인 제국의 황제는 혈통의 존귀성을 인정받는 존재가 아니라 집정관과 호민관의 직위를 계승하는 인물을 지칭하는 말이었다. 제정으로 접어든 지 200년이 지났지만 라인 제국에는 아직도 공화정의 전통이 뿌리 깊게 남아 있었다.

티투스에게는 그가 있는 곳이 곧 집무실이었다. 때문에 그가 가는 곳에는 수많은 관리들이 따르는 것이 보통이었다. 황제의 개인 집무실이 따로 존재하긴 했지만 티투스는 굳이 개인 집무실에 연연하지 않았다. 등청하는 것도 원로원 회의가 있을 때뿐이었다.

그날의 집무실은 티투스의 사저였다. 티투스의 증조부인 도미티우스 황제 때부터 거주하기 시작한 이 집은 고급 주택가에 있으면서도 화려함과는 거리가 멀었다. 담을 둘러싼 병사들과 문 앞을 지키고 있는 24명의 근위병이 아니면 이곳이 황제의 사저인지 구분하지 못할 정도였다.

"후우……."

티투스의 사저로 이어진 길을 따라 원로의원 복장을 한 인물이 힘겹게 발걸음을 옮기고 있었다. 시내에서 사저로 오는 길은 은근히 긴 오르막길이었기 때문에 늙은이의 몸으로는 숨이 차는 것도 당연했다. 낮에 라인 시내에서는 황제와 원로원 의장, 그리고 귀족가의 부인들을 제외하고는 단순한 이동의 목적으로 말이나 가마를 타는 것이 금지되어 있었다. 따라서 원로원 의원이라도 걸어다닐 수밖에 없는 것이다. 이런 조치는 85만이나 되는 시민들의 교통 문제를 완화하기 위한 지극히 현실적인 방편이었다.

사저 정문 앞에 도착한 의원은 크게 숨을 들이키며 호흡을 골랐다. 날씨가 선선해서 망정이지 여름이었다면 낭패를 보았을지도 모른다.

"누비오 의원님."

때마침 정문으로 걸어나오던 근위대장이 원로원 의원인 누비오를 알아보고 인사를 해왔다.

"아, 자네였군. 후우, 이거 보통 힘든 게 아니군. 나도 이제 늙었나 보이."

"하하하, 별말씀을 다하시는군요."

"폐하는 사저에 계시는가?"

"네, 아마 오후에는 사저에 계속 머무르실 것 같습니다."

근위대장의 말에 고개를 끄덕인 누비오는 흐트러진 토가의 매무새를 바로잡고서는 건물 안으로 발걸음을 옮겼다. 사저에 머물 때는 접견실을 집무실로 사용하는 티투스였기에 회랑 하나만 지나면 되는 짧은 거리였다.

"폐하."

허리를 깊숙이 숙이는 정중한 인사였다.

"오! 누비오 의원!"

옅은 갈색의 곱슬머리와 눈동자, 라인 민족치고는 상당히 큰 편인 175센티미터 정도의 키에 건장한 체격, 그에 비해 선이 고운 얼굴의 부드러운 인상. 제국에서 유일하게 보라색 망토를 입을 수 있는 인물, 라인 제국의 황제 티투스였다. 기물들이 어지럽게 널려 있는 드넓은 서탁에서 업무를 보던 그는 자신이 보냈던 사절단의 일원인 누비오 의원을 반갑게 맞이하였다.

"이케니아에서는 언제 돌아온 건가?"

"어제저녁에 라인에 도착했습니다."

"하하, 그렇다면 아직도 많이 피곤할 터인데 오늘은 푹 쉬고 내일 보고해도 그리 늦지 않을 것을……."

"하지만 협상 과정에서 폐하의 제가가 필요한 일이 생겨서 말입니다."

"음? 내가 사절단에게 전권을 맡기지 않았었나?"

티투스의 미간이 조금은 찌푸려졌다.

"일단 이케니아 측에서 저희의 제안을 긍정적으로 받아들인 것 같습니다. 하지만 아르제스라는 자가 파병의 조건으로 요구하고 있는 것들이 상당히 민감한 사항이라서 그렇습니다."

"그래? 그 요구 사항이 무엇인가?"

"문제가 되는 것은 군사행동 중에 일어난 모든 일들에 대한 면책권의 보장과 에레냐드 부족들과의 교섭권을 인정해 달라는 요구 조건입니다. 아무래도 폐하의 허락없이는 쉽게 대답할 수 없는 부분이라는 생각이 들어서 이렇게 의중을 여쭈기 위해 온 것입니다."

"어려울 것도 없는 요구 사항이군. 그리고 당연한 요구 사항이기도 하고. 아르제스란 자, 소문대로 녹록한 인물은 아니구먼. 하하하."

너무나 쉽게 결정을 내려 버리는 티투스를 누비오는 불안한 눈으로 바라보았다. 부드러운 인상 속에 숨겨진 결단력과 냉철함. 누비오로서는 감히 그 끝을 파악할 수 없었다.

"그럼 어떻게 조치하실 겁니까?"

조심스럽게 묻는 누비오 의원이었다.

"그 가이우스 가문의 청년에게 라인의 시민권을 주겠다. 제1시민권이 좋겠군. 라인 시민이 라인 제국의 땅에서 군대를 이끄는 것이라면 확실히 명분이 서겠지. 아! 그리고 그럴 듯한 공직도 하나 추가하는 것이 좋겠군."

"폐하, 제1시민권이라니요?!"

라인의 시민권은 투표권, 피선거권을 가진 제1시민권과 피선거권 없이 투표권만을 가진 속주 시민권으로 나뉜다. 라인 시민권이 가지는 의미와 특권을 생각해 볼 때 시민권의 부여는 결코 가벼운 문제가 아니다. 특히 누비오가 우려한 부분 역시 제1시민권이 피선거권을 가진다는 데 있었다.

"왜 그러나? 그가 자격이 없다고 생각하는가, 누비오 의원?"

아니다. 오히려 차고 넘치는 것이 문제였다. 그는 20살도 되지 않은 나이에 강국 메디아로의 원정을 성공시키고, 오랜 세월 골칫거리가 되어왔던 동이케니아 해의 해적을 한 달 만에 소탕해 버린 장본인이다. 라인 제국에서는 군사적 명성이 곧 정치적 명성이다. 만약 그가 라인의 귀족이었다면 최소한 2번은 개선식(凱旋式)을 치렀을 만한 공적이다.

순간 누비오는 황제가 아르제스를 라인 제국의 정치계로 끌어들이려는 속셈이 아닌가 하는 의심이 들었다. 그의 생각에도 확실히 아르제스는 공적에 비하여 보수적인 이케니아

235

정계에서는 그다지 대접받지 못하고 있었다. 개연성은 충분한 것이다. 만약 사실이라면 황제의 측근을 자처하는 그로서는 전혀 달갑지 않은 일이었다.

"폐하! 폐하의 영민함을 모르는바 아니지만, 다시 한 번 재고하심이 어떠하시겠습니까? 시민권이 아니더라도 그를 설득시킬 만한 방안은 많이 있을 것입니다. 굳이 시민권의 부여를 원하신다면 속주 시민권이 적당할 것입니다."

"하하, 왜 그리 반대하는 것인가? 출신을 가리지 않고 유능한 인재에게 시민권을 부여하는 것은 라인의 미덕과도 같은일이지 않은가?"

"하지만……."

"후후후. 누비오 의원의 마음은 이해하지만 내가 알아서할 테니 걱정 말게. 시민권을 가진다고 해서 그자가 당장에원로의원 자리를 꿰차는 것도 아니지 않는가?!"

"아, 아니, 그런 뜻은 아닙니다, 폐하."

내심 뜨끔해진 누비오였다.

"대신 이케니아 군에 파견할 감찰관의 선임은 원로원에 위임하도록 하겠네. 그리고 이런 나의 결정을 원로원 회의에서자네가 발표하도록 하게. 어떠한가, 이 정도에서 타협하는 것이?"

서글서글한 표정으로 웃음을 지으면서 태연하게 말하는황제였다. 황제이면서도 일방적인 명령은 하지 않는다는 것

236

이 티투스의 특징이기도 했지만, 의외로 상대방을 설득시키는 데 무척이나 효율적인 것도 사실이었다.

"타협이라니요, 가당치 않으신 말씀입니다. 다만 폐하의 뜻은 원로원 회의에서 잘 전달하도록 하겠습니다."

결국 누비오도 더 이상 반대할 수 없는지라 한발 물러날 수밖에 없었다.

"좋군! 그럼 계속 수고해 주게."

티투스의 그 말을 마지막으로 누비오는 힘없이 인사하고 집무실을 벗어났다.

"즐거워 보이시는군요. 하지만 원로의원들을 항상 마음대로 다룰 수 있다고는 생각하지 마십시오."

이 모든 광경을 옆에서 지켜보던 황실 서무관 아비아노가 비꼬는 듯한 말투로 말했다. 티투스가 가는 곳이라면 어디든지 따라다닌다는 평을 듣는 이 사내는 플라베니아 평민 출신의 인물이었는데, 에레냐드 원정 시절부터 티투스의 재무관으로 일한 적이 있는 50대 후반의 경험 많은 지식인이었다.

"후후후, 또 잔소리냐?"

타인이 들었다면 화들짝 놀랄 정도의 무례한 말임에도 티투스는 전혀 개의치 않았다. 황제의 기분을 맞추는 것에는 전혀 관심도 없으며, 걸핏하면 시어머니 같은 소리를 늘어놓지만 매사에 빈틈이 없고, 식견 또한 날카롭다. 다른 사람이라면 몰라도 티투스의 입장에서는 아끼지 않을 수 없는 인물인 것이다.

"잔소리가 늘어가는 걸 보니 자네도 이제 늙었나 보군. 그래도 일국의 황제인데 자기 앞가림도 못할 것 같은가?"

"그렇다면 다행이군요. 그나저나 클라텔로 의장과 만나보셔야 하지 않겠습니까?"

"늙었어도 아직 머리는 제대로 돌아가는 모양이군, 아비아노. 내일까지 기다릴 것도 없겠어. 지금 당장 기별을 넣게."

내전 이후에도 계속 클라텔로를 의장으로 중용하고 있는 것은 그가 티투스의 열렬한 지지자이기 때문이 아니었다. 클라텔로는 오히려 중도파에 가까운 인물이었는데, 이것이 티투스가 그를 신뢰하는 이유였다. 즉, 내전 이후로 소원해진 황제와 원로원의 사이에서 중개자 역할을 해줄 사람으로 클라텔로만 한 인물도 없다는 이야기였다. 그리고 티투스의 생각대로 그는 지금껏 중개자로서의 역할을 훌륭하게 수행하고 있었다.

"알겠습니다."

아비아노는 가볍게 인사를 한 후 집무실을 빠져나갔다.

그사이 티투스는 바닥에 양탄자처럼 깔린 거대한 중앙해 전도를 바라보며 깊은 생각에 잠겨 있었다.

*　　　*　　　*

제정으로 옮겨온 후에도 원로원의 의사를 존중해 오고 있긴 했지만 라인 제국의 황제는 법적으로 집정관과 호민관의 권위를 동시에 가진, 즉 절대권을 가진 존재였다. 감찰관 선임권의 원로원 위임이라는 타협안도 제시된 상태였고, 일부이긴 하지만 유력한 명문 귀족의 지지를 등에 업고 있는 티투스는 이케니아의 에레냐드 파병을 공론화하는 것에 큰 어려움을 느끼지 않을 터였다.

　하지만 이케니아 측의 사정은 달랐다. '왕'이라는 직위가 존재하긴 하지만 어디까지나 과두정 체제를 유지하고 있는 이케니아 연맹이다. 물론 왕은 '거부권'이라는 특권을 가지고 있었다. 즉, 왕 혼자서도 법안의 통과를 저지할 수 있다는 것이었다. 하지만 라인 제국의 황제와는 달리 혼자서 법을 통과시킬 수 있는 권한은 없었다. 왕이 혼자서는 아무것도 할 수 없는 자리라고 표현하는 것도 이 때문이었다. 외교나 연맹 수준의 군사 조치에 관한 결정은 어디까지나 귀족회의의 몫이었다.

　라인으로 돌아간 지 보름 만에 카토 의원은 다시 한 번 사절단을 이끌고 이케니아를 방문하였다. 그리고 때를 맞추어 토르피우스가 귀족회의를 소집하였다. 이케니아의 귀족회의는 라인의 원로원과는 달리 따로 공식적인 직책으로서의 의장은 두고 있지 않았다(다만 회의의 진행은 왕이 담당하는 것이 보통이

어서 왕이 의장 역할을 수행하기는 했다). 다만 왕을 포함한 12명의 선임 의원을 두고 있어서 정기 회의 이외의 기간 동안에도 그들의 요청으로 회의를 소집할 수 있게 되어 있었다. 토르피우스가 선임 의원 자리를 차지하고 있었던 것은 이미 8년 전부터였다.

12월 17일. 기후가 따뜻한 이케니아라도 한겨울인 시점이다. 치안관들이야 화재 예방 문제 때문에 한창 바쁠 시기이지만 귀족회의가 소집되기에는 의외의 시점이었다.

네모를 떠나온 이후로 계속 카라카스에 머물고 있었던 아르제스도 토르피우스가 소집한 이번 회의에 참석하게 되어 있었다. 원래라면 사령관을 역임한 인물은 자동적으로 귀족회의 의원 자격이 주어지게 되어 있었지만, 30세로 제한된 의원 연령 기준에 못 미치는 아르제스는 의원이 아닌 전직 사령관의 자격으로 회의를 참관하게 되었다.

회의가 열리는 곳은 카라카스 시내에 있는 원형극장이었다. 왕궁 내에는 수백 명이나 되는 참석자를 수용할 만한 공간도 마땅치 않았고, 회의를 진행하기에는 원형극장만큼 좋은 구조의 건물도 없었다. 게다가 이 원형극장은 국가 소유의 공공건물이었기 때문에 따로 임차료를 낼 필요도 없었다.

이케니아의 겨울치고는 유난히 쌀쌀한 아침이었지만 이른 아침부터 원형극장의 주변은 여러 도시국가에서 온 의원들로

북적였다. 같은 의원이라도 평상시에는 도시국가 곳곳에 흩어져 있기 때문에 회의가 시작되기 전이야말로 그들이 정보와 의견을 주고받기 좋은 시간이었다.

아르제스도 일찍부터 회의장에 나와 있었다. 명성에 비해 세력도 없고 정계에 발이 넓지도 않은 아르제스는 특별히 이야기를 나눌 만한 사람이 없었다. 가끔 연회에서 인사를 나눈 적이 있는 의원들이 목례를 건네는 수준이었다. 그런 그에게 한 사람이 반갑다는 표정을 지으며 다가왔다.

"아! 이거 아르제스님이 아니신가?"

그는 다름 아닌 칼쿨루스였다. 세노아 공방전 이전만 해도 아르제스에 대한 경계심으로 가득 차 있던 그였지만, 사람이 변했는지 지금의 표정에는 전혀 그런 기색이 없었다.

"칼쿨루스, 정말 오랜만이군!"

세노아 섬에서 보고 처음 보는 것이었으니 거의 2년 만의 재회였다. 아르제스는 칼쿨루스가 내민 손을 맞잡으며 반갑게 인사를 나누었다.

"의원이 되더니 신수가 훤해졌군."

"사령관은 2번이나 역임한 자네에게 들을 말은 아닌데?"

"아아, 그래 봐야 뼈 빠지게 고생한 것밖에 없어. 군인이란 게 다 그렇지."

누가 보면 처음부터 친했던 친구 사이로 여길 정도의 대화였다. 세월은 사람을 변하게 한다지만, 칼쿨루스가 아르제스에게 품었던 적대감이 처음부터 뿌리 깊은 성질의 것이 아닌 까닭이었다. 사실 근본적으로 아르제스를 미워해야만 할 이유가 칼쿨루스에게는 전혀 없었던 것이다. 그리고 아르제스는 항상 그에게 호의적인 태도를 보여왔기에 칼쿨루스도 느낀 바가 있었던 것이다.

그때 목청 좋은 전령이 나와 회의의 시작을 알렸다.

"회의가 시작될 것이니 의원님들은 모두 모여주십시오."

의원들은 대화를 멈추고 원형극장 안으로 발길을 옮기기 시작했다.

"우리도 들어가지."

아르제스와 칼쿨루스는 어깨를 나란히 하고 회의장으로 입장했다. 그들의 모습은 주위의 시선을 끌기에 충분했다.

약 1천 명을 수용할 수 있는 이 원형극장은 카라카스에서 가장 훌륭한 극장은 아니었다. 하지만 비가 오는 날에도 공연을 할 수 있도록 지붕까지 갖추어져 있어 겨울에 회의를 진행하기에는 안성맞춤이었다.

귀족회의의 전체 의석 수가 법률로 딱히 정해져 있지는 않았지만 관례에 따라 200여 명 선을 유지하고 있었다. 그렇게 오랜 세월을 이어져 내려온 것을 보면 이미 관습법에 가깝다고도 할 수 있었다. 그날 회의에 참석한 인원은 10여 명의 참관객을 포함해서 160명에 조금 못 미치는 수준이었으니, 이 정도면 거의 모든 의원들이 참석했다고 봐도 무방하였다. 참관객은 발언권이 주어지지 않은 채 원로원 회의에 참석할 수 있도록 허가된 사람이었는데, 전직 고위 관료나 거상이 대부분이었다. 참관객을 두는 것은 '연맹'이라는 독특한 정치 체계에서 기인한 이케니아 특유의 관습이었다.

사실 회의장의 모습을 곰곰이 살펴보다 보면 그다지 특별하거나 대단한 것은 없다. 구석에 앉아 졸고 있는 의원도 있고, 목소리 높여 떠드는 의원도 있다. 수많은 빈자리가 있지만 굳이 좁은 자리에 끼리끼리 모여 앉은 모습이나, 어떤 사람과는 눈도 마주치지 않으려는 모습은 그들도 결국은 인간임을 보여주고 있었다.

귀족회의에 처음 참석하는 아르제스였지만 그다지 강한 인상을 받지는 못했다. 그러자 긴장했던 마음이 조금은 누그러들었다. 어차피 자신의 임무는 자리를 지켜 존재감을 드러내는 것일 뿐, 나머지는 토르피우스와 라인 사절단의 몫이었다.

"그나저나, 이번 회의가 소집된 이유에 대해 아는 것이 있나?! 뱃길도 순탄하지는 않았을 텐데 라인 사절단이 방문한 것도 그렇고, 내년 1월이면 정기 회의가 있는데 굳이 한겨울에 임시 회의를 소집한 이유를 나는 모르겠군."

바렌가 사람들이 모여 있는 곳으로 가지 않고 굳이 아르제스의 옆자리에 앉은 칼쿨루스가 목소리를 낮추어 물어왔다. 아르제스와 토르피우스의 사이가 가깝다는 것은 칼쿨루스도 잘 알고 있는 사실이었기에 아르제스라면 이번 회의의 이유를 알고 있을지도 모른다는 생각에서 한 질문이었다.

"하하, 아직은 대답하기 힘들다네."

물론 이유를 잘 알고 있는 아르제스였지만 지금 대답해 줄 수는 없었다.

"여전히 입이 무겁군."

칼쿨루스도 더 이상 캐묻지는 않았다. 그런다고 대답해 줄 아르제스가 아님을 그도 잘 알고 있었다.

그때 무대 중앙에 마련된 연단으로 몇몇 인물들이 걸어나왔다. 동시에 회의장 주변에 서 있던 위병들이 나무로 된 막대기를 맞부딪치며 높고 경쾌한 소리를 내었다.

딱! 딱! 딱!

신성한 회의장에서 악기를 쓰는 것이 금지되어 있었기 때문에 나팔이나 북을 대신해서 쓰이는 것이었다. 라인 원로원으로 따지자면 권표로 바닥을 두드리는 것이나 마찬가지였다.

무대 뒤편에서 연단으로 걸어나온 인물들은 연맹의 왕인 아르테우스를 비롯해 토르피우스와 라인 사절단으로 온 원로원 의원이었다. 그들이 등장하자 의원들은 자리에서 일어나서 경의를 표하며 시선을 집중시켰다. 상호 간에 가벼운 인사를 마친 양측은 회의를 소집한 토르피우스를 제외하고는 곧바로 착석하였다.

"먼저 먼 길을 마다하지 않고 이 자리에 모여주신 의원 여러분의 노고에 깊이 감사드립니다."

연단에 홀로선 토르피우스는 격식을 갖춘 인사말로 연설을 시작했다. 타고난 웅변가의 음성을 지닌 그의 목소리는 넓은 원형극장의 구석구석에 또렷하게 전달되었다.

"선임 의원의 한 사람으로서 이렇게 회의를 소집하게 된 이유는 이케니아의 친구이자 우방인 라인 제국의 어려움을 차마 보고 있을 수만은 없어서입니다."

회의장에 모인 대부분의 의원들의 예상을 벗어난 상당히 의외인 의제였다. 토르카 지방 문제로 라인 제국이 골치 아파한다는 것은 그들도 아는 사실이었지만 그것은 어디까지나 라인 제국의 국내 문제였고, '어려움'이라는 단어로 표현할 정도의 난국이라고 생각지 않았기 때문이다. 회의장에는 작은 소란이 일었다. 하지만 그에 아랑곳하지 않고 토르피우스는 연설을 이어갔다.

"그래서 저는 라인 제국의 요청을 받아들여 에레냐드 지방으로의 파병을 건의하고자 합니다."

짧지만 엄청난 파문을 불러일으킨 발언이었다. 회의장은 대번에 소란스러워졌고, 의장 격인 아르테우스가 나서도 좀처럼 진정되지 않았다.

"의원 여러분, 정숙해 주십시오! 제가 한마디 하려 합니다."

소란을 잠재운 인물은 연단이 아니라 의원석에서 나왔다.

"저분은 누구지?"

그를 흥미로운 눈길로 주시하던 아르제스는 옆에 있던 칼쿨루스에게 물었다. 지난번 연회에서도 보지 못한 인물이었던 것이다.

"우리 가문의 총수이신 카시우스 의원님이지. 좀처럼 모습을 드러내는 분이 아닌데 오늘은 회의에 참석하셨군."

"흠음, 바렌가의 총수?"

그렇다면 토르피우스나 아르제스에게는 강적이 될 것임에 틀림없었다. 하지만 발언권이 없는 아르제스였기에 일단은 지켜볼 뿐이었다.

왕가의 총수이자 지난번 선거에 출마하기도 했던 카시우스의 영향력은 과연 대단했다. 그가 발언을 청하자 좌중의 소란은 금방 잦아들었다. 선거에서 지긴 했지만 귀족회의 내부에서의 영향력은 바렌 가문이 아르펜 가문보다도 우위에 있다는 사실이 증명되는 순간이었다.

"말씀하시오, 카시우스 의원."

아르테우스는 의장의 자격으로 카시우스의 발언 요청을 받아들였다. 이미 의제는 던져진 셈이었다.

"토르피우스 의원에게 묻겠소. 파병이라고 말씀하셨는데,

일단 파병의 정당함을 제쳐 두고서라도 현실적 문제를 직시하고나 있는 것이오?"

"카시우스님의 고견을 들려주십시오."

"흠흠! 그렇다면 말씀드리겠소. 먼저 먼 땅으로 군대를 파견하려면 많은 자금이 필요하오. 하나 아시다시피 우리 이케니아 연맹은 메디아와의 오랜 전쟁으로 심각한 재정적 압박을 받아왔소. 이런 상황에서 그 돈을 어떻게 마련할 작정이오, 토르피우스 의원?"

카시우스는 토르피우스가 주도한 메디아와의 평화 조약 내용에 노골적으로 반대하던 인물이었다. 특히 보상금 문제나 세노아의 세금 수익의 일부양도에 관해서는 토르피우스를 국부(國富)를 팔아먹는 매국노라고까지 몰아세웠던 강경파다. 지금 그가 세노아 전쟁을 들먹이며 자금 문제를 운운하는 것도 그런 맥락에서였다.

"저도 그 문제를 생각해 보지 않은바 아닙니다. 분명 지금 연맹의 자금 사정은 좋지 않지요. 하지만 저는 전시국채를 발행해서 자금을 조달할 수 있다고 생각합니다."

"전시국채라니요?! 빚을 내어서까지 강행하겠다는 말씀이십니까?"

카시우스는 목소리를 높였다.

"연맹의 자금 사정이 좋지 않은 것은 사실이지만, 그것은 어디까지나 연맹의 사정입니다. 이케니아는 부국입니다. 여러 유력자 분들에게 명예로운 전시국채 매입 의무를 부여한다면 파병에 드는 자금은 충분히 마련할 수 있습니다."

"하지만 빚이라는 데는 변함이 없지 않소? 게다가 그렇게까지 파병해서 이케니아가 얻는 것이 무엇이란 말이오?"

카시우스는 조금도 물러서지 않았다.

"그것에 대해서는 제가 라인 측의 제안을 대독(代讀)하는 것으로 답해드리겠습니다."

토르피우스는 뒤에 있는 문관으로부터 두루마리를 건네받은 후 낭랑한 목소리로 읽어나가기 시작했다. 내용은 일전의 밀담 당시에 라인 측에서 제시한 것과 크게 다르지 않았다. 내용 중에서도 유난히 의원들의 관심을 끈 것은 로메르 평원의 무료 임차였다.

500만 유겔룸이면 세노아 섬의 20배가 넘는 면적이다. 이 정도의 땅이면 이케니아의 근본적 문제 중 하나인 식량의 자급자족을 이룰 수 있는 것이다. 하지만 그렇다고 대번에 파병에 찬성하는 쪽으로 분위기가 기운 것은 아니었다. 이것은 이익만으로 따질 수 있는 단순한 문제가 아니었다.

카시우스의 발언도 그런 우려를 담고 있었다.

"에레냐드 북부 지방이면 오지 중에서도 오지가 아니오?! 그곳은 이케니아와는 달리 겨울이면 혹독한 추위가 몰아치는 곳이오. 게다가 야만스럽고 잔인한 토르카 부족들과 전투를 벌여야 할지도 모르지 않소?"

토르카 인의 침입에 이케니아 북부의 도시국가들이 멸망한 것이 불과 150여 년 전이다. 이 비극이 이케니아 연맹의 성립이라는 긍정적 결과물을 낳기는 했지만 토르카 인들에 대한 이케니아 인의 공포는 뿌리 깊은 것이었다.

"그 문제에 대해서는 저 아닌 다른 분의 의견을 듣고 싶습니다. 네모 가이우스 전직 사령관님!"

토르피우스의 말에 아르제스는 말없이 몸을 일으켰다. 의원들의 시선은 순식간에 아르제스에게로 집중되었다. 원칙적으로는 참관인에게 발언권이 없지만 답변을 요구받은 경우에는 발언이 가능했다.

"이케니아의 병사들은 용맹합니다. 추위나 야만인 따위를 두려워할 정도로 나약하지 않습니다. 야만인들이 아무리 강하다고 해도 저 아쿠타에 비할 바는 못 된다고 생각합니다."

은근히 자신의 공적을 부각시킨 짧은 대답이었다. 하지만 이 대답으로 가이우스 가문은 토르피우스의 의견에 찬성한다는 것을 명백히 한 것이었다.

아르제스의 대답에 의원들이 웅성거리기 시작했다. 그리고 이러한 웅성거림은 의원들 간의 격론이 이어졌다.

"이케니아에 평화가 찾아온 지 아직 1년도 되지 않았소! 왜 다시 전쟁의 불씨를 지핀다는 말이요?!"

"밀의 산지 확보는 이케니아의 숙원이오!"

토르피우스의 의견에 찬성하는 쪽은 아르펜가 출신의 의

원들과 네모시 출신의 의원이었고, 반대하는 쪽은 바렌가 출신의 의원들과 타국과의 식량 거래를 통해 큰 이익을 보고 있는 상인 출신의 의원들이었다. 만약 로메르 평원의 밀이 싼 가격에 대량으로 들어오게 된다면 그들이 입는 손해가 막심할 것이기 때문이었다. 하지만 절반 정도의 의원들은 의견을 결정하지 못하고서 추이를 지켜보고 있을 따름이었다.

"정숙! 더 이상 소란을 피우면 회의장 밖으로 끌어내겠소!! 위병!"

아르테우스가 위병을 부르면서 엄숙한 목소리로 외치고 나서야 조금 소란이 진정되었다.

"선임 의원의 한 사람으로서 저는 이 안건 자체를 인정할 수 없습니다. 더구나 이렇게 중요한 문제를 충분한 사전 협의도 없이 표결에 부친다는 것을 저는 납득할 수 없습니다."

하지만 카시우스는 여차하면 표결 거부라도 할 기세였다. 만약 그가 자신과 뜻을 함께하는 의원들을 이끌고 회의장을 나가 버리기라도 한다면 이번 회의 자체가 무산될 위기에 처하는 것이다. 물론 다음 회기 때 다시 안건을 상정할 수 있긴 하지만 시간이 늦추어질수록 유리한 것은 카시우스 측이었다.

"카시우스 의원님! 신성한 귀족회의 의원의 책무를 저버리실 생각이십니까?!"

말을 이렇게 하고 있는 토르피우스였지만 속으로는 적지

않게 당황하고 있었다. 반발을 예상하지 못한 것은 아니지만 불명예를 감수하면서까지 극구 반대할 줄은 몰랐던 것이다. 이것은 합리적 태도라기보다는 다분히 감정적인 기색이 농후했다.

"책무를 저버림으로써 받게 될 비난은 겸허하게 수용하겠소! 하지만 나 개인이 비난받을망정 이케니아에 무익한 일에는 동의할 수 없소! 물론 라인 제국이 이케니아의 오랜 우방인 것은 나도 모르는 바가 아니오. 병사가 아니라 군자금이라면 이 카시우스의 개인 재산이라도 내놓을 용의가 있소."

카시우스의 주장은 명확해졌다. 파병만은 절대로 반대하지만 다른 지원은 아끼지 않겠다는 것이었다. 그는 자신의 주장이 중립을 유지하고 있는 다수 의원들의 마음을 움직일 것이라는 데 조금의 의심도 없었다. 라인과의 우호 관계를 해치지 않으면서 토르카 지방 문제에는 직접 관여하지 않는 것! 이것만큼 보수적인 의원들의 구미에 맞는 제안도 없었다.

"옳소!"

"카시우스 의원님의 말이 사리에 맞습니다!"

의원석에서는 동조의 목소리가 터져 나왔다. 그래도 토르피우스는 침착함을 유지한 채 라인 제국이 이러한 요청을 하게 된 배경을 설명하고, 이번 파병이 이케니아 전체에 미칠 경제적 이점과 라인 제국과의 관계 개선이 가져올 정치적 이점을 설득하기 위해 노력했다.

하지만 한번 과열된 분위기는 좀처럼 가라앉지 않았다. 무엇보다 카시우스의 강직한 태도가 문제였다.

"으음……."

토르피우스는 낮게 신음을 흘렸다. 자신과 아르제스의 힘만으로는 귀족회의 전체의 의견을 규합할 수 없게 된 것이다. 표결로 간다면 승산이 없는 것은 아니었지만 카시우스가 표결 자체를 반대하고 있는 상황이다.

토르피우스는 안색을 굳혔다. 모험을 해보기로 마음먹은 것이다.

"그렇다면! 저는 이 자리에서 민회의 소집을 요청합니다!"

일종의 폭탄선언이었다.

"……?!"

"무슨 소리요! 민회라니!!"

많은 의원들이 당황한 기색을 감추지 못했다.

민회는 연맹법상의 최고 결의 기관이었다. 즉, 일종의 국민 투표였다. 하지만 연맹이 성립된 이후로 단 한 번만 소집된 적이 있을 뿐이고, 그것마저도 형식상의 소집이었다. 민회의 소집 권한은 연맹의 왕과 12명의 선임 의원만이 가지고 있었는데, 그것도 '연맹 차원의 중대한 일을 귀족회의의 의견만으로 결정할 수 없을 경우'에만 가능하다는 모호한 소집 조건이 첨부되어 있었다. 그러니 민회라는 것이 법률상으로는 최고 결의 기관이지만 사실상 유명무실해진 지 오래였다. 심지어 민회라는 것이 무엇인지도 모르는 의원이 있을 정도였다.

"반대합니다!"

"도대체 이것이 민회를 소집할 정도로 중대한 일이란 말이오?!"

곳곳에서 반대의 목소리가 흘러나왔다. 그에 비해 토르피우스의 의견에 동조하는 의원들은 놀라기만 할 뿐 차마 드러내고 민회의 소집을 지지하지 못했다. 민회를 소집해서 전례를 만들고 싶지 않았기 때문이다.

그때 묵묵히 모든 과정을 지켜만 보던 라인 제국의 사절이 몸을 일으켰다. 원로의원 카토였다.

"라인을 대표하는 사절로서 제가 한마디 하려고 합니다."

카토의 발언에 귀족 의원들의 시선이 집중되었다.

"말씀하시오, 카토 의원."

아르테우스의 발언 허락이 떨어졌다. 카토가 직접 나서자 혼란스러웠던 회의장은 금방 진정되기 시작했다. 누구보다 라인 측의 반응이 궁금한 시점이었던 것이다.

연단에 오른 카토는 진지한 목소리로 연설을 시작했다.

"존경하는 이케니아 의원 여러분, 인간이 중대한 결정을 내리는 데 있어서 가장 큰 적은 의혹, 슬픔, 분노, 자존심과 같은 사사로운 개인의 감정입니다. 공직에 있으면서 공평무사함을 철칙으로 삼아야 할 자라면 특히 이런 감정들은 일단 접

253

어두는 것이 옳습니다. 감정은 이성을 흐리게 만들고, 감정에 모든 것을 맡기기에는 의원님들의 책무가 너무나 무거운 까닭입니다. 여러 의원님들이 라인 측의 제안에 대하여 불안감과 주저함을 보이고 있지만 저는 그것을 의원님들의 사려 깊음으로 이해할 뿐, 결코 나약함의 표현으로 보는 것은 아닙니다. 저는 다만, 여러분의 이성을 어지럽히고 있는 감정을 걷어버리기 위해서 역사를 상기시켜 드리고 싶을 뿐입니다. 여러분은 150년 전 이케니아 반도 북부에서 어떠한 비극이 일어났는지 기억하실 것입니다. 토르카의 야만인들이 이케니아 북부의 도시들을 약탈하였고, 그 결과로 2개의 도시가 폐허만 남기고 사라졌습니다. 또한 디시움은 도시 전체가 6개월 동안이나 포위되어 공포와 굶주림에 떨어야 했습니다. 하지만 이케니아는 굴복하지 않았습니다. 민족의 이름으로 일어선 여러분들은 국가를 초월해서 하나로 뭉쳤고, 결국은 에투리아 족과 삼비시움 족의 포위에서 디시움을 구해내었습니다. 하지만 의원 여러분! 잊지 말아주십시오. 그들을 몰아내는 데 있어서 라인 제국이 어떠한 용기를 보여주었는지를 말입니다. 라인 제국은 침략과 약탈로 일관된 그들의 무법 행위를, 라인의 문화적 어버이인 이케니아의 불행을 결코 좌시하지 않았습니다. 라인은 시민들의 피로써 그들을 정벌하였고, 그들의 땅을 속주로 편입함으로써 방어에 대한 의무를 스스로 떠맡았습니다. 그리고 토르카 인들에게 점령되어 있던 이케니아의 옛 땅을 아무런 조건 없이 이케니아에 반환하였습니다. 그 당시는 이케니아와 라인 제국 사이에 어떠한 외교 협정이 맺어지지 않았던 때임을 의원 여러분들은 잘 알고 계시리라 믿습니다. 즉, 라인 제국이 영토를 양도한 것이 의무가 아닌 순수한 호의였음은 의심할 여지가 없습니다. 이렇게까지 말씀드렸으면 제가 말하고자 하는 것이 무엇인지 알아차렸으리라 믿습니다. 저는 의원 여러분들이 이케니아에 보여주었던 라인 제국의 호의를 상기해 주셨으면 합니다. 라인 시민들이 이케니아를 위해 흘린 피를 잊지 말아주셨으면 합니다. 저는 감정에 호소하고 있는 것이 아닙니다. 이것은 역사적 사실이며, 오늘날 두 국가의 나아갈 바를 제시해 주는 이정표와도 같은 것입니다. 의원 여러분, 이케니아는 독립된 국가이며, 라인 제국과는 대등한 관계의 동맹국입니다. 타국의 사절인 제가 함부로 참견할 수 없음도 잘 알고 있습니다. 하지만 감히 한 말씀 드리겠습니다. 라인 제국의 제안을 가볍게 생각하지 말아주십시오. 나라 밖의 먼 이야기라고 생각하지 말아주십시오. 라인 제국과 이케니아는 문화를 공유하는 운명 공동체임을 잊지 말아주십시오. 저희 측의 제안을 수용해 주신다면 더없이 기쁘겠지만, 거부하신다고 하더라도 모든 책무를 다했다는 마음으로 당당히 본국으로 돌아갈 수 있도록 의원 여러분들도 최선을 다하여 주십시오."

짧지 않은 발언이었지만 누구도 발언에 참견하거나 한눈

을 팔지 않았다. 과장된 부분이 없지는 않았지만 대국의 사절답지 않게 정중하면서도 진심 어린 발언이었다.

"흠흠……."

너무나도 간곡한 카토의 발언에 머쓱해진 카시우스는 헛기침을 했다. 카토의 발언은 '라인 측이 원하는 결론을 강요하지는 않겠다. 하지만 결론을 내리는 데 필요한 과정 자체를 방해하지는 말아달라'는 메시지였다. 이렇게까지 말하는데 라인 제국의 체면을 생각해 주지 않을 수 없었다. 민회 소집을 반대할 명분이 희박해져 버린 것이다. 게다가 카토의 발언에서는 빠졌지만 라인 제국이 양도한 군함은 고스란히 바렌 가문으로 넘어온 상태였다. 바렌 가문으로서도 라인 측의 요구에 당당할 수만은 없는 일이었다.

카시우스는 생각에 잠겼다. 이대로 표결을 진행할 것인가, 아니면 표결을 거부하고 민회로 넘길 것인가?

'곤란하군.'

쉽게 결정하지 못하는 카시우스의 속내였다. 하지만 확실한 것은 즉각적인 표결이나 민회 소집, 두 가지 다 그가 바라는 결론은 아니란 것이었다. 표결에서 승리한다는 보장도 없었고, 민회로 넘어가면 그 가능성은 더욱 희박해질 것이었다. 만약 이대로 토르피우스의 주장이 관철되어 버린다면, 자신은 물론이고 바렌 가문의 위상이 말이 아니게 될 터였다. 얼마 전 연맹 왕 선거에서의 참패도 있는지라 표결이라면 왠지 자신이 없어진 카시우스였다.

"의장님, 선임 의원으로서 휴회를 요청합니다. 다만 회의
의 재개는 내일로 했으면 합니다."

장고 끝에 카시우스가 내린 결론이었다. 일단은 지금의 회
의장 분위기가 너무나 부담스러운 까닭이었다.

카시우스가 휴회를 요청하자 토르피우스는 보일 듯 말 듯
한 미소를 지었다. 상대의 의도가 비공식적인 접촉을 통해 의
견을 조율해 보자는 뜻임을 알아챈 까닭이었다. 카시우스를
타협의 테이블로 끌어낸 것만으로도 이번 회의는 성공적이라
할 수 있었다.

"토르피우스 의원, 휴회 요청을 받아드리겠는가?"

카시우스의 휴회 요청을 접수한 아르테우스는 토르피우스
의 의중을 물었다. 천재지변 같은 특별한 경우가 아닌 이상
휴회 요청은 회의를 소집한 의원의 동의가 있어야만 받아들
여지게 되어 있었다.

"받아들이겠습니다, 의장님."

"알겠네. 오늘의 회의는 이것으로 마친다. 속개는 내일 이
시간에 하도록 하겠다."

아르테우스의 곧바로 휴회를 선언했다.

의원들은 저마다 의견을 나누며 빠르게 회의장을 빠져나
갔다. 찬성하는 쪽이던 반대하는 쪽이던 내일 회의를 대비해
나눠야 할 이야기들이 많았다.

의원들이 빠져나가고 나자 격론으로 달아올랐던 회의장은 금세 정적만이 남게 되었다. 회의장에는 10여 명의 인물들만이 남아 있었다. 아르제스와 칼쿨루스도 그중 하나였다.

"괜히 내 옆에 앉아서 자리만 불편했겠군."

먼저 입을 연 것은 아르제스였다.

"후후, 그렇지 않네. 조금 놀라긴 했지만 말이야."

"그렇다면 다행이군."

"하지만 미리 말해둘 것이 있네."

"음? 무얼 말인가?"

"나는 바렌가의 일원으로서 카시우스님의 결정을 따를 것이네. 하지만 알아두게. 나 개인의 의견은 자네와 같은 생각임을 말이야."

"훗, 자네답지 않은 낯간지러운 말이군. 사람이 너무 많이 변한 것 아닌가?"

"크크크, 이 귀족들의 정치 바닥이란 곳에 있다 보니 때로는 자네가 그리워지더군. 뭐, 그때나 지금이나 재수없긴 마찬가지이지만 말이야."

"하하하! 이제야 자네답군."

적막한 원형극장에 즐거운 웃음소리가 퍼져 나갔다.

*　　　　　*　　　　　*

국가의 문서에 '귀족'으로 등재되어 있는 가문만 해도 46개에 이르는 이케니아지만 3왕가로 불리는 가문들의 타협은 그 자체로 전체 귀족회의의 의견이나 마찬가지이다. 아르펜 가문이나 바렌 가문의 영향력은 말할 것도 없었고, 세노아 전쟁 이후에는 아르제스마저도 네모 및 세노아 출신 의원들의 상당한 지지를 받고 있었기 때문이다.

결국 파병에 대한 결정은 바렌가의 요구를 일정 부분 수용하는 선에서 마무리되었다. 당연히 토르피우스의 민회 소집 요청은 철회되었고, 전날과는 달리 회의도 표결로 빠르게 마무리되고 말았다.

굳이 라인 측에서 지목하지 않았더라도 파병군을 이끌 사령관으로는 아르제스가 최고의 적임자라는 것이 중론이었다. 하지만 그렇다고 해서 진통이 없었던 것은 아니다. 이케니아 연맹은 과두정의 형태이다. 과두정이 가장 경계하는 것은 소수의 인물이 지나치게 큰 권력을 손에 넣는 것이다. 그렇게 되면 왕정이나 제정과 다를 바가 없기 때문이다. 더구나 이케니아 연맹은 8개 도시국가의 집합체이기 때문에 특별히 이런 사안에 민감하게 반응했다.

토르피우스가 정치적 균형 감각을 가장 중요시하는 것도 이 때문이었다. 이런 관점에서 볼 때 아르제스는 상당히 곤란한 인물이었다. 연령 제한 때문에 중앙 공직에는 오르지 못하고 있지만 군사 최고직인 지역 사령관을 2번이나 역임한 인물이다. 거기에 특례를 인정받아 행정관의 직위까지 경험하고 있으니 나이에 비하면 지나치게 굉장한 경력을 지니고 있는 셈이었다.

만약 이번에도 아르제스에게 사령관의 직위를 맡기게 된다면 벌써 3번째이다. 아무리 3왕가의 중 하나인 가이우스가의 적통이라지만 도대체 20살도 되기 전에 사령관을 3번이나 역임한다는 것이 말이 되는 것인가? 개인에게 너무 큰 권력을, 그것도 다루기에 따라 위험해질 수도 있는 군사권을 부여하는 일에는 아무래도 신중해질 수밖에 없었다. 연맹 왕을 3번이나 연임하고 있는 아르테우스에 대해서는 잠잠하기만 한 귀족회의임을 감안하면 조금은 우스운 일이기도 했다. 하지만 귀족회의에도 책임이 없는 것은 아니었다. 정치적 타협의 소산이라고는 하지만 17살의 아르제스를 세노아 사령관으로 임명한 파격적인 결정을 내린 곳 역시 귀족회의였기 때문이다.

결국 아르제스의 사령관 취임은 통과되었지만 그 권한에 대해서는 상당한 제한이 가해졌다. 귀족회의의 우려와 정치적 균형을 고려하려는 노력이 어우러져 만들어낸 결과였다. 회의에서 결의된 전반적인 내용은 다음과 같았다.

1. 사령관의 장교 인선권과 징병권은 보장하되, 병사의 수는 4만을 넘을 수 없다.

2. 사령관직의 임명 기한은 3년으로 한다.

3. 2번 조항에 대해 1년마다 귀족회의에서 재신임을 거치고, 사령관의 임무를 수행하기 부적합하다고 판명될 시에는 즉각 사령관의 지위에서 해임된다. 이후 사령관의 자리는 부사령관이 승계한다.

4. 전시 국채의 발행 액수는 500만 데르로 한다. 자산이 5만 데르 이상인 시민은 의무적으로 구입해야 하며, 상환은 5년 이내로 완료한다. 단, 상환이 늦어지면 약정된 추가 이자를 지급한다.

5. 4번 조항에 대해 자산이 5만 데르가 넘더라도 직계가족 중에 종군자가 있으면 구입 의무를 면제한다.

6. 파병의 시기는 사령관이 결정하되, 내년 5월을 넘기지 않는다.

7. 1번 조항에 대한 예외로 부사령관의 인선권은 귀족회의가 가진다. 단, 인선은 내년 2월을 넘기지 않는다.

누가 보더라도 3번과 7번 조항은 아르제스를 견제하기 위해서 억지로 집어넣었다는 느낌이 강했다. 하지만 아르제스 본인은 순순히 귀족회의의 결정을 존중하겠노라고 말했다. 최소한 작전권에 대해서는 아무런 간섭을 받지 않았기 때문이다.

                    *   *   *

　파비우스 섹티우스가 수도 라인으로 돌아온 지 벌써 두 달
이 다 되어가고 있었다. 원래라면 그는 7, 8군단을 이끌며 다
음해 신임 사령관이 부임할 때까지 그라나디아의 숙영지에서
겨울을 나야 할 몸이었다. 그런 그가 라인으로 돌아온 것은
바로의 장례 절차 때문이었다. 아들을 두지 못했던 바로는 자
신의 상속인으로 섹티우스를 지명했고, 때문에 장례에 대한
모든 책임도 그의 몫이었다. 비록 바로의 유언과는 달랐지만
그의 화장식은 수도 라인에서 국장(國葬)으로 성대하게 치러
졌다.

　친인이 죽었을 경우, 고인을 기리며 상복을 입는 기간은 1년
이 보통이었다. 하지만 전쟁의 신전이 열려 있는 동안에는 상
을 치르는 기간이 30일을 넘지 못하도록 되어 있었기 때문에
바로의 상(喪)도 보름 전에 이미 끝난 상태였다. 하지만 모든
절차가 끝났음에도 불구하고 섹티우스는 군단으로 복귀하지
못하고 있었다. 지금 그에게는 원로원의 대기 명령이 내려진
상태였다.

　12월 27일. 원로의장인 클라텔로에게서 연락이 온 것은 영
문도 모른 채 라인에 발이 묶인 지 16일째 되는 날의 일이었
다. 다만, 원로회의에 출석하라는 공문이 아니라 클라텔로의

사저로 방문해 달라는 개인적 서신이라는 점에서 섹티우스의
예상을 벗어나기는 했지만 말이다.

클라텔로의 저택은 라인에서도 가장 고급 주택가인 '쌍둥
이 언덕'에 위치하고 있었다. 티투스 황제의 저택도 이 쌍둥
이 언덕 중 '높은 언덕'에 자리 잡고 있었다. 그에 비해 클라
텔로의 저택은 맞은편에 있는 '낮은 언덕'에 자리하고 있었
다.

섹티우스가 찾아간 시간은 해가 진 후 3시간이 지나서였
다. 횃불을 든 하인을 앞세우고 찾아간 클라텔로의 저택에는
이미 집사가 그를 마중 나와 있었다.

"파비우스 섹티우스님이십니까? 주인님께서 기다리고 계
십니다. 안으로 들어가시지요."

집사가 안내한 곳은 안뜰과 분수대 곁에 있는 아늑한 접견
실이었다.

"오오, 어서 오게나, 섹티우스."

"여전히 건강하시군요, 클라텔로 의원님."

명문가 사람들끼리는 평소에도 왕래가 잦은 편이었기에
두 사람은 서로를 익히 잘 알고 있었다. 가벼운 포옹으로 인
사를 마친 그들은 간단한 음식이 마련된 탁자를 마주하고 앉
게 되었다.

"이렇게 늦은 시간에 불러서 미안하네."

"영문도 모른 채 기다리는 고통에 비하겠습니까?"

약간의 불만과 답답함이 담긴 대답이었다. 그의 말에 토르피우스는 충분히 이해가 간다는 듯 껄껄 웃었다.

"허허허, 어지간히 속이 탔던 모양이군."

말을 마친 클라텔로는 잔에 든 음료로 입술과 목을 축였다.

"아마 자네에게 내려진 대기 명령의 이유가 무엇인지 무척이나 궁금할 테지. 자네를 부른 것도 그 이유를 말해주기 위해서이네."

"말씀해 주십시오."

조급해지는 마음을 억누른 섹티우스는 침착한 목소리로 답했다.

"황제 폐하와 원로원의 요청을 받아들인 이케니아가 에레냐드에 군대를 파견할 것이란 소식, 알고 있는가?"

"네?! 전혀 몰랐습니다."

"그럴 수도 있겠군. 파병이 결정된 지 열흘 정도밖에 되지 않았으니까. 그럼 자세하게 말해주지. 약 2달 전에 원로원 의원으로 구성된 사절단이 이케니아를 방문했네. 형식적으로는 축하 사절단이었지만, 실제로는 파병 문제를 논의하기 위한 비밀 사절단이었지. 그리고 얼마 전 열린 이케니아 귀족회의에서 우리의 제안이 정식으로 받아들여지게 되었고 말이야. 그런데 그 파병 동의안의 내용 중에는 라인 측에서 감찰관을 파견한다는 조항이 들어 있다네."

섹티우스도 바보는 아니었다. 그는 클라텔로가 자신을 부른 의도를 쉽게 깨달을 수 있었다.

"그 감찰관에 내정된 사람이 바로 저란 말씀이십니까?"

"그렇다네. 감찰관이자 부장(副將)의 자격으로 이케니아 군과 동행하며 정황을 라인으로 보고하는 임무일세. 작전 회의 참석권은 물론이고 지휘권도 부여될 것이네. 어떤가? 자네에게 어울리는 임무가 아닌가?"

섹티우스는 한동안 아무 말도 하지 못하다가 겨우 입을 열었다.

"너무도 갑작스런 이야기시군요, 의원님."

그가 당황해하는 것도 당연하다면 당연했다. 전혀 어떻게 되어가는 일인지 상황 파악이 되지 않았다. 그리고 원로원이 이케니아에 파병을 요청한 이유는 둘째 치고라도, 자신은 돌아가야 할 전장이 따로 있었다.

"저는 그라나디아 동북부군의 부관으로서 공적으로나 개인적으로나 해야 할 임무가 있습니다. 의원장님께서는 부디 이 점을 헤아려 주십시오."

무엇보다 바로의 복수를 하고 싶은 것이 그의 심정이었다. 이러한 그의 기분을 클라텔로가 모르는 것은 아니었다.

"자네의 복잡한 심정이야 나도 모르는 바는 아니네. 자네의 분노는 이미 그라나디아를 향하고 있겠지. 하지만 우리가 귀족이라는 허울 좋은 이름을 가지고 있는 이유는 그에 걸맞은 책무를 지고 있기 때문이네. 개인적 감정보다는 공복으로서의 의무가 우선되어야 하지 않겠는가?"

"…알겠습니다."

결국은 거절할 수 없었다. 돌려서 말하고 있기는 하지만 사실상의 명령이나 마찬가지인 까닭이었다. 아직 자신은 군인의 신분이었고, 원로원은 황제와 더불어 라인 제국의 2대 의결 기관이다. 인선이 공식화되기 전에 섹티우스를 부른 것은 일종의 예의에 불과한 것이었다.

"하지만 왜 저입니까?"

지금 이 순간 섹티우스가 가장 궁금해하는 점이었다. 감찰관의 직위이면 일반적으로 전직 법무관 급의 지위이다. 하지만 자신은 실전 경험은 풍부해도 감찰관이란 직위에 어울리는 명성이나 노련미는 뒤떨어지는 사람이었다. 이런 일을 맡아줄 경륜이 풍부한 인물들은 원로원에 차고도 넘친다.

"어리석은 질문이군, 섹티우스. 당연히 자네가 가장 적임자이기 때문이지. 다른 이유가 있을 것이라고 생각했는가?"

섹티우스가 원하는 대답은 아니었다. 하지만 그도 더 이상 캐묻지는 않았다. 어차피 시간이 지나면 자연스럽게 알게 될 일이었다.

"이케니아 군 파병 건으로 3일 후 원로원이 소집될 것일세. 그때 정식으로 임명될 것이니 그렇게 알아두게. 파병 결정에 대한 자세한 내용도 그때 들을 수 있을 것이네."

　　　　　　　*　　　　　*　　　　　*

　아르제스가 라인 제국의 파병 요청을 지지하기로 마음먹은 가장 큰 이유는 로메르 평원의 무상 임대와 조차지 건설의 허용이었다. 이것은 연맹 차원에서도 이익일 뿐만 아니라 네모 시와 자신의 입장에서도 크나큰 기회였다.

　하지만 이 파병의 정확한 목적이 무엇인지에 대해서는 아직 납득하지 못하고 있었다. 표면적인 목적은 일종의 '평화유지군'으로서의 역할임에 분명하다. 아직 라인화의 진행이 전무하다시피 한 에레냐드 북부 지방이라도 엄연히 라인 제국의 영토이기 때문이다. 그러나 역사를 살펴보아도 직접적인 전쟁의 위협이 없는 상황에서 동맹국의 원군을 요청하는 일은 전혀 전례가 없는 일이다. 물론 파병이라는 것 자체가 위험부담을 감수해야 되는 일이다. 하지만 자세한 정보가 부족한 상태로 무작정 출병할 수는 없는 일이었다.

　귀족회의에서 파병안이 통과된 지 나흘째 되던 날, 지휘관의 인선마저 뒤로 미룬 아르제스는 급히 네모로 길을 재촉했다. 다만 융만은 참모로 임관시킨 후 카라카스에 남겨둔 상태였다. 그를 이처럼 서두르게 만든 것은 네모 상업 조합의 이름으로 온 한 통의 서찰이었다.

　나흘간 쉬지 않고 달려 가이우스 별장으로 돌아온 그는 짐을 풀어놓기가 무섭게 발가르와 마르쿠서스를 대동한 채 네모 항구로 향했다.

"정말 자네는 사람을 놀라게 하는 데 일가견이 있군. 난데없이 파병은 뭐고, 왜 지금 항구로 가야 한다는 것인가?"

얼떨결에 따라 나오긴 했지만 물어볼 것이 산더미처럼 쌓여 있는 발가르였다.

"하하, 죄송합니다. 미리 서찰로 알려드렸어야 맞는 일이지만, 그럴 사정이 안 되었습니다."

가벼운 웃음으로 발가르의 불평을 무마한 아르제스는 조금 더 말의 발걸음을 재촉했다. 하지만 시내 한가운데서 급히 말을 몰 수는 없는 일이었다.

남문을 빠져나오자 성벽에 막혀 있던 바닷바람이 한꺼번에 몰려왔다. 완만한 경사 아래로 펼쳐진 네모 항구의 광경은 언제 보아도 장관이었다. 성문을 빠져나온 후에도 바로 선착장으로 향하지 않은 아르제스는 한참 동안이나 항구를 훑어보았다. 끝과 끝의 거리가 4킬로미터나 되는 거대한 항구였기에 원하는 것을 찾는 데 시간이 조금 걸렸다.

"가시죠."

이윽고 원하던 걸 찾은 표정이었다. 발가르와 마르쿠서스는 묵묵히 그의 뒤를 따랐다.

가까운 마방(馬房)에 말을 맡긴 일행은 동쪽 선착장으로 발걸음을 옮겼다. 그 길은 일행들에게 익숙한 길이었다. 선착장

동쪽은 상인들의 거리와 상업 조합 본부가 있는 방향이었기 때문이다. 하지만 아르제스의 목표는 그곳이 아니었다. 그가 발길을 멈춘 곳은 유난히 이질적인 배 한 척이 정박해 있는 선착장에 다다르고 나서였다.

"켈라바르 인들이었군요."

그제야 알겠다는 듯 고개를 끄덕이는 마르쿠서스였다.

"켈라바르?! 아, 자네가 전에 말했던 그 신비한 북부의 민족들이군."

직접 본 것은 처음이지만 아르제스로부터 이야기를 들은 발가르였다. 하지만 발가르가 놀란 것은 켈라바르 인들이라기보다는 그들의 배였다. 배에 대해 그리 해박한 지식은 가지 않은 그였지만 우티카 항에서 매일 배를 접하며 함대도 지휘해 본 그가 아니었던가? 켈라바르의 배가 중앙해를 오가는 배들과는 그 개념을 달리하고 있음은 쉽게 알아볼 수 있었다. 3개의 거대한 돛대와 복잡하게 얽혀 있는 밧줄. 갤리선에 비하면 유난히 높은 이물과 고물, 그리고 척 보기에도 두터워 보이는 짙은 색의 몸체. 그 몸체는 아마도 갤리선을 건조하는 데 쓰이는 삼나무가 아니라 가공하기는 힘들지만 튼튼하기 이를 데 없는 참나무 류의 목재로 건조된 것임에 틀림없었다.

발가르가 배를 보며 감탄하고 있는 동안 아르제스는 배에 걸쳐진 널빤지 아래에서 보초를 서고 있는 켈라바르 인에게로 다가갔다. 처음 만났던 때와 마찬가지로 그들은 어둡고 두터운 망토로 얼굴을 가리고 있었다.

화물에 몸을 기대고 서 있던 보초는 낯선 사람이 다가오자 가죽 덮개로 날을 가린 창을 가슴으로 끌어당겼다.

"누구십니까?"

말에 깃든 경계심만큼이나 발음도 꽤나 명확한 편이었다. 그 모습을 본 아르제스는 조금은 씁쓸한 심정이었다. 이처럼 남을 경계하는 것은 국제 상업항인 네모 항구를 드나드는 상인들이 취할 만한 태도는 아닌 것이다. 아직도 이들은 네모 항구에서는 이방인 대접을 받고 있구나 하는 생각이 들어서였다. 더불어 고지식한 켈라바르 인들의 태도는 지금도 여전하구나 하는 생각에 실소가 나오기도 했다.

"세바노프님을 만나러 왔소."

아르제스는 몰래 품고 온 켈라바르닌을 내비치며 세바노프의 이름을 대었다.

"아!"

켈라바르닌을 본 보초는 모자를 젖히며 아르제스를 향해 정중하게 인사했다. 아르제스와 세바노프 사이의 일화는 켈라바르와 네모를 오가는 선단의 일원이라면 모르는 사람이 없을 정도로 유명한 것이었다.

"기다려 주십시오. 여기서. 기별 전하겠습니다."

조금은 당황했는지 두서없는 말을 남긴 보초는 급히 배 안

으로 뛰어 들어갔다. 그리고 얼마 있지 않아 반가운 인물이
나타났다.

"아! 아르제스님!!"

환하게 웃음 지을 때면 어김없이 드러나는 송곳니만은 아
직도 적응되지 않는 아르제스였지만, 그렇다고 해도 반가운
감정은 조금도 덜어지지 않았다.

"세바노프님."

두 사람은 정중한 인사를 나누었다. 어찌 보면 격한 포옹이
어울릴 만한 장면이었지만 친구 사이라고 일컫기에는 서로를
대하는 태도가 아직 조심스러운 두 사람이었다.

"수송 함대의 선행선이 도착했다는 소식을 듣고 발걸음을
재촉한 보람이 있었군요."

"아! 일부러 저를 찾아오시느라 먼 길을 오신 것이군요. 미
리 인편으로 연락을 주셨으면 출항을 늦추고라도 기다려 드
렸을 터인데……."

"말씀은 감사하지만 어찌 그럴 수 있겠습니까."

피치 못할 사정으로 익숙하지도 못한 무역을 하는 세바노
프에게 그것은 차마 못할 짓이었다. 게다가 1월은 바다가 가
장 거칠어지는 시기이다. 그들의 발길을 붙잡아두는 것은 뱃
사람에 대한 예의가 아니었다.

인사를 나눈 그들은 배 안으로 자리를 옮겼다. 전에는 미처

느끼지 못했지만 배는 외형만큼이나 내부도 무척이나 특이했다. 이 배는 갑판 아래가 3층의 구조로 되어 있었다. 유난히 배의 높이가 높다는 것을 감안하더라도 놀랄 만한 일이었다. 밖에서는 보이지 않았지만 흘수가 굉장히 깊은 배라는 것을 짐작할 수 있는 일이었다.

세바노프의 선실은 배의 후미 쪽, 갑판 바로 밑 3층에 해당하는 곳에 위치하고 있었다. 화려하게 세공된 칼과 방패가 걸려 있는 벽면을 제외하고는 장식도 없는 깔끔한 방이었다.

"흠! 독특한 맛이군요!"

선원이 내어온 음료를 마셔보던 아르제스는 찡그리는 듯한 표정을 지으면서도 결국은 잔을 다 비웠다. 코가 얼얼해질 정도의 상당히 시큼한 맛이었지만 그다지 역겹다고는 생각되지 않았다.

"켈라바르의 전통 음료입니다. 양젖을 삭힌 것에 과일즙을 탄 것이지요."

"우와! 도련님, 이거 굉장히 맛있군요."

단번에 잔을 비워 버린 마르쿠서스는 입술에 묻은 것까지 혀로 핥으며 입맛을 다셨다.

'네 녀석이 맛있지 않은 게 세상에 어디 있겠냐?!' 라고 쏘아주고 싶은 심정이었지만 흐뭇한 표정으로 바라보는 세바노프 앞에서 차마 그럴 수 없었다.

그에 비해 발가르는 차마 시음할 엄두도 못 내고 있었다. 뱃멀미를 하는 것을 봐도 그렇지만 생긴 것에 비해서 유난히 비위가 약한 그였다. 결국 그의 잔은 마르쿠서스의 차지가 되고 말았다. 어이없다는 표정으로 자신의 몸종을 지켜보는 아르제스에게 세바노프가 먼저 말을 꺼내었다.

"일부러 먼 길을 재촉해 찾아오신 것을 보면 뭔가 중요한 일이 있으신 것입니까?"

"아, 네. 실은 부탁이 있어 찾아왔습니다. 다만 개인적인 부탁이라고 하기보다는 공인 된 입장에서의 부탁이라고 하는 게 맞겠지요."

"그러면 무역에 관한 부탁이십니까? 아니면 무슨 문제라도 있는 것입니까?"

"죄송하지만 아닙니다. 공인 된 입장이란 것은 에레냐드 파병군 사령관으로서의 입장을 말하는 것입니다."

"아?!"

의외의 대답에 조금은 놀란 표정을 짓는 세바노프였다. 그도 세노아 전쟁의 소식을 익히 알고 있었기에 아르제스가 군인의 신분이라는 것이 의외는 아니었다. 하지만 에레냐드 북부로의 파병이라니?! 전후 사정을 모르는 세바노프가 당황하는 것도 당연했다. 게다가 에레냐드 북부는 켈라바르와 3킬로미터 남짓한 해협을 사이에 두고 있는 곳이다. 남의 이야기로 치부할 수만은 없는 문제였다.

"부탁할 것이 무엇입니까?"

정중함과 친근함을 잃지 않으려 노력하고 있었지만 경계심이 드러나는 것은 지울 수 없었다. 험악하고 무표정한 평상시의 모습과는 다르게 감정을 숨기는 데 익숙하지 못한 것이 켈라바르 인들의 특징이었다. 하지만 아르제스가 그들의 입장을 모르는 바는 아니었다. 유난히 폐쇄적인 삶을 살아온 그들이고, 근래에는 식량난과 외침으로 시달리고 있는 상황이다. 민감하게 반응하는 것도 충분히 이해가 되었다.

"간단하게 말씀드리지요. 이케니아 연맹에서는 라인 제국의 요청을 받아들여 에레냐드 북부에 군대를 파견하도록 결정했습니다. 그리고 말씀드렸다시피 그 군대를 이끌 사령관으로 제가 선임되었습니다. 하지만 저는 에레냐드의 사정에 대해서는 전혀 밝지 못한 사람입니다."

"그쪽 지방에 대한 정보가 필요하다는 말씀이시군요."

"그렇습니다. 바다를 사이에 두고 있다고는 하지만, 에레냐드가 라인 제국의 속주가 되기 전까지는 북부의 카나이 족과 교류가 빈번한 편이었던 켈라바르가 아닙니까?"

"으음……."

세바노프는 한동안 생각에 잠긴 채 침묵을 지켰다. 아랫입술을 지그시 깨물고 있는 표정이었기에 날카로운 송곳니가 그대로 드러났다.

'입술에 구멍이나 나지 않을까 모르겠군.'

분위기와 어울리는 생각은 아니었지만 아르제스 나름대로
의 걱정인 셈이었다.

그에 비하면 세바노프는 과하다 싶을 정도로 심각해져
있었다. 나름대로 생각을 정리한 그는 힘들게 말문을 열었
다.

"정보가 필요하다는 것은 알겠습니다. 하지만 이케니아가
남의 땅에 군대를 파견하는 이유가 무엇입니까?"

세바노프로서는 당연한 의문이었다. 아르제스는 최대한
자세히, 그리고 긍정적인 방향으로 설명하기 시작했다. 이 이
야기는 발가르도 무척이나 궁금했던 것이기에 그도 귀를 기
울여 경청했다. 그리고 마지막으로 아르제스는 다음과 같은
한마디를 덧붙였다.

"친구로서 맹세하건대 켈라바르에 해가 되는 일은 없을 것
입니다."

우정이란 이름을 들먹이기에는 세상을 너무 많이 알아버
린 아르제스지만, 그 결심만은 가식적이지 않았다.

"알겠습니다. 협조해 드리겠습니다."

아르제스에게는 신세만 졌지 칼 한 자루를 제외하고는 제
대로 된 보답조차 하지 못했다. 세바노프는 이번 기회에 그런
미안함을 떨쳐 버릴 생각이었다.

"아! 감사합니다."

"하지만 조건이 있습니다."

어울리지 않는 미소를 지으며 말하는 세바노프였다.

"말씀하십시오. 법과 도리에 어긋나지만 않으면 다 들어드리겠습니다."

"하하하. 배는 얼마든지 태워 드릴 테니 직접 에레냐드를 둘러보시는 것이 어떻겠습니까?"

『아르제스 전기』 4권에 계속

외전

내전(內戰)

아르제스 전기

이틀째 내리고 있는 눈이 피와 죽음으로 얼룩졌던 땅을 위선의 가면처럼 뒤덮고 있었다. 하얀 입김을 뿜어내며 거친 숨을 몰아쉬던 티투스는 승자의 자격으로 눈앞에 펼쳐진 전장을 바라보았다.

한겨울에 숙영지를 공격하리라고는 미처 생각하지 못했던 일이지만 라인 제국의 정예 군단병들은 루마카 부족의 왕 브라티네스가 이끄는 5만 병력의 기습을 훌륭하게 방어해 내었다. 로메르 평원 이북에 있는 카나이 부족이 티투스에게 복종을 맹세한 상태에서 로메르 평원에 거점을 둔 에레냐드 최대의 부족인 루마카 족의 마지막 저항마저 격퇴시킨 것이다.

숙영지를 정할 때 6개 군단 모두를 로메르 평원에 주둔시키지 않고 2개 군단은 카나이 족의 수도인 우르손에 주둔시킨 것이 주요한 셈이었다. 만약 그러지 않았다면, 6개 군단이 한곳에 모여 있다고 하더라도 남북에서 치고 오는 10만 이상의 적군에 포위되어 버렸을 것이다.

겨울철에 감행한 마지막 공격마저 실패하자 루마카 족은 즉시 강화 사절을 파견하여 루마카 족의 모든 재산과 생명을 티투스의 보호 아래 맡기겠노라고 맹세했다. 티투스는 라인 제국의 전통에 따라 그들의 항복을 받아들일 생각이었지만, 전장의 상리에 어긋나는 행동으로 겨울에 기습을 감행한 브라티네스만은 용서할 수가 없었다.

그는 강화 사절에게 루마카의 왕이 직접 라인 제국의 볼모가 되지 않으면 자신은 날이 풀리자마자 모든 군대를 일으켜 루마카 족을 에레냐드에서 몰아내겠다고 엄포를 놓았다. 대신 브라티네스가 볼모가 되더라도 그의 장자가 왕위를 계승할 수 있도록 자신이 보장해 주겠다는 조건은 제시해 둔 상태였다.

결국 브라티네스는 눈물을 머금고 스스로 볼모가 되고 말았다. 함께 라인 제국에 대항해서 싸우겠다고 맹세했던 카나이 족은 이미 자신들에게 등을 돌려 버렸고, 지난해 가을부터 로메르 평원 한가운데 진을 치고 앉아버린 라인 군단 때문에 50만이나 되는 루마카 족은 싸워서 죽은 자보다 굶주림에 죽은 자들이 더 많을 지경이었다.

전쟁 초반, 압도적인 수를 믿고 라인 군단과 회전을 벌였던 것이 가장 큰 패인이었다. 라인 제국이 에레냐드 지방을 노리고 있다는 소식에 주위 부족까지 규합하여 싸울 수 있는 모든 남자들을 동원한 그는 12만의 대군을 이끌고 로메르 평원 남부에서 티투스가 이끄는 6개 군단, 4만 8천의 병력과 부딪치게 되었다. 하지만 머릿수만 많았지 개개인의 전투력이 라인 군단병에 비해 현저하게 떨어지는 루마카의 병사들은 라인 군단의 전술 아래 철저하게 유린되고 말았다. 무엇보다 지형을 이용한 장기전이 아닌 평지에서의 회전으로 성급하게 결말을 내고자 한 것이 실수였던 것이다.

돌이켜 보면 그 한 번의 전투로 사실상의 승패는 결정되어 버린 것이나 마찬가지였다. 현 라인 제국의 황제이자 자신의 아버지인 테레니우스가 건강의 악화로 제국 수도 라인으로 귀환한 지 1년, 라인 제국이 에레냐드 원정을 시작한 지 3년 반 만에 티투스의 손에 의해 에레냐드 지방이 완전히 평정된 것이다.

에레냐드 지방의 평정은 라인 제국으로서는 큰 의미를 가지는 일이었다. 중앙해 북부 최대의 곡창 지대 중 하나인 로메르 평원이 라인 제국의 손에 들어왔기 때문이다. 서라인 지방이나 라인 제국과 동맹 관계인 플라베니아 왕국도 중앙해에서 유명한 밀의 산지이지만 나날이 늘어가는 라인 제국의 영토와 시민들을 생각해 보면 결코 풍족한 수준은 아니었다. 그렇기에 안정된 밀의 수급지로써 에레냐드 남부를 확보하기 위한 노력은 이케니아 반도 북부의 토르카 인들을 몰아낸 이후부터 꾸준히 계속되어 왔던 것이다.

티투스는 평범한 황자는 아니었다. 황궁에서 호사스러운 생활을 누린 기억보다는 원정을 떠나는 테레니우스를 따라 험한 전장을 전전한 기억이 더 많은 인물이었다. 철이 든 이후로 라인의 황궁에는 발을 디딘 적도 없다. 하지만 그는 그러한 자신의 생활에 전혀 불만을 가지지 않았다. 티투스는 누구보다 아버지 테레니우스를 존경했으며, 적지에 라인 제국 황제의 깃발을 휘날리게 만드는 일을 매우 영광스럽게 생각하고 있었다. 그렇기에 아버지가 못다 한 일을 자신의 손으로 해내었다는 자부심에 잔뜩 고무되어 있었고, 에레냐드 정벌에 대한 영광을 수도 라인에 있는 테레니우스에게 바칠 작정이었다.

*　　　*　　　*

한겨울의 늦은 오후였다. 모든 공무가 오전에 끝나는 라인 제국의 관습상 원로원 회의장 앞의 포룸이 의원들로 붐빌 이유는 없었지만 오늘만은 아니었다.

구름 낀 날씨만큼이나 포룸에 모인 사람들의 표정도 어두웠다. 그들은 서너 명씩 모여 심각한 표정으로 머리를 맞대고 논의에 논의를 거듭하고 있었다. 원로원의 두 의장인 클라텔로와 라비아누스라고 예외는 아니었다.

"이제는 가망이 없다는 것이 사실인가?"

동료 의장인 클라텔로에게 말하는 라비아누스의 목소리에는 근심이 가득 담겨 있었다.

"의사의 말로는 그렇다고 하는군. 하긴 6개월 넘게 거동도 제대로 못하셨으니까 말이야."

"그렇다면 자네가 어서 감돌피노 언덕으로 사람을 보내야 하지 않겠는가?"

라비아누스가 말하는 감돌피노 언덕은 단순한 의미의 장소가 아니었다. 그곳은 최고신을 모시는 신전이 있는 곳으로서 종교적으로나 정치적으로나 매우 중요한 장소였다.

"테오투스 밀로에게 미리 이야기는 해둬야겠지만, 원로원 의장인 우리가 함부로 나설 일은 아닌 것 같네. 폐하의 유언장에 대한 책임은 어디까지나 최고 제사장인 밀로의 몫이니까 말이야."

차분한 클라텔로의 말에 라비아누스도 가만히 고개를 끄덕였다. 하지만 한 달 전부터 제국 수도 라인을 지배하고 있는 무거운 분위기는 라비아누스를 불안하게 만들고 있었다. 황제의 승하가 기정사실처럼 받아들여지게 되자 수면 위로 떠오른 후계 황권에 대한 갈등이 원인이었다.

라인이 공화정의 전통을 깨고 제정의 길로 접어들었을 때 많은 지식인들이 가장 걱정했던 부분은 바로 황위 다툼으로 인한 국가의 내분이었다. 하지만 그런 우려가 기우였음을 증명하듯 제정 초기의 황제들은 황위를 물려주는 데 핏줄에 연연하지 않았다. 자기 자식보다 더 황제에 어울리는 사람이 있다면 그에게 황위를 물려주는 데 주저함이 없었던 것이다.

그리고 시간이 지나 황자에게 황위를 물려주는 것이 당연하게 여겨지게 되었을 때도 다음 황제의 위(位)는 혈통이 아니라 전적으로 전대 황제에 의해 결정된다는 법은 유지되고 있었다. 그리고 그 법은 황자일지라도 재능이 없으면 황위에 오르지 못한다는 전통을 정당화해 주고 있었기에 황자들은 끊임없는 노력으로 자질을 기르게 되었다.

하지만 200년에 이르는 제정 라인의 역사에서 흠잡을 데 없는 황제의 자질을 갖춘 두 사람의 황자가 같은 황제의 아들로 태어난 것은 단연코 이번이 처음이라고 할 수 있었다. 그리고 많은 시민들은 이들 두 황자가 라인 제국을 이끌어갈 쌍두마가 될 것임을 누구도 의심하지 않았다.

하지만 지나친 복은 오히려 화가 되기도 하는 법이다. 문제는 원로의원들을 위시한 귀족이었다. 뛰어나지만 너무나도 대립적인 재능을 지닌 두 황자였기에 귀족들 사이에서도 선호하는 황자에 대한 의견이 너무도 분분한 까닭이었다. 어차피 라인 제국에 장자 계승의 전통은 없었기에 누구나 황제가 될 자격을 갖추고 있었다.

라비아누스가 가장 경계하는 것도 바로 이런 점이었다. 그는 지나치게 과열된 지금의 분위기가 걱정이었다. 이 상황을 현명하게 헤쳐 나가지 못한다면 자랑스러운 라인 제국의 역사에 크나큰 오점을 남길지도 모른다는 생각이 초로의 라비아누스를 괴롭히고 있었다.

*   *   *

테오투스 밀로도 제국 수도 라인을 휘감고 있는 고요의 폭풍과도 같은 무거운 분위기를 온몸으로 느끼고 있었다. 더구나 자신은 그 폭풍의 중심에 서 있다고 할 수 있었다.

"으음……."

그는 무거운 심정으로 눈앞에 서 있는 거대한 최고신의 석상을 바라보았다.

넓은 신전 안에서 홀로 무릎을 꿇고 앉아 조용히 신과 대면을 하고 있노라면 마음이 한없이 가벼워진다. 그리고 밀로에게는 그런 마음의 평화가 절실하게 필요한 시점이었다.

하지만 그런 마음의 평화는 잠시뿐이었다.

저벅! 저벅!

대전을 울리는 무거운 발걸음 소리와 함께 수십 명의 근위병이 신전 밖의 복도에 도열하였기 때문이다. 그리고 신전의 어스름함을 뚫고 토가를 입은 한 인물이 조용히 모습을 드러내었다. 최고신의 신전은 신성한 곳이다. 이곳에 군인들이 발을 디딜 만한 이유는 지금으로선 단 한 가지밖에 없었다.

"클라텔로, 자네였구먼. 자네가 직접 온 것을 보니 때가 온 것인가?"

밀로는 어스름함 속에서도 지금 나타난 인물이 원로원 의장이자 자신의 오랜 친구인 클라텔로임을 금방 알아보았다.

"그렇다네, 밀로. 1시간 전에 황제 폐하께서 승하하셨네."

어차피 시간문제였고, 이미 짐작하고 있었던 일이다. 그래도 무거운 마음은 조금도 나아지지 않았다.

"어쩌다가 참으로 무거운 짐을 떠맡게 되었군."

처연한 웃음소리였다.

라인 제국에 어떠한 풍파를 몰고올지 모르는 유언장이었지만, 황제의 유언장을 관리하는 것은 엄연한 자신의 책임이었다.

라인 제국의 귀족들은 자신의 건강이 나빠지거나 혹은 생사를 알 수 없는 전쟁터로 나갈 때면 으레 유언장을 남기고, 그것을 신전의 사제에게 위탁하게 된다. 물론 죽기 전까지 유언장은 얼마든지 수정이 가능했고, 만약 자신이 죽는다면 대광장에서 사제가 직접 유언장의 내용을 공표하게 된다. 그리고 그것은 테레니우스 황제도 예외가 아니라서, 에레냐드에서 돌아온 후 유언장을 작성하여 최고신의 신전에 봉인해 둔 상태였다.

밀로는 몸을 일으켜 조용히 신전의 깊은 곳으로 향했다. 그런 후 한참이 지나서야 은으로 정교하게 세공된 작은 상자 하나를 들고 다시 나타났다.

'무겁군.'

어린아이도 들 수 있을 만한 무게의 상자였지만 밀로에게는 라인 제국 전체의 무게와도 같이 느껴졌다.

"출발하지."

클라텔로는 밀로의 무거워 보이는 발걸음을 재촉했다.

*　　　*　　　*

제국 수도 라인으로 보낼 전리품을 준비하던 티투스에게 황제의 승하를 알리는 비보가 날아든 것은 에레냐드를 완전히 복속시킨 지 열흘 만의 일이었다. 그 소식을 들은 티투스는 비통한 심정으로 오열하고 말았다. 에레냐드에서의 승리를 알리도록 급파한 사신이 당도하기도 전에 아버지 테레니우스가 승하한 까닭이었다.

티투스는 전 군단병에게 3일 동안 금주령을 내리고 선대 황제를 추모하도록 했다. 그리고 빠르게 군단을 정비하도록 지시한 후 자신은 수도로 돌아갈 준비를 서둘렀다.

하지만 황제의 승하 소식이 전해진 지 일주일 후 또 다른 서신이 티투스에게 도착했다. 원로원과 티투스의 형인 에밀리우스의 이름으로 된 서신이었다.

"이것은 수치입니다! 총사령관님!!"
전직 법무관 출신의 부관 루키우스는 격앙된 목소리로 원로원의 처사를 비난했다.

지금 총사령관의 막사에는 군단장 급 이상의 주요 지휘관들은 모두 모여 있는 상황이었다. 그리고 그들을 흥분하게 만들고 있는 것은 라인으로부터 도착한 한 통의 서찰이었다.

3일 동안 면도를 하지 않았기에 까칠해진 턱수염을 습관처럼 매만지던 티투스는 깊은 생각에 잠겨 있었다. 그리고 지금 그의 심정은 비탄과 슬픔을 넘어 혼란과 분노로 치닫고 있었다.

어차피 티투스는 황위에 그다지 집착을 가진 인물은 아니었다. 그는 그저 아버지와 형님을 존경하는 아들이자 동생일 뿐이었고, 전통대로 차기 황권의 결정은 전적으로 아버지 테레니우스 황제의 몫이었다. 하지만 자신 앞에 놓인 이 한 통의 서찰은 그런 티투스의 진심을 사정없이 짓밟고 있었다.

…선황 테레니우스의 아들이자 에레냐드 군단의 총사령관인 티투스는 후임 총독에게 2개 군단을 양도한 후 즉시 수도

로 귀환할 것을 명한다. 총독에게 양도할 군단병을 제외한 나머지 군단은 남토르카와 서라인의 경계에 도착하기 전에 모두 해산되어야 하며, 티투스는 에밀리우스 황제의 즉위식과 테레니우스 선황의 장례식이 끝나기 전까지는 라인 본국의 경계를 넘지 말고 대기하여야 한다. 이상이 에밀리우스 황제와 라인 제국 원로원의 결의이다.

'이것이 정녕 형님의 뜻입니까……'
티투스는 고개를 숙인 채 속으로 괴로워하고 있었다.
황제의 자리 따위야 얼마든지 에밀리우스에게 양보할 수 있었다. 하지만 아버지의 장례식에도 참석하지 못하게 하는 것은 자식으로서 참을 수 없는 일이었다. 그리고 무엇보다 라인으로 귀국하기 전에 모든 군단을 해산하라고 명령하는 것은 자신을 불신하고 있다는 노골적인 표현이라고 생각했다. 물론 일부 원로원들의 부추김도 있었겠지만, 티투스가 아는 한 에밀리우스는 그런 부추김에 근본이 흔들릴 사람은 아니었다. 즉, 이 모든 것은 에밀리우스의 확고한 자기 의지라고 보는 편이 옳았다.
욕심이 없는 사람도 믿음을 배신당하면 무섭게 달라지는 법이다. 에밀리우스는 자신의 가장 든든한 지지자가 되어주었을 동생 티투스를 분노하게 만든 셈이었다. 티투스는 그런 감정을 속으로 갈무리했다. 아직은 자신의 진심을 드러내지 않기로 한 것이다.

"일단은 원로원의 결정대로 이곳을 정리하고 퇴각을 준비하도록 한다."

티투스는 담담하게 말했다.

"하지만 총사령관님! 원로원의 처사에 항의 서한이라도 보내는 것이……."

"이것은 명령이다! 루키우스!"

"아! 네… 명을 받들겠습니다, 총사령관님."

티투스의 단호한 말에 루키우스도 입을 다물고 말았다. 가장 크게 상처를 받았을 티투스의 심정을 생각한다면 다른 사람들은 침묵을 지켜주는 것이 옳았다.

*　　　　*　　　　*

격론이 이어졌던 원로원 회의가 끝난 회의장에는 클라텔로와 라비아누스만이 남아 있었다. 클라텔로는 근심 가득한 표정이었고, 라비아누스는 무언가 단단히 결심한 듯한 눈빛이었다.

"라비아누스, 나는 아직 이 일을 확신할 수가 없구먼."

"이해하네, 클라텔로……. 나조차 확신을 가질 수 없으니 당연한 일이겠지. 하지만 이런 논란은 빠르고 단호하게 마무리하는 편이 좋다는 것은 확실하네."

"그렇지만… 티투스님이 어떤 반응을 보일 것인지가 가장 걱정이네."

클라텔로로서는 이 부분이 가장 걱정이었다. 6개 정예 군단을 휘하에 둔 채 에레냐드에 주둔하고 있는 티투스의 결심에 따라 자칫 하면 내전으로 번질 수도 있는 문제였기 때문이다.

"나도 티투스님의 성품을 잘 알고 있네. 그분은 타고난 무장이지만 담담한 성품과 더불어 효심이 지극한 분일세. 선황의 유언이 에밀리우스 황자를 지명하고 있으니 티투스님도 결국은 받아들일 수밖에 없을 것이네. 그리고 그때야말로 티투스님의 검과 에밀리우스님의 방패가 하나가 되어 라인 제국의 황금시대를 열어가게 될 것이네."

이렇게 말하는 라비아누스의 목소리에는 열정이 깃들어 있었다.

"자네 생각이 옳기만을 바랄 뿐이네……."

클라텔로는 텅 빈 회의장의 한기에 옷깃을 여미며 낮은 음성으로 말했다. 하지만 불행히도 라비아누스의 생각은 틀린 것이었다.

*　　　*　　　*

티투스는 에레냐드 지방에서 약탈한 전리품을 가득 실은

수레와 함께 전령을 수도로 보내어 새로운 황제의 등극을 축하하고, 자신이 원로원의 결정을 충실하게 따를 것임을 알리게 했다.

하지만 전령을 통해 수도에 전하게 한 내용과는 달리 제7군단을 제외한 나머지 5개 군단에게는 출동 명령을 내렸다. 아직 1월 중순이라 군대를 움직이기에 적합한 계절은 아니었지만 라인으로 남하해 간다면 토르카 지방의 혹독한 기후에 익숙해진 병사들이 못 견딜 정도의 추위는 아니었다.

티투스의 군대는 강행군 끝에 20일 만에 남토르카 속주와 서라인의 경계에 도착할 수 있었다. 하지만 그는 군대를 해산시키지 않고 모든 군단을 이끌고 서라인으로 진입하였다. 그리고 오르피우스 가도를 따라 무서운 기세로 제국 수도 라인으로 향하기 시작했다.

하지만 모든 지휘관이 티투스의 행동에 찬성한 것은 아니었다. 서라인에 진입하기 직전, 티투스가 자신의 생각을 지휘관들에게 밝혔을 때 티투스의 심복이자 라인 제국 최고의 정예 군단인 3군단의 군단장 파르티스가 반대하고 나선 것이다. 파르티스의 반대는 티투스는 물론 다른 그 누구도 예상하지 못한 것이었다. 파르티스는 7년의 세월 동안 티투스를 보좌했던 측근이었고, 군사적 면에 있어서는 티투스에게 스승과도 같은 존재였기 때문이다. 당황한 티투스가 그를 설득하기 위해 필사적으로 노력했지만 파르티스의 주장은 의외로 완고했다.

파르티스의 심정도 복잡했다. 자신이 모셨던 티투스는 권력만을 지향하는 사람이 아니었고, 항상 라인 제국의 영광을 위해 자신을 버릴 줄 아는 사람이었다. 파르티스가 존경했던 티투스는 바로 그런 모습이었다. 파르티스로서는 그런 티투스가 동족의 피를 흘리게 될 내전을 일으키는 것에 결코 동의할 수 없었던 것이다.

결국은 티투스도 파르티스를 설득시키는 것을 포기했다. 그는 즉시 3군단을 해산하고 지휘관들을 감금하였으며, 해산된 3군단의 병사들은 나머지 군단으로 흡수시켰다. 티투스로서도 가슴 아픈 일이 아닐 수 없었지만, 일단 내전을 일으키기로 한 이상 최대한 신속하고 일사불란하게 움직여야 했다. 그것만이 피를 적게 흘릴 수 있는 유일한 방법이었기 때문이다.

*　　　*　　　*

3군단의 대대장 급 이상의 지휘관들은 모두 감금되었지만 파르티스의 심복이자 부군단장인 발가르만은 운 좋게 탈출에 성공할 수 있었다. 라인 제국의 영광과 그 역사를 함께해 온 3군단의 맥이 끊어지는 것을 우려한 파르티스의 마지막 배려 덕분이었다.

눈물을 머금고 도망자의 길을 택한 발가르는 서라인의 항구 도시 티아나로 향하고 있었다. 갑옷은 모두 벗어버리고 라인 군단의 부군단장임을 상징하는 문신이 새겨진 오른팔은 붕대로 감아둔 상태였다.

그는 급하게 도망치면서도 티투스가 내전의 승자가 되리라는 사실을 조금도 의심하지 않았다. 티투스는 에레냐드에서 출발해 남토르카 지방을 지나면서 지방 총독의 충성을 받아내었다. 게다가 그라나디아의 총독은 티투스의 심복이라고 불리는 인물이었다. 그라나디아와 남토르카 속주의 총독이 티투스를 지지하는 상황에서 에밀리우스가 가지고 있는 병력은 헤르마니아에 주둔하고 있는 4개 군단과 수도를 지키기 위해 배치된 제1군단밖에 없는 상황이다. 하지만 헤르마니아에서 제국 수도 라인까지는 행군 속도로 보름도 더 되는 거리였고, 론 제국이 호시탐탐 노리고 있는 헤르마니아에서 군대를 철수시킨다는 것 자체가 어불성설이었다.

그에 비해 에레냐드를 평정한 티투스가 이끄는 4개 군단의 2만 5천 병력은 가도를 타고 이미 수도의 코앞까지 진군한 상태였다.

더구나 이것은 적국과의 싸움이 아닌 내전이다. 에밀리우스의 입장에서는 라인의 시민을 볼모로 한 수성전을 벌일 수도 없었고, 내부에서도 티투스의 지지자들에 의해 상당한 정치적 압박을 받고 있을 것임에 분명하였다. 아무리 생각해 봐도 에밀리우스 황제가 이길 승산은 없어 보였다.

　그리고 일단 내전이 끝나면 필연적으로 숙청이 시작될 것
이었다. 그 숙청을 피하기 위해 지금 발가르가 향할 수 있는
곳은 이케니아 반도밖에 없었다. 북중앙해에서 라인 제국의
영향력이 닿지 않는 곳은 기껏해야 토르카 지방의 오지밖에
없었지만, 이케니아 반도는 라인 제국의 동맹국이면서도 철
저하게 중립을 유지하고 있었다. 일단 국외로 벗어나기만 하
면 라인 제국의 법률상 중범죄자라도 처벌받지 않음을 발가
르는 잘 알고 있었다.

　　　　　*　　　　　*　　　　　*

　선황 테레니우스의 장례식과 에밀리우스의 즉위식으로 떠
들썩해야 할 라인이지만 지금의 라인을 지배하고 있는 것은
엄청난 혼란과 공포였다. 에레냐드에서 군대를 일으킨 티투
스가 거침없이 진군하여 이미 베콘 강을 넘어 동라인에 도착
했다는 소식이 전해진 까닭이었다. 동라인과 서라인의 경계
가 되는 베콘 강에서 수도 라인까지는 군단병의 행군 속도로
겨우 사흘 거리에 불과했다.

　이 소식에 누구보다 침통해한 사람은 에밀리우스였다. 그
토록 권력에 담담했던 동생 티투스가 내전을 일으킨 것에 당

황하기도 했지만, 자신의 부족함과 욕심이 동생으로 하여금 칼을 들도록 만든 것만 같았기 때문이다.

에밀리우스도 자신에게 승산이 없다는 것을 알고 있었다. 편지로는 원로원과 자신의 결정을 따르겠다고 일러 방심하게 만든 후, 한겨울에 병사를 움직여 전광석화와 같은 움직임으로 진격해 올 줄은 꿈에도 상상치 못한 일이었다. 더욱이 자신에게는 수도 방위를 담당한 제1군단밖에 없었고, 그마저도 실전 경험이 일천하여 오랜 전쟁에 단련된 티투스의 군단에 비할 바가 못 되었다.

물론 티투스도 이러한 사실을 잘 알고 있었다. 비록 전투 한 번 벌어지지 않은 상황이었지만 이미 내전의 승자는 바로 티투스, 그 자신이었다. 수도를 35킬로미터 거리에 두고 진군을 멈춘 티투스는 에밀리우스에게 항복을 권고하는 서찰을 보내었다. 아무리 독한 마음을 먹고 일으킨 내전이지만 무의미한 전투로 동족의 피는 흘리고 싶지 않았다.

상황이 이렇게 되자 에밀리우스의 지지자들은 일단 제1군단과 함께 헤르마니아 섬으로 물러서자고 진언하였다. 수도는 내어줄 수밖에 없지만 헤르마니아에 있는 4개 군단과 군선의 힘이라면 군사적으로는 대등한 싸움을 할 수 있다는 이유였다.

하지만 에밀리우스는 그들의 주장을 받아들이지 않았다. 스스로 티투스에 맞서 싸울 의지를 잃어버린 이유도 있었지만, 헤르마니아로 퇴각하는 것이 미봉책에 불과하다는 점을 잘 알고 있었던 까닭이다. 본국에서의 지원이 끊긴 헤르마니아 섬을 5개 군단만으로 론 제국의 침공으로부터 지켜낼 자신도 없었고, 속주에 지지 기반을 두지 못한 자신이 수도를 버린다는 것 자체가 이미 돌이킬 수 없는 패배를 의미하는 것이었다.

하지만 에밀리우스의 자포자기한 모습에도 불구하고 원로원의 의장이자 에밀리우스의 가장 큰 지지자인 라비아누스는 1군단에 출진 명령을 내렸다. 군사에는 문외한인 라비아누스라도 이것이 이길 수 있는 싸움이 아니라는 것쯤은 알고 있었다. 그는 다만 자신이 할 수 있는 마지막 일을 한 것뿐이었다.

*   *   *

수도를 지키는 자랑스러운 제1군단으로서 눈앞에 적을 두고 망설이는 것은 있을 수 없는 일이었지만 병사들의 표정은 두려움과 주저함으로 얼룩져 있었다. 자신들에 비해 상대는 3년간의 전쟁에서 승리를 거듭한 고참병의 집단이었다. 거기에다가 동포를 향해 칼을 겨누고 있다는 사실만으로도 그들의 사기는 땅에 떨어져 있었던 것이다.

그에 반해 티투스의 군단병들은 달랐다. 수년간 죽음과 가장 가까운 곳에서 싸워왔던 그들이었기에 제1군단의 병사들과 같은 망설임은 없었다. 그리고 그들은 더 이상 물러설 곳이 없는 '반란군'의 신분이었다. 명령만 내려준다면 동족의 피라도 기꺼이 흘릴 준비가 되어 있었다.

티투스는 진영의 선두에 서서 자신의 앞을 막아서고 있는 1군단의 모습을 바라보았다. 사람의 얼굴을 알아볼 수 있을 리 만무한 먼 거리이지만 오랜 세월 전장을 누벼온 티투스는 한눈에 1군단의 사기가 땅에 떨어져 있음을 알아보았다.

보통의 경우는 병력이 압도하는 상황이라도 진형을 정비하고 모든 준비가 완료된 후에 전투를 시작하는 것이 회전의 정석이다. 하지만 티투스는 망설이지 않고 바로 행동에 들어갔다. 넓게 포진한 후 곧바로 3면에서 감싸듯이 진격해 버린 것이다.

그리고 승패는 병사들이 부딪치기도 전에 결판이 나버렸다. 티투스 군단의 압도적인 기세에 눌린 1군단 병사들의 대부분이 도주하거나 무기를 버리고 항복해 왔기 때문이다.

티투스는 무의미한 살육을 엄하게 금지하고, 포로로 잡힌 1군단 병사들도 무장만 해제한 채 곧바로 석방 조치했다. 그리고 그들에게 자신이 내전을 일으킨 것은 절대로 황위에 대한 개인적 욕심이 아니었으며, 어떠한 경우라도 시민들의 생명과 재산에 위해가 가는 일은 없을 것임을 거듭 강조했다. 이로써 에밀리우스가 가진 모든 군사력이 무력화된 셈이었다.

그런 티투스의 말은 석방된 병사들을 통해 빠르게 퍼져 나갔다. 그리고 이 패배의 소식을 들은 에밀리우스는 티투스에게 가족들의 목숨을 부탁한다는 글을 남기고 스스로 독배를 마시는 자결을 택하였다. 그의 나이 41세였다.

*   *   *

클라텔로는 에밀리우스 황제의 기구한 운명에 슬픔을 감추지 못했다. 비록 자신은 대외적인 중립을 유지하면서 은연중 티투스를 지지해 왔던 인물이지만, 결코 에밀리우스의 재능을 낮게 생각한 적이 없었다. 그의 죽음은 그야말로 라인 제국 전체의 비극이었다. 그리고 슬픔은 거기에서 그치지 않았다.

"아… 무슨 말을 해주어야 할지 모르겠네."

라인을 떠나기 전 은밀히 자신을 찾아온 친구 라비아누스를 바라보는 클라텔로의 마음은 침통하기 이를 데가 없었다. 에밀리우스와 티투스 사이에서 항상 균형을 잃지 않았던 자신과는 달리 라비아누스는 1황자 에밀리우스를 적극적으로 지지한 인물이었다. 그것은 에밀리우스의 재능을 높이 산 이유도 있었지만, 무엇보다 선황 테레니우스의 유언을 충실히 받든 탓이었다. 하지만 이제는 그 선택이 그를 죽음의 위기로 몰아넣고 있었다.

"허허허, 내 걱정은 하지 말고 자네 몸이나 건사하시게. 나야 가족들과 함께 이케니아로 피하면 그만 아니겠나. 다만 에밀리우스님을 끝까지 지켜드리지 못한 것이 평생의 한이 될 뿐일세."

라비아누스는 애써 담담한 표정을 지었다.

"부디 몸조심하게. 수도의 정세가 안정되는 대로 내 반드시 자네의 구명 운동을 벌일 것이니 조금만 참고 견뎌주게."

"고맙네, 클라텔로."

둘도 없는 친우이지만 운명이 엇갈려 버린 두 사람은 손을 굳게 맞잡은 채 다음에 만날 것을 기약했다. 하지만 이것이 그들의 마지막 만남이었다.

그날 밤 가족들과 함께 몰래 라인을 빠져나간 라비아누스는 클라텔로가 마련해 준 배편으로 배콘 강을 건넜고, 그 길로 곧바로 티아나로 향하기 시작했다. 이미 라인 제국의 새로운 주인으로 결정된 2황자 티투스였지만 아직 모든 도시가 그의 지배하에 놓여 있는 것은 아니었다.

*　　　*　　　*

티아나는 서라인 지방의 서부 해안에 위치한 도시로 이케니아 반도 및 플라베니아 왕국, 남토르카 속주를 바닷길로 이어주는 해상 관문 도시이다. 그렇기에 티아나 항구가 사람들과 배들로 혼잡한 것은 결코 이상한 일은 아니었다. 하지만 그날의 혼잡함은 평상시의 그것이 아니었다.

"제기랄!!"

무사히 티아나에 도착하는 데 성공한 발가르였지만 배가 없다는 선원의 말에 저절로 입에서 욕이 튀어나왔다. 하지만 정말 배가 없는 것은 아니었다. 겨울이라 항구가 배들로 꽉 찬 것은 아니었지만 상당히 많은 수의 배들이 항구에 정박하고 있었던 것이다.

정말로 문제가 되는 것은 뱃삯이었다. 후환을 두려워한 라인 제국의 선박들이 도망자들의 승선을 거부했기에 대부분의 도망자들이 타국의 상선으로 몰려 뱃삯이 천정부지로 뛰어버린 것이다. 하지만 군 복무 중에 군단을 빠져나온 발가르가 그 많은 돈을 가지고 있을 리 없었다.

"이보시오! 이 돈으로 어떻게 안 되겠소? 어떻게 한 사람을 더 태울 자리도 없단 말이오?!"

답답한 심정으로 애원하듯 말했지만 선원의 반응은 냉담했다.

"죄송합니다. 하지만 당신과 같은 말을 하는 사람을 오늘만 해도 백 명도 더 넘게 보았습니다. 저희도 목숨을 걸고 태우는 것이니 정당한 대가는 받아야 되지 않겠습니까?!"

아무리 애원해 봐도 선원의 대답은 한결같았다. 이렇게 된다면 뱃길은 포기하고 남토르카 속주를 거쳐서 가는 길밖에 없었다. 하지만 그곳은 티투스를 지지하는 총독이 2개 군단을 거느리고 지키고 있었고, 자신과 같은 탈영병이 무사히 지나가기에는 너무도 위험한 곳이었다.

"아, 늑대의 문신이 부끄럽구나."

발가르는 탄식을 발하고 말았다. 티아나 항구는 라인 본토에서 이케니아로 향할 수 있는 거의 유일한 통로였고, 티투스도 그러한 사실을 잘 알고 있었다. 수도의 함락이 기정사실화된 상황에서 언제 티투스의 군대가 티아나를 봉쇄하기 위해 달려올지 모르는 일이었다.

하지만 그때 발가르의 등 뒤에서 한 노인의 음성이 들려왔다.

"이보게, 선원. 이 사람의 몫까지 내가 뱃삯을 낼 터이니 자리를 마련해 주게."

＊　　　＊　　　＊

제국 수도 라인으로 무혈입성에 성공한 티투스가 가장 먼저 들은 것은 에밀리우스의 자결 소식이었다.

에밀리우스에 대한 배신감으로 시작한 내전이었지만 막상

그의 비극적인 죽음을 접하게 되자 티투스도 슬픔을 감추지 못했다. 티투스는 선황 테레니우스와 형인 에밀리우스를 위한 15일 추모제를 열게 하였고, 이 기간 동안에는 모든 공연과 검투술 시합을 금지시켰다. 그리고 추모제가 끝나는 즉시 원로회의를 소집하였다.

미처 수도를 빠져나가지 못한 에밀리우스파 원로의원들도 티투스의 소집 명령을 차마 거부하지 못했다. 하지만 죽음을 각오한 채 유언장까지 써놓고 나간 원로회의에서 그들이 들은 것은 자비와 관용, 그리고 화합을 강조하는 티투스의 사면령이었다. 티투스는 에밀리우스파의 귀족들이라도 앞으로의 충성만 맹세한다면 과거의 모든 과오를 용서하겠다고 말했다. 그들의 생명과 재산은 물론 지위마저도 보장해 주겠다고 공표한 것이다.

이 선언으로 티투스는 모든 귀족들의 지지를 등에 업게 되었다. 단호한 결단력과 넓은 포용력을 보여줌으로써 자신이 황제의 자리에 어울리는 사람임을 증명한 것이다. 게다가 티투스는 군부까지 장악하고 있었다. 굳이 후환이 두려워 반대파를 척살할 필요는 느끼지 못한 것이다. 결국 라비아누스나 발가르가 우려했던 피의 숙청은 일어나지 않은 셈이었다.

하지만 티투스에게도 없는 것이 있었는데, 그것은 바로 대의명분이었다. 선황 테레니우스가 후계자로 지명한 것은 자신이 아닌 에밀리우스였기 때문이다. 따라서 티투스에게는 명분을 얻기 위한 희생양이 필요했다. 그 희생양으로 지목된 사람은 바로 에밀리우스파 원로원 의장인 라비아누스와 최고 제사장 밀로였다. 그들에게 씌워진 죄목은 자신들의 지위를 이용해 선황 테레니우스의 유언장을 조작했다는 것이었다.

*   *   *

끼이익! 끼이익!

갑판으로 나가 보지 않아도 밖의 날씨를 짐작할 수 있었다. 배는 심하게 흔들렸고, 귀를 멍하게 만드는 바람 소리가 들려왔다.

"자네는 군인 같아 보이는군."

라비아누스는 선실 구석에 몸을 기대고 있는 발가르에게 넌지시 말을 건넸다. 하지만 발가르는 그저 짧은 웃음으로 대답을 대신했다. 이틀째 계속되는 험한 날씨로 인해 배가 심하게 요동쳤기 때문에 항해는 난생처음인 발가르가 뱃멀미를 견딜 수 있을 리 없었다.

하지만 자신의 목숨을 구해준 것이나 마찬가지인 노인 일행을 살펴볼 힘 정도는 남아 있었다. 평민 출신의 발가르이긴 하지만 한눈에 라비아누스가 귀족임을 알아보았다. 허름한 겉옷 밑으로 때때로 보이는 토가의 끝단이 아니더라도 사람에게는 오랜 세월 몸에 밴 기품이란 것이 있는 법이었다. 귀족 노인 뒤쪽으로는 가족으로 보이는 몇몇 사람이 모자를 깊이 눌러쓴 채 침묵하고 있었고, 4명의 노예가 그들을 감싸듯 둘러싸고 앉아 있었다.

'훗, 아무리 봐도 도망자의 신분에는 어울리지 않는 분인데 말이야.'

혼미한 정신 속에서도 속으로 내뱉는 듯한 짧은 웃음을 지은 발가르는 다시 눈을 감고 이 폭풍이 어서 지나가기만을 바라고 또 바랄 뿐이었다.

발가르가 눈을 떴을 때 폭풍은 이미 잠잠해진 상태였다. 하지만 선실 밖은 선원들의 목소리로 상당히 소란스러운 듯하였다.

'바다 한가운데에서 이렇게 시끄러울 일이 뭐란 말이냐?!'

어지럼움 속에 선실 벽을 짚으며 힘겹게 몸을 일으킨 발가르는 선실 밖으로 걸음을 옮겼다.

"무슨 일이오? 왜 이리 소란스러운 거요?"

"폭풍 때문에 항로가 많이 벗어나게 되었소! 이 근처 해역은 해적들이 자주 출몰하는 곳이라 어서 이곳을 빠져나가야 합니다."

밧줄을 정리하고 있던 선원은 발가르의 물음에 쳐다보지도 않고 대답했다.

"으음……."

발가르가 주위를 둘러보니 다른 선단의 배들도 방향을 잡고 이 해역을 벗어나기 위해 바쁘게 움직이고 있었다. 이 선단은 상선으로 쓰이는 범선 4척과 갤리함 2척의 호위함으로 구성되어 있었는데, 범선 한 척은 폭풍 속에서 길을 잃어버린 것인지 보이지 않았다. 정신없이 곯아떨어져서 알지 못했지만 어제의 폭풍이 상당히 심했던 모양이다.

그때 한 선원의 목소리가 모두의 시선을 남쪽으로 향하게 만들었다.

"제길!! 해적선이다!"

선원의 말대로 남쪽에서 몇 척의 갤리선이 빠른 속도로 다가오고 있었다. 그리고 남쪽은 해적들의 천국이라고 불리는 오르피스 군도가 있는 곳이었다. 시야가 탁 트인 바다였다면 훨씬 더 빨리 발견할 수 있었겠지만 섬의 뒤에 숨어 있다가 갑자기 모습을 드러낸 해적선은 이미 1킬로미터도 되지 않는 거리까지 접근하고 있었다.

"죽기 싫으면 서둘러라!!"

선장은 선원들을 독려하면서 빠르게 뱃머리를 돌리라고 지시했다. 갤리선에 비해서 기동성이 떨어지는 범선은 한번 따라잡히면 도저히 도망칠 수 없기 때문이다. 하지만 마침 바람이 남쪽을 향해 불고 있었기에 쉽게 방향을 바꾸어 도망칠 수 없었다.

거기에다 해적들과 맞서 싸워야 할 호위함들이 뒤도 돌아보지 않고 도망치고 있었다. 척 보기에도 해적선들의 수가 5, 6척 가까이 되어 보였기에 겁을 집어먹은 것이다.

"어어?! 용병들이 도망간다!"

선원들이 도망치는 갤리선을 향해 욕설을 퍼부으면서 돌아오라고 소리쳤지만 그들은 들은 척도 하지 않고 도망쳐 버렸다.

그러자 상선의 선원들은 절망에 빠져 버렸다. 갤리선은 노잡이를 고용하는 데 드는 비용이 부담스럽기 때문에 육지로 둘러싸인 중앙해를 항해하기 가장 좋은 배임에도 불구하고 상선으로는 흔히 쓰이지 않고 있었다. 그래서 따로 상선을 호위해 줄 갤리선을 고용한 것인데 그들마저 도망친 것이다.

상선들이 겨우 방향을 바꾸고 이케니아 반도의 동쪽 해안으로 필사의 도주를 시작할 무렵, 해적선들은 그들의 바로 뒤까지 추격해 왔다. 해적들이 제일 먼저 노린 것은 발가르가 타고 있는 상선단의 기함이었다.

콰직!

나무 부러지는 소리가 나면서 기함의 좌측 후미에 해적선의 충각이 부딪쳐 왔다. 그와 동시에 배들이 심하게 요동쳤고, 갈고리 밧줄이 걸쳐지면서 기함은 순식간에 기동성을 상실하고 말았다.

"하하하!! 자자! 한 명, 한 명이 소중한 인질들이다. 함부로 죽이지는 말아라!"

해적선의 우두머리인 듯한 자의 말과 함께 각종 칼로 무장한 해적들이 빠르게 상선으로 오르기 시작했다. 선원들도 무장을 하지 않은 것은 아니지만 수적으로 압도적인 해적들 앞에서는 칼을 버리고 항복할 수밖에 없었다.

그사이 한 척의 범선이 때마침 바뀐 바람을 타고 도주하는 데 성공했지만 기함을 포함한 2척의 배는 해적들의 포로가 되고 말았다.

'제길……'

발가르는 속으로 '아차' 하는 심정이 되었다. 해적 따위가 두려운 것은 아니었지만 몸 상태가 온전하지도 못했고, 무엇보다 해적의 수가 너무 많았다. 천하의 발가르라도 얌전히 손을 들고 항복할 수밖에 없었던 것이다.

배를 점령한 해적들은 선원들을 묶고 난 후 선실로 향했다. 배를 제압한 이상 '물건'들을 확인할 필요가 있었다.

"어이! 거기 외투를 벗어라!"

선실로 들어온 험상궂은 한 해적이 라비아누스 일행을 향해 소리쳤다.

어차피 해적들의 주 수입원은 상선의 물품이라고 하기보다는 선원이나 여행자들을 인질로 잡아 받아내는 몸값이었다. 그래서 신분을 확인하고 몸값을 매길 필요가 있었던 것이다.

하지만 라비아누스 일행 모두가 얼굴을 드러내었을 때 한 해적의 입에서 감탄사가 흘러나왔다.

"오호! 이거 굉장한 미인이 아닌가?!"

어머니로 보이는 여인의 옷깃을 부여잡은 채 겁에 질린 표정으로 자신을 바라보고 있는 한 여인을 본 순간 해적은 이성을 상실해 버렸다. 그녀의 시리도록 푸른 눈과 하얀 피부가 오랫동안 참아왔던 그의 성욕을 돋우었기 때문이다. 보통 배에는 여자가 타는 경우가 드물기에 해적이 이런 미인을 접해 보았을 리가 없었다.

"흐흐흐, 두목이 오기 전에 재미 좀 봐야겠다."

그 해적은 몇몇 동료들과 함께 음침한 웃음을 흘리며 그녀를 끌어내리려고 했다. 자신들의 두목은 '물건'을 건드리는 것을 무척이나 싫어 한다. 그래서 외딴 선실로 데리고 가 급히 욕심을 채우고 싶었던 것이다. 하지만 그의 손길은 라비아누스에 의해 저지되고 말았다.

"이놈들! 감히!"

이성을 잃어버린 라비아누스는 노성을 지르며 해적들에게 덤벼갔다. 대라인 제국 원로원 의장의 가족이 해적 따위에게 능욕을 당한다는 것은 참을 수 없는 수치였다.

"뭐야! 이 늙은이는!"

잔뜩 흥분한 해적의 칼은 조금의 주저함도 없이 라비아누스의 복부를 파고들었다.

"커억!"

"아버지!"

"여보!"

라비아누스의 처절한 비명 소리와 함께 그의 부인은 비명을 지르며 꼬꾸라지는 그를 부여잡고 비명 섞인 울음을 터뜨렸다.

"제길! 이 여편네야! 시끄럽잖아!"

오랜만에 피를 본 상태라 잔뜩 흥분한 해적은 오열을 하고 있는 부인마저도 칼로 찔러 버렸다. 괜한 비명 소리에 두목이라도 달려온다면 낭패라고 생각했기 때문이다.

삽시간에 부모를 모두 잃어버린 푸른 눈의 아가씨는 목이 메여 비명조차 지르지 못하고 눈물만 흘렸다. 너무나 큰 비극이 현실감마저 빼앗아갔기 때문이다.

"크크크, 또 방해할 놈이 있나?!"

해적의 흉포한 말에 선실 안에 있던 사람들은 고개를 숙인 채 벌벌 떨고 있을 뿐이었다. 이 자리에서 나서봐야 기다리고 있는 것은 죽음뿐이었다. 방해자가 사라지자 해적 사내는 억센 손으로 그녀의 손목을 움켜쥐었다.

그때 한 덩치 큰 인물이 선실 안으로 들어서면서 피비린내에 눈살을 찌푸렸다. 그의 눈에 들어온 것은 피 묻은 칼을 들고 거친 숨을 몰아쉬는 한 부하 녀석과 피범벅이 된 바닥에 쓰러진 두 구의 시체였다.

"이 빌어먹을 '주정뱅이' 개자식! 네 녀석이 또 사고를 쳤구나!"

그는 해적 선단을 이끄는 두목으로서 오르피스 군도 해적의 총두령인 카말라스의 측근 중 하나인 인물이었다.

"아, 아니! 카말로 두목! 그게 아니라!"

'주정뱅이' 라는 별명을 가진 해적은 갑작스러운 두목의 등장에 횡설수설하기 시작했다. 그런 그의 입에서는 술 냄새가 진하게 풍겨왔다.

카말로는 노성을 토하며 주정뱅이의 변명 따윈 전혀 들어주지 않았다.

"이 녀석을 돌아갈 때까지 바다에 던져 두어라! 그 정도 시간이면 술도 깨겠지."

"아니! 두목!! 지금은 겨울이란 말입니다! 그리고 저 녀석이 먼저 반항했다니까요!"

궁색한 변명에도 불구하고 동료 해적들에게 끌려 나간 주정뱅이는 차가운 겨울 바다에 던져지고 말았다. 그리고 해적 두목 카말로는 소란이 가라앉은 선실 안을 냉정한 눈으로 살펴보았다.

처음에는 그저 물건이 상했다는 사실에 불쾌했던 기분이 이제는 당황스러움을 넘어 경악으로 바뀌어갔다.

"제길, 이거 미치겠군."

죽은 라비아누스의 시체 앞에서 쪼그려 앉아 그의 옷을 젖혀 보던 카말로는 난감하다는 표정을 지었다. 허름한 겉옷 속에서 옷깃이 주황색 천으로 덧대어진 토가가 드러났기 때문이다. 의심할 여지없는 라인 제국 원로원 의원의 복장이었다. 더구나 노예들의 말을 통해 라비아누스가 라인 제국의 원로원 의장 중 한 명이라는 것을 알았을 때는 눈앞이 다 캄캄해질 지경이었다.

"주정뱅이 자식을 데려오는 게 아니었는데……."

하지만 때늦은 후회에 불과했다. 주정뱅이 녀석이 이번에 큰일을 저지르고 만 것이다.

비록 그들이 바다의 무법자인 해적이지만 함부로 사람을 죽이거나 하지는 않는다. 가장 큰 이유는 역시 몸값이었지만, 무의미한 살인으로 괜한 주변 국의 공분을 살 이유가 없었기 때문이기도 하였다. 이것은 해적과 뱃사람들 사이의 불문율과도 같은 것이었다. 오르피스 군도를 중심으로 활동하고 있는 해적들은 약탈을 주업으로 삼는다기보다는 상인들과 결탁한 밀무역을 주업으로 삼고 있다고 해도 과언이 아니었다.

하지만 자신의 부하에 의해 라인 제국 원로원의 의장이 살해당해 버렸고, 모든 상선을 제압해 말이 새어 나가지 않도록 막은 것도 아니었다. 어떤 형식으로든 이 소식이 라인 제국의 귀에 들어갈 것이 분명했다.

'이 일을 어떻게 처리하지?!'

카말로는 인생 최대의 고민에 빠졌다. 스스로가 라인 군 탈영병 출신의 해적이기에 라인 제국이 어떻게 행동할지 잘 알고 있었기 때문이다. 라인 제국은 자국의 시민이 무고하게 죽임을 당할 경우 결코 묵과하지 않는다. 설사 그 시민이 무거운 죄를 지은 범죄자일지라도 라인 시민을 벌할 수 있는 자격은 같은 라인 시민만이 가지고 있는 것이다. 하물며 살해당한 사람이 황제 바로 밑의 지위를 가진 원로원 의장 정도 되면 이것은 국가 간의 전쟁도 불사할 정도의 일이다.

이미 카말로의 머릿속에는 원로원의 의장이나 되는 자가 왜 이케니아 상선 따위에 몸을 싣고 있는지에 대한 의문 같은 없었다. 모든 것이 혼란스러운 상황이었지만, 일단 확실한 것은 자신이 직접 나서 몸값을 받아내는 일 따위는 엄두도 못 내게 되었다는 점이다. 한시바삐 이 부담스러운 포로들을 처분하고 자신은 한동안 몸을 숨긴 채 상황을 지켜봐야만 하는 것이다. 그나마 다행스럽게도 카말로는 이 포로들을 처분해 줄 만한 적당한 사람을 알고 있었다.

그는 포로들을 자신의 배로 옮겨 태운 후 상선에 불을 질렀다. 그리고는 선단의 뱃머리를 이케니아 반도의 어느 해안가로 향하게 명했다.

하지만 바다에 빠뜨렸던 주정뱅이는 건져 주지 않았다.

*   *   *

노예 거래라는 것은 상당히 이익이 많이 남는 장사이다. 하지만 누구나 쉽게 할 수 있는 성질의 것은 아니었다. 무엇보다 국가의 허가가 있어야만 가능하기 때문에 틈틈이 관리들에게 뇌물도 쥐어주어야만 한다. 그리고 금융업자(사채업자)나 군인, 심지어 해적들과도 사업상 돈독한 관계를 유지해야 한다.

그런 면에서 카이트는 성공한 노예 상인이었다. 그는 일반적인 노예 거래는 물론이고, 메카나 지방의 희귀한 동물도 취급하고 있는 이 바닥에서는 꽤나 유명한 노예 상인이었다. 더구나 근래에는 검투술 대회에도 손을 대어 꽤나 많은 돈을 벌어들이고 있었다.

그런 카이트에게 은밀히 알고 지내던 해적 카말로의 서찰이 도착하였다. 노예로 쓸 만한 좋은 물건들이 있는데 싸게 팔 터이니 급하게 거래를 하고 싶다는 내용이었다. 물론 카이트로서도 거절할 이유가 없었다. 아직은 겨울이라 비수기이지만 얼마 후 봄 축제에서 열릴 노예 시장을 위해 많은 상품이 필요했기 때문이다.

하지만 카말로가 말한 물건의 정체를 알았을 때 카이트는 상당히 놀라고 말았다.

"이봐, 라인 제국의 귀족들이 노예라니! 적당히 몸값을 받고 넘기면 될 것을 왜 나까지 부른 것인가? 자네 도대체 무슨 일을 저지른 거야?!"

"크으! 제길! 빌어먹을 주정뱅이 놈 때문에 일이 꼬여 버렸어!"

독한 술을 단숨에 들이킨 카말로의 입에서 거침없는 욕설이 튀어나왔다. 그리고는 카이트에게 그간 있었던 자초지종을 설명해 주었다.

쉽게 말해 카이트는 '말려든' 셈이었다. 하지만 카이트는 화내지 않고 조심스러운 말투로 거부 의사를 표시했다.

"아무리 나라도 이건 정말 곤란하군. 분명 내전을 피해 도망치던 귀족들 같은데……. 어차피 도망친다고 하더라도 엄연한 라인 제국의 귀족이 아닌가? 게다가 정치범이라는 것은 언제 사면되어 버릴지 모르는 곤란한 사람들이기도 하고……."

그래도 절박한 심정이 된 카말로의 부탁은 그치지 않았다.

"어차피 돈을 원하는 것은 아니야, 카이트. 다만 나는 이 일에서 손을 떼고 싶을 뿐이야. 자네가 저들을 풀어주던 팔아먹던 상관하지는 않겠어. 그냥 나를 대신해 떠맡아주면 안 되겠나? 내 비밀은 철저하게 지키겠네."

애원하다시피 말하는 카말로의 심정도 어느 정도 이해가 되었다. 평범한 해적이 감당하기에는 너무나 큰 사건이었고, 라인 제국 평민 출신인 카말로가 라인 제국의 귀족을 포로로 잡고 있는 것에 부담감을 느끼는 것도 당연한 일이었다.

"끄응……."

"이보게, 카이트! 제발 부탁하네!"

"휴우, 자네는 나에게 큰 빚을 진 것이네."

결국 카이트는 카말로의 부탁을 거절하지 못했다. 그가 해적치고는 믿을 만한 거래 상대라는 이유도 있었지만, 자신이라면 이 문제를 잘 처리할 수 있을 것이라는 자신감도 있었기 때문이다. 자칫하면 상당히 위험해질 수도 있는 상황이었지만 오히려 라인 제국의 귀족들과 좋은 인연을 만들 수 있을지도 몰랐다.

*   *   *

카말로에게 포로들을 인도받은 카이트가 가장 먼저 한 일은 그들에게 적당한 몸값을 매기는 것이었다. 다만 근본적으로 노예가 될 수 없는 사람들이었기에 포로들을 대하는 태도는 정중하기 이를 데가 없었다. 카이트로서는 카말로를 대신하여 그들의 몸값을 받아주고 있는 셈이었다. 하지만 카말로가 매긴 몸값은 그들의 신분에 비해서는 참으로 초라하다시피 한 금액이었다. 자신도 상인인지라 몸값을 받아야 하기는 했지만 그 역시 부담스럽기는 마찬가지인 까닭이었다.

포로로 잡혔던 라인 제국의 귀족들도 자신에게 매겨진 형식적인 몸값에 이의를 제기하지 않았다. 해적에게 잡혔을 때 몸값을 내고 풀려나는 것은 관습과도 같은 일이었고, 그다지 수치스럽게 여겨지는 일도 아니었다. 그리고 상당수의 귀족들이 이케니아에도 근거지를 두고 있었기에 사람을 보내어 몸값을 마련해 오게 하는 것에 큰 문제는 없었다.

하지만 발가르와 라비아누스의 딸인 엘레나는 몸값을 지불할 돈이 없었다. 발가르야 원래부터 빈털터리였고, 엘레나는 양친 모두를 해적에게 잃은 마당에 몸값을 지불할 돈이 있을 리 없었던 것이다. 하지만 가장 큰 문제는 돈이 아니라 내전을 수습한 라인 제국의 새로운 황제 티투스가 근래 이웃 국가에 공포한 포고문에 있었다. 포고문에는 사면에 관한 내용만 포함된 것은 아니었기 때문이다.

"허허. 이거참, 곤란하군요."

카이트도 이 두 사람을 어떻게 처리해야 할지 고민이었다.

'4인의 문신을 새긴 탈영병과 티투스에 의해 반역자로 낙인 찍힌 원로원 의장의 딸이라……'

카이트는 한눈에 발가르의 신분을 눈치 챌 수 있었다. 보통 사람이야 전혀 모를 일이지만 노예 상인 경력만 20년이 넘는 그가 검투사의 문신과 라인 제국 군단병의 문신을 구별 못할 리 없는 것이다.

다른 귀족들은 전부 약간의 몸값을 지불하고 전부 풀려난 상태였고, 그들은 티투스가 내린 사면령 덕분에 모두들 라인으로 귀국할 수 있을 터였다. 하지만 발가르와 엘레나의 처지는 그렇지 못하였다.

"당신은 내가 어떻게 하길 바랍니까?"

카이트는 오히려 발가르에게 의견을 묻고 있었다. 사실 여차하면 그냥 그들을 풀어줄 생각도 있었다. 데리고 있기에는 너무나 부담스럽고, 그들의 존재를 라인 제국에 신고하려고 해도 괜히 자신이 라비아누스의 죽음과 엮어질까 봐 두려웠다.

　하지만 발가르의 대답은 달랐다.

　"당신은 꽤나 유명한 노예 상인이라고 들었소. 그렇다면 우리를 적당한 곳에 노예로 팔아주시오. 그 다음 일은 내가 알아서 하겠소. 다만, 거래할 때 이 아가씨의 얼굴을 가려주시오. 여자 노예의 얼굴이나 따지는 저질 주인은 만나고 싶지 않으니까."

　"그것은 어렵지 않소. 이래 봬도 나는 노련한 노예 상인이오. 하지만 정말 그렇게 해주길 원하오?"

　결심을 확인하려는 듯한 카이트의 물음에 발가르는 주저 없이 고개를 끄덕였다.

　그런 발가르의 결심에는 현실적 이유가 있었다. 라인으로 돌아갈 수도 없고, 이케니아에 아는 사람도 없는 그들에게 노예만큼 몸을 숨기기에 좋은 신분도 없었던 것이다. 더구나 이케니아에서는 노예라도 함부로 취급받지 않았고, 능력만 있으면 충분히 좋은 대우를 받을 수 있었다. 그리고 원칙적으로 원금과 이자만 지불하면 언제든지 노예의 신분에서 벗어날 수 있었다. 발가르의 입장에서는 라인 제국의 상황을 주시하면서 때를 기다릴 필요가 있었던 것이다.

사실 가장 편한 방법은 이 카이트라는 노예 상인에게 한동안 신세를 지는 것이었다. 하지만 노예 상인이라는 인간들은 근본적으로 믿을 만한 사람이 못 된다. 자기 혼자라면 몰라도 엘레나까지 보살펴야 하는 상황에서 차마 모험을 할 수는 없었다.

결국 발가르와 엘레나는 3월 봄 축제 기간 동안에 열릴 노예 시장을 기다리는 처지가 되었다.

그리고 우연으로 점철된 것만 같은 이 일련의 사건들이 이후 중앙해 세계에 몰아칠 거대한 폭풍의 시발점이 되었다는 것을 아직은 아무도 모르고 있었다.

청어람 판타지의 재도약!!

입소문을 통해 아는 분은 다 알고 계십니다!
올 한해 공인중개사 최고의 화제작!

1~2권 합본 | 이용훈 지음
3~4권 합본 | 이용훈 지음
5~6권 합본 | 이용훈 지음
용 어 해 설 | 이용훈 지음
1~2차 문제풀이집 | 이용훈 지음

수험생 기본 필독서
만화 공인중개사

제목 : 만화공인중개사 쓰신 분에게 감사드립니다.

학원을 두달 다녔어요. 근데 과연 그 숫자 외우기 그렇게 몇 문제나 나올까 생각을 했어요.
아니라는 생각이 드네요. 학원강의를 뒤로 하고 서점을 갔어요. 내 머리에 가장 이해될 수 있는
책이 없나 하구요. 거기서 만화를 발견했어요. 무조건 세번 봤어요. 3개월 걸렸어요. 문제집을
보라고 했는데 그건 시행을 못했어요. 근데 합격을 했네요.
어떻게 감사의 말을 해야 될지…
도서관에서 만화책 들고 다니니까 사람들이 비웃더라구요. 만화책으로 공인중개사를 공부한
다고 미친사람처럼 보더라구요. 근데 그거 다 감수하고 했던 내가 자랑스럽습니다.
어떻게 감사의 말을 해야 할지 정말 감사합니다.
부디 행복하세요. 제 나이 41살에 좋은 스승을 만난 거 같습니다.
엎드려 감사드립니다.

–본사 홈페이지에 독자분이 올린 메일 中에서 발췌–